三雲岳斗

illustration マニャ子

噬血狂襲

STRIKE THE BLOOD

愚者和暴君

8

Kadokawa Fantastic Novels

噬血狂襲

STRIKE THE BLOOD

8

愚者和暴君

三雲岳斗

illustration マニャ子

Kadokawa Fantastic Novels

奧蘿菈・弗洛雷斯緹納
「焰光夜伯」Kaleido- Blood
世界最強的「膽小」吸血鬼
曉古城
「血之隨從」Blood Servant
侍奉眞祖而「無自覺」的不死者

藍羽淺蔥
「電子女帝」Cyber Empress
華麗任性的電腦天才女國中生

曉凪沙
「混成能力者」The Hybrid
容納眞祖的異能巫女

葳兒蒂亞娜・卡爾雅納
「伯爵千金」Earl's Daughter
故鄉易主而獨走天涯的復仇者

矢瀨基樹
「過度適應者」Hyper-Adapter
開朗的學友或者雙面小丑

Contents

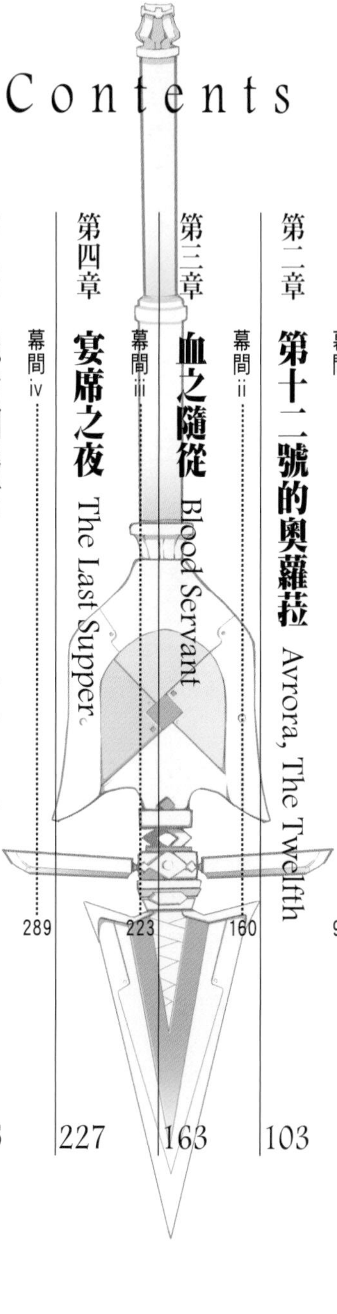

序章

Intro

寒氣充斥於黑暗當中。

地下室一片空蕩，金屬建材外露，無數管路及絕緣纜線委蛇盤繞在牆壁和地板，營造出酷似生物體內的混沌空間。

這裡恐怕是最先進的研究設施——而且是正當研究者絕對不會涉足、經過隔離的氣密區塊。那難以靠近的靜謐光景看來像安頓高貴遺體的聖祠，也像用來封印凶惡魔物的牢籠。

透過瀰漫的純白霧氣，緊急照明顯得朦朧閃爍。

那片霧忽然變濃了。

渦旋的濃霧變密，不久就化成了一道具實體的女性身影。

那是個穿黑色皮革大衣的女吸血鬼，外表看來十七八歲左右。頭髮是亮褐色，仍有少女氣息的面容感覺不出暴戾之氣，無心的動作間甚至流露出一絲高雅。

這樣的她當下表情顯得緊繃。

深紅雙眸凝視著地下研究室的中央處。

安放於金屬台座上的透明冰塊。

冰塊直徑應該超過六公尺，宛如裁切精美的寶石，呈現出複雜具人工性質的多面體。

冰塊中心浮現一道環抱雙腿沉睡的嬌小人影。

美如妖精的少女。

依觀看角度不同，髮色偏淡的長長金髮會像彩虹一樣改變色澤。

帶著不祥感的美麗妖精在寒冷冰棺中仍靜靜沉眠，好似被魔女下了詛咒的睡美人——

「…………」

褐髮女吸血鬼瞪著冰棺，緩緩舉起右手。

她手裡握著的，是摺疊式黑色十字弓。

十字弓槍身已經上箭——閃耀銀光的金屬箭。直徑近四公分的那玩意與其稱為「箭」，形象更類似於「樁」，表面刻滿密密麻麻的魔法文字，綻發出幽亮的青白色光芒。

「……原諒我…………」

女吸血鬼閉上眼，懺悔似的低聲細語。

「奧蘿菈．弗洛雷斯緹納……第十二號『焰光夜伯（Kaleido Blood）』……請原諒……我們將妳喚醒……」

她用力咬唇，手指伸入十字弓扳機。

手臂微微顫抖著，弓弦厲鳴。

銀箭射出，撕裂結凍的大氣並穿進冰棺當中。

瞬時間，眩目閃光染上眼簾。

解放的魔力暴發失控，將交繞的管路及纜線震飛，由混凝土構成的天花板隨之坍塌。

冰塊伴隨轟然巨響碎散了。在純白寒氣吹襲下，少女的髮絲緩緩飛揚。

一頭如火焰翻騰般的耀眼虹髮——

†

鎖鏈的觸感讓曉古城醒了。

那是在施工現場常見的帶著薄薄紅鏽的鋼製鏈條。雙臂受制於鎖鏈的古城被人硬是綑在看似廉價的鋼管椅上。

「這……怎麼回事……？」

他眨了眨還沒完全睜開的眼皮，滿臉困惑地抬頭。

房裡古色盎然，令人聯想到中世紀城邸。參差原石砌成的牆壁質地厚實且給人窒息感。夕陽近似血色，照進了鑿穿石壁形成的小小窗口，鋪滿地板的深緋色地毯也已褪色，是個陌生的房間。

「手銬？」

金屬勒在皮膚上的冰冷觸感讓古城微微驚呼。看來不只雙臂，讓人扳到背後的左右手腕也被固定在椅子上了。這是好萊塢電影中常見的姿勢，想背叛組織的小混混被人逮住銬問時，就是這副模樣。

怎麼回事——古城心裡一片混亂，拚命扭身掙扎。

但鎖鏈沒有鬆開的跡象。即使古城具備「世界最強吸血鬼」這樣荒謬的體質，也無法靠臂力掙脫。也許這經過魔法性質的強化，並非單純的鐵鏈。

就算這樣，不死心的古城仍頑強反抗——結果大概是鎖鏈摩擦聲太刺耳，附近傳來有人被驚擾醒來的動靜。

「嗯……？什麼啊？什麼聲音？」

「淺蔥？是妳嗎！」

古城硬是轉頭，將視線移到聲音傳來的方向。

能看見坐在椅子上的少女身影，位置恰與被綁的古城背對背。亮麗髮型髮色染得光鮮，制服裝飾得獨具品味，是藍羽淺蔥那熟悉的背影。

然而，她同樣被綁在椅子上，差別頂多在於捆住她的是細繩，而非鎖鏈。淺蔥身為力氣綿薄的女高中生，當然沒有本事掙脫。她朝自己被綁的身體看了一會兒，然後才問：

「古城？這是什麼狀況啊？怎麼搞的？你該不會有綁女生取樂的性癖好吧……？」

一臉傻眼的淺蔥半瞇著眼朝古城瞪了過來。她似乎將這莫名其妙的狀況當作是古城的惡作劇了。

意外受冤枉的古城猛搖頭否認：

「我才沒有那種扭曲的性癖好！我也是一醒來就發現自己被綁在這裡啦！」

「你說，你也被綁了……」

淺蔥重新確認繩子真的解不開，這才露出了畏懼之色。一醒來就待在陌生場所，全身又受到束縛，會覺得不安也是難免吧。

「對了，古城，這裡是哪裡？還有，我之前為什麼會睡著？」

「我記得自己聽說凪沙在學校昏倒——」

古城用剛醒來的腦袋開始追尋模糊的記憶。

他得知自己的妹妹曉凪沙昏倒，是在午休時發生的事。等一行人連忙趕到凪沙被送往的醫院後，就遭遇襲擊了。來者是「混沌皇女（Chaos Bride）」——統掌南北美洲的第三真祖。

漆黑雷雲、灼熱奔流，以及周身滿盈闇色空間的骸骨巨人——能將強猛匹敵天災的眷獸操控自如，又有意摧毀醫院的女性真祖，被古城勉強擊退了。

其實，說是她在達成目的後自己打道回府，還比較接近實情。

總之第三真祖的威脅已去，現場僅剩半毀的醫院以及——

「我想起來了……！」

淺蔥粗魯地將鋼管椅晃得吱嘎作響，然後使勁轉頭。

「欸，古城！你會變成吸血鬼，到底是怎麼回事！」

「啊……」

原來妳想到的是這個——古城懶散地嘆了氣。這麼一提，第三真祖來襲時，古城變成吸血鬼的內情確實在兵荒馬亂間敗漏了。

「什麼第四真祖嘛！居然敢瞞我到現在……而且姬柊是你的監視者，聽說你還吸她的血吸得很過癮對不對！」

「沒……沒有……我想，我並沒有吸得那麼誇張。」

古城被淺蔥興師問罪的氣勢嚇到，反駁得支支吾吾。

在淺蔥心裡，和古城並非人類這一點相比，只有雪菜知道他的祕密似乎才是大問題。

而且她對古城的說詞更是不以為然地冷冷「哦～」了一聲，繼續追究：

「至少你承認自己有吸血對吧？反正你八成也對其他女生下了手，比如煌坂還有阿爾迪基亞的公主！」

「妳……妳怎麼會知道……！」

古城不由得說溜嘴以後才發現自己失言。淺蔥用毫無感情的眼睛冷冷地瞪了過來。掌心汗濕的古城急著辯解：

「等……等一下，不是這樣的。那是出於很多因素，我不得已才……」

「我記得吸血鬼會想吸血，是在情慾湧上來的時候對不對？」

淺蔥用了像是壓抑著怒氣的淡然口吻質疑。

唔——古城頓時語塞。若除去緊急時補給魔力的行為不談，引發吸血衝動的正是性慾。換句話說，吸血鬼會吸別人的血，主要都是在產生性亢奮的時候。淺蔥在魔族特區長大，自然有這些基本的知識。

實際上，古城吸雪菜她們的血時，以肉體接觸而言也確實超出了單純的吸血行為，追究起來並沒有脫罪的藉口。但是——

「……感覺真奇怪。」

古城一臉洩氣，在被綁的狀態下聳了聳肩膀。

「哪裡怪？」

「呃，普通提起吸血鬼真祖，是不是應該更讓人害怕才對？」

「啥？都認識到現在了，我幹嘛還要怕你？」

反問的淺蔥顯得由衷不解，讓古城一時間不曉得該怎麼回答。

淺蔥這個女生是古城自從來到絃神島以後就認識的老交情。對於原本就看慣魔族的她來說，發現認識已久的朋友是吸血鬼，大概也沒有理由要害怕吧。

「唉，現在計較那些確實不太對勁。」

「對啊。不過事情變成這樣的原因，我當然還是要你說清楚。」

淺蔥忽然正色凝望古城。

古城最初遇到她時仍是個普通人，而且生為人類，活到一半要變成吸血鬼，在一般觀念中是不可能的事。

基本上所謂的吸血鬼真祖，是指血族中身為始祖且最為古老的吸血鬼。

區區人類能繼承真祖的力量，這種狀況可說是顛覆了魔族和人類界線的異常事態，難怪淺蔥會抱持疑問。

「嗯，總之都是奧蘿菈幹的好事……」

話說到一半，古城感到頭暈目眩。

失足般的的不適感，加上讓腦子裡咯嘰作響的劇烈頭痛。

和他以前打算對雪菜說明時一樣，要接著說出口的話卻說不上來，理應復甦的往昔記憶又逐漸陷入黑暗中。

「你說的奧蘿菈，是指醫院地下室的那個女生？在冰凍中沉睡的——」

出聲確認的淺蔥似乎對古城沉默下來的模樣感到納悶。不過，她說到一半的話同樣忽然中斷了。她彎下被綁著的身體，痛苦地呼氣。

「好痛……怎麼搞的？頭變得好痛。」

「……淺蔥？」

古城嚇得回頭，理解到淺蔥身上發生了什麼事，使他毛骨悚然。

即使不清楚原因，古城倒還能接受自己失去記憶。畢竟是平凡人類得到了真祖之力，對肉體肯定負擔甚鉅，只失去部分記憶做為代價，感覺反而算幸運。

但如果連淺蔥都喪失記憶，那又另當別論了。

理應涉身事外的她要是受到影響，就不再是古城一個人的問題了。

這代表古城等人的記憶並不是偶然受到事故影響才會喪失，而是被他人刻意剝奪的。

說不定，連淺蔥本身也捲入了第四真祖的風波。

恐怕就是因為她在古城身邊的關係——

「——你們果然都想不起來。」

陷入焦慮的古城背後傳來一陣靜靜的嗓音。不動聲色地站在牆際暗處的，是個穿著國中部制服的嬌小黑髮少女。

「姬柊！」

「我一直抱有疑問，為什麼學長變成第四真祖這件事，身邊都沒有人發現？畢竟學長本

人會忘記倒還無可厚非，可是連藍羽學姊這樣親近的人都沒發現變化就太不自然了。」

握著銀槍的姬柊雪菜來到古城跟前，腳下沒出聲響。

她那異於平時的氛圍讓古城有些困惑。

五官留有一絲年幼氣息，美麗面孔端整且柔中帶剛。緊閉的雙唇讓古城聯想到最初認識的她，古板又難以接近的氛圍恰與劍巫的頭銜相襯。

雪菜低頭望著被綁的古城和淺蔥，用公事公辦的見外語氣繼續說道：

「不過，這樣子謎團就解開了。原來不只學長，其他人同樣受了影響。」

「妳的意思是，所有人的記憶都被操控了……？」

「是的。雖然不確定你們的記憶是單純被封印，還是遭到剝奪。」

雪菜淡然答話的模樣讓古城心裡莫名不安。

在古城和淺蔥被綁的這個狀況下，為什麼只有雪菜安然無恙？話說回來，為什麼她看到古城他們被綁也不驚訝——

「算了。那碼歸那碼，能不能告訴我這裡是哪裡？姬柊？話說回來，為什麼我們會被綁在這種地方呢？」

古城問得婉轉，盡可能避免刺激到雪菜。雪菜面無表情地望著古城，間隔一段讓人尷尬的短暫沉默以後，她才喃喃回答：

「學長你們之前昏倒了。在ＭＡＲ附屬醫院看到冰封的吸血鬼後，你們就不省人事。」

「我們昏倒了？」

「是的。恐怕是因為學長打算想起『她』的關係。」

「奧蘿菈嗎……」

原來是這麼回事——古城緊咬嘴唇。安置於ＭＡＲ附屬醫院地底下的巨大冰棺，以及沉睡其中的前任第四真祖——奧蘿菈・弗洛雷斯緹納。

看到奧蘿菈的模樣時，古城一瞬間曾取回記憶。而且，他隨後就失神昏倒了。奧蘿菈和古城他們失去的記憶果然有密切關聯，這麼想八成不會錯。

「那麼姬柊，是妳將我們帶來這裡的嗎？」

「正是如此。床不能用，所以我先找了兩把椅子。對不起。」

雪菜用不帶感情的語氣賠罪。古城皺著臉抬頭對她說：

「狀況我姑且了解了，不過這副鎖鏈和手銬是怎麼搞的？」

快放開我們——古城透露出言外之意，雪菜卻只是淡然搖頭。

「不好意思，我必須請學長和學姊再維持這樣一陣子。」

「為什麼！」

「因為好像還需要一些時間準備。」

雪菜說著就緩緩邁出步伐。她的腳步在古城他們身邊繞了一圈。

到了這時古城才察覺，以自己和淺蔥為中心，鋪滿地面的深緋色地毯上畫有奇特圖樣——以好幾重同心圓構成的幾何圖案和魔法符文，散發著格外不祥氣息的魔法陣。

雪菜保持沉默，緩緩繞到古城背後，像是要確認圖形的狀況。她那奇怪的舉動比魔法陣本身更讓人覺得陰森詭異。

「……妳說準備……到底是要準備什麼……？」

古城沙啞問道，繞到他視線死角的雪菜卻沒有回話。結果代她開口的，是之前一直悶不吭聲的淺蔥。

「欸……我從剛才就很介意，掛在那面牆上的東西是……？」

淺蔥的視線前方是用鐵鉤掛在石壁上的眾多道具——布滿尖刺的椅子和車輪、鋸子和鐵剪、用來夾扁人體的巨大鋼鉗、鐵面具——

儘管不清楚正確名稱，光看到那不友善的外型就能輕易想像，它們是為了非人道用途才被製造出來的。沾黏於紅色鐵鏽縫隙間的烏黑痕漬，更加深了那些道具的陰森恐怖，以室內擺設的品味而言實在糟透了。

「那些是用來拷問罪犯的器具，聽說是中世紀實際使用過的真貨。」

於是，雪菜用了毫無感慨的口氣這麼回答。那種平靜反而可怕。

「妳……妳說那是拷問器具……」

淺蔥用力嚥下唾沫。

雪菜將失神的古城和淺蔥關在杳無人煙的房裡拘禁，再加上無數的拷問器具。她打算用那些做什麼——古城只能想到不像樣的可能性。

「欸！古城，這是什麼狀況啦？雖然我隱約就有預感，那個女生該不會是嫉妒心超強又容易想不開的類型吧？」

「姬……姬柊確實具備跟蹤狂的素質，感覺也有想法偏激的部分啦……」

「因為我知道了古城的祕密，就要殺人滅口？她是擔心自己沒辦法獨占古城，才會這樣做？啊——真是的，誰叫你沒想清楚就染指這種棘手貨啦！」

「我什麼都沒做！是她自己要跟進跟出的！」

被逼急的古城和淺蔥壓低聲音竊竊私語。結果——

「我現在相當明白，兩位平時是用什麼眼光看我了。」

一字不漏聽進耳裡的雪菜嘀咕著，露出了受傷的表情。她的反應意外冷靜。

「你們似乎有一些很不禮貌的想像，但是這裡的器具都只是魔法的觸媒罷了，並不會實際用來拷問你們。」

「魔法的觸媒……為什麼要特地弄來這些玩意？」

古城用仍有些不安的口氣發問。雪菜深深嘆息，然後回答：

「因為在魔法這塊領域，原則上越是經過長久歲月的道具，力量就越強。藉著製造者或持有者的意念累積，平凡物體就會得到魔導器的屬性——以這個狀況而言，與其說是持有者的意念，或許稱作犧牲者的怨念會更貼切就是了。」

原來如此——古城姑且能理解。如同「舊世代」的吸血鬼具備強大魔力，被稱為神器或魔具的那些物品，大多也是供奉得越久力量就越強。然而——

「呃，所以妳要用那些危險的道具做什麼啦！」

「妳果然就是想獨占古城，才會——」

「不是的！」

古城和淺蔥分別投以懷疑的視線，讓雪菜鬧脾氣地鼓起腮幫子。

「可是，就算妳在這種情況下否認——」

古城帶著困惑的表情說到一半，又忽然停住了。因為他突然察覺，雪菜用來關他們的房間真面目為何了。

「……古城？」

淺蔥擔心似的喚了他。然而，古城只顧沉默地咬緊牙關。

陳舊又莊嚴的石砌建築物，瀰漫其中的獨特空氣以及周遭充斥的濃密魔力——這一切古城都曾體驗過。儘管建築物本身的樣貌不同，但是那在這個世界裡並沒什麼好大驚小怪的。

在這個屬於夢境的世界裡——

「姬柊……難道這裡是……」

「是的。」

雪菜回望古城，沉重地點頭。

在這個地方，會擺著嚇人的拷問器具也是可以理解的。

因為這裡本來就是用來收容罪犯的建築物，專門監禁那些普通牢房關不住的危險罪犯。

就算有個萬一，古城的魔力失控，絃神島也不會遭受損害。

只要他們都待在這個封閉的空間裡。

「接下來，我要請學長和學姊取回記憶。」

雪菜握緊長槍，望著心生動搖的古城他們這麼說。

然後，她提到了那個詞彙：

「————就在監獄結界這裡進行。」

第一章 逃亡

The Fugitives

1

她在港灣地區的露天咖啡座望著海。

遠東的「魔族特區」絃神市，據說是浮在東京南方海上三百三十公里處的人工島。以樹脂、金屬及魔法打造出的冒牌大地；亞熱帶的強烈陽光；一望無際的汪洋。對於在東歐內陸長大的她來說，這些全是稀奇景象。

即使如此，每天看仍舊會膩。

當然那並不是一塊糟糕的地方——她這麼想。雖說聖域條約生效後已過了四十年以上，人類和魔族能自然共存的都市依然算少。

建築物乾淨，治安也不壞，而且最重要的是餐點美味。

基本上若要問到生活容不容易，她並無法坦然回答「ＹＥＳ」。

畢竟物價實在太高了。比如陳列於櫃台的一片起司蛋糕，換作在她遙遠的故鄉，用同樣價錢買下完整一大塊還有零錢可找。

絃神島屬於人工島，糧食自給率自然低得不能再低，從本土運輸的成本會讓食材變得昂貴也是可以理解。話雖如此，從顧客的立場來看，這座島上的餐飲店菜單除了漫天開價外，根本沒有其他字眼能形容。

「我要抗議……堅決抗議……我之所以只點一杯最便宜的咖啡，絕不是因為自己窮。沒錯，這算是一種政治性的抗議行為……」

她一邊這麼告訴自己，一邊啜飲砂糖及奶精加得將近飽和的甜膩咖啡。相隔半天才攝取到的糖分深深滲入飢渴的身體各處。

「嗚嗚……為什麼身為卡爾雅納家女兒的我，竟然會……」

和以往曾是名門千金，還過得衣食無缺的自己相比，兩者間的落差讓她差點忍不住叫屈。但是她粗魯地甩甩頭，將後半句話吞回去。

那之後沒過多久，和她約好在店裡見面的人就出現了。

有一名高個子的女性認出她戴在左手腕的金屬手鐲——魔族登錄證，隨即走了過來。短髮；目光銳利的丹鳳眼；穿得俐落體面的深藍色套裝；高級品牌行李箱。來者是個有如鋒利刀械般散發著冷冽氣質的美女。

「妳就是MAR的研究主任曉深森對不對？」

她擱下喝到一半的咖啡，起身向穿套裝的美女攀談。

MAR——Magna Ataraxia Research公司是東亞地區的代表性巨型企業，經手商品從感冒藥廣達兵器，屬於全球屈指可數的魔導產業複合體。

而曉深森則是在ＭＡＲ擔任主任研究員的一位女性。據說ＭＡＲ紘神分公司保有的專利權當中，光她一人的研究成果其實就占了四成。

「我是戰王領域卡爾雅納伯爵領主——已故富里斯特．卡爾雅納的女兒，葳兒蒂亞娜。非常榮幸見到妳，夫人。」

葳兒蒂亞娜恭敬地主動報上名號，並對套裝美女伸出右手。

對方卻面無表情地回望她，尷尬似的嘆氣。

「我是擔任助手的遠山。曉深森主任在這邊。」

「……咦？」

這麼說來，套裝美女背後站著一個穿了皺巴巴白衣的娃娃臉女性。

留長的頭髮毛毛躁躁，似乎保養得不好。睜不開的眼皮給人一種剛睡醒的印象。代替菸草叼在嘴邊的，好像是吃完的冰棒棍。即使在身為外國人的葳兒蒂亞娜看來，也能一眼認出對方屬於邋遢型大人。

「妳……妳是曉深森？我記得資料上有寫，妳是兩個小孩的母親吧……？」

葳兒蒂亞娜愕然反問。

她擅自想像的冷靜幹練女研究者形象，就這麼崩然瓦解了。穿著白衣的對方，本身簡直像個還需要照料的孩子，實在看不出是有育兒經驗的人。

曉深森卻毫不遲疑地點頭說：

「哼哼，沒錯喔。我們家的古城讀國中三年級，然後凪沙比他小一歲。」

「是……是喔。」

「初次見面，卡爾雅納小姐。我可以叫妳薇薇嗎？對了，請收下這個，當作見面禮。」

深森說著就從隨身攜帶的冰盒裡拿出新的冰棒。

一瞬間，葳兒蒂亞娜被遞過來的冰棒吸引住了。不過她害怕旁邊遠山的反應，雖然多少有些不捨，她仍輕輕搖頭。

「承蒙妳的好意……但還是不用了。畢竟我們在咖啡廳裡。」

「哼哼……那倒也是。」

曉深森爽快地同意，蓋上了冰盒的蓋子。

助手遠山和葳兒蒂亞娜面對面入座，向店員簡單點完餐以後就開口：

「妳捅出的問題真是大手筆。」

遠山露骨地投以責備的視線，讓葳兒蒂亞娜縮了身子。

「——絃神島北區的產業道路凹陷，天橋倒塌，周圍地區停電最長達四個小時。資材運送發生延遲，對敝公司業務也造成障礙，而且還多調了人手協助警方辦案。」

「等……等一下，那都是……」

「那都是Pemptos……第五號『焰光夜伯』做的好事，對吧？難道妳想說，自己只是單純受波及的被害者？」

「是……是啊。」

葳兒蒂亞娜用力點頭。

她遭襲擊正好是大約二十四小時前的事。當時她對「曉古城」這名少年觀察到一半，就受到操縱驚人眷獸的吸血鬼攻擊。襲擊者被她們稱為「第五號（Pemptos）」，是第四真祖的基體之一。

「我再怎麼想，也想不到第五號會在一堆人都看得見的地方發動攻擊啊。那是不可抗力嘛。儘管我確實是用了非正規的管道把『那個』帶來才會被盯上，這一點我可以承認。」

「妳的主張我明白了。原本我們就不打算要妳謝罪或賠償。」

遠山淡然的說明讓葳兒蒂亞娜捂了胸口。就算要求償，卡爾雅納家現在也沒有足夠的財力支付。不過——

「哼哼……『王』會親自襲擊過來，我能不能相信妳帶在身上的鑰匙是真貨呢？」

曉深森將愛睏的眼睛瞇得更細，笑吟吟地提出問題。

葳兒蒂亞娜默默收起下巴，然後從大衣懷裡掏出了那樣東西。

一根用粗糙布料包著的金屬棒，直徑大約三到四公分，長度不足五十公分，其中一端尖銳突出，讓人聯想到小型木樁，銀亮表面上刻有細密的魔法符文。

「哦……這就是『棺材』的鑰匙？」

「是的。全世界只存在三支這樣的『天部』遺產——可令魔力失效並斬除萬般結界，『專剋真祖』的聖槍。」

葳兒蒂亞娜語氣凝重。

這支銀色金屬樁是她老家代代相傳的貴重物品，現在的她幾乎僅剩這項財產。

「不過我聽說，只有『瑪土撒拉的後裔』能用這東西耶？」

「是的。相傳正是如此。」

曉深森的疑問讓葳兒蒂亞娜垂下視線。

要啟動這項神器，必須有高純度的大量靈力。基本上這支金屬樁並非出於人類之手，而是名為「天部」的亞神種族，史前時代滅亡的遠古超人類製造出來的產物，無論如何都不是身為魔族的葳兒蒂亞娜所能駕馭的玩意。

呼——深森困擾似的噘嘴說：

「繼承『天部』基因的珍貴靈媒——要找這種人才，實在少之又少呢。即使在這座『魔族特區』也鮮有機會和那種人謀面。」

「可是，牙城的女兒不就——」

「嗯？牙城……？」

深森聽見葳兒蒂亞娜用的親暱稱呼，耳朵頓時豎了起來。

她笑吟吟地偏過頭，直望著葳兒蒂亞娜。

葳兒蒂亞娜看了那張笑臉，感受到一股莫名強烈的恐懼，連忙對深森搖頭。

曉牙城是曉古城的父親。換句話說，就是深森的丈夫。

只不過他們夫妻倆目前分居中，似乎好幾年沒見面了。葳兒蒂亞娜叫牙城叫得那麼親密，大概讓深森從中嗅到了偷腥的徵兆。

當然，葳兒蒂亞娜和牙城之間根本沒有外遇關係。

所以她大可表現得光明磊落，不過自從和那個男的認識以後，確實接連發生過一些小狀況，讓她心裡有股說不出的愧疚。具體而言就是他們遭遇共通的敵人襲擊，有時在逃亡途中就會莫名貼得緊密，有時還被牙城看見她的裸體，有時更被迫吸牙城的血——大致上就是這一類的狀況。

「是……是我失禮了。不過，聽說曉先生的女兒到戈佐遺跡的時候，曾讓封印的遺跡啟動呢。」

猛流冷汗的葳兒蒂亞娜又設法延續話題。

浮在地中海上、世界最古老的「魔族特區」戈佐島——

那裡是第十二號「焰光夜伯」的「棺材」被發現的地方，同時也是葳兒蒂亞娜的親姊姊——莉亞娜·卡爾雅納喪命之地。

「對呀。換作是以前的凪沙，確實有可能操控那玩意。」

深森閉上眼睛嘆氣。

「不過，她現在不行了。」

「不行是指？」

「凪沙在戈佐的事件中失去了力量，而且還變得體弱多病，目前仍在住院。」

「啊……」

葳兒蒂亞娜察覺到自己失言而懊悔。

在戈佐島遺跡，由於標榜獸人優勢主義的恐怖分子發動襲擊，連葳兒蒂亞娜的姊姊在內，有眾多人因此犧牲。而曉古城和凪沙這對兄妹當時也在現場。

葳兒蒂亞娜也知道他們倆受了傷，可是她並沒有想到曉凪沙會因為那次的傷勢而喪失通靈能力。

「要打開『妖精之棺』，最穩當的方式大概就是拜託獅子王機關。畢竟他們從以前就在蒐集並培育『瑪士撒拉的後裔』，這項傳聞很有名喔。哎，正因如此，『宴席』才會由獅子王機關擔任定奪者。」

深森不悅地實話實說。

「獅子王機關……那些傢伙……」

「妳向他們求助卻被拒絕了？也算理所當然啦。卡爾雅納伯爵在戰王領域的封地已被接收，不復存在了。既然付不出代價，賭局就無法成立。」

「可……可是，只要你們的總公司願意協助——」

「關於這一點，請容我向妳轉述MAR的官方見解，葳兒蒂亞娜．卡爾雅納。」

遠山冷冷開口，打斷了葳兒蒂亞娜。

「我們無意讓『睡美人』覺醒。」

「咦……？」

葳兒蒂亞娜的臉失去血色。所謂睡美人，是保管於MAR紘神研究所的第十二號「焰光夜伯」的別名。那是由吸血鬼真祖們和「天部」創造出的世界最強吸血鬼——第四真祖的候補者。

但她目前仍然被封印於名叫「妖精之棺」的冰塊當中。為了讓她覺醒，葳兒蒂亞娜付出許多犧牲才來到這座遠東的「魔族特區」。

然而——

「怎麼這樣！為什麼……」

「她是珍貴範本，為敝公司帶來了莫大的利益。我們不能魯莽挑戰可能意外失去她的風險。做為一間營利企業，我認為這是合情合理的判斷。」

「唔……」

遠山公事公辦地宣告，讓葳兒蒂亞娜沒辦法反駁。第十二號「焰光夜伯」本身就是「天部」魔導技術的結晶，做為標本的價值無從估計。讓她繼續沉睡下去，對MAR反而有利。

「此外，關於妳所擁有的『鑰匙』，我們認定那具有相當高的價值。敝公司希望能趁這個機會向妳收購，不知道妳意下如何？價碼當然就由妳來開。」

遠山不改表情繼續開口。葳兒蒂亞娜的視野被憤怒染紅。

「誰會賣給你們這種守財奴！」

葳兒蒂亞娜用力握緊金屬椿，狠狠瞪向遠山。

遠山用看待奇特生物的目光面對這樣的她。

「妳帶著也沒有意義喔。身為魔族的妳並沒辦法使用那個。」

「要妳多管閒事！」

「這樣嗎？那麼，交涉是絕裂嘍？」

很遺憾——遠山說得不帶情緒。

「對，正是如此。抱歉浪費妳們的時間。」

葳兒蒂亞娜粗魯地踹開椅子起身，撂完話就想走。

就在這時，曉深森帶著和現場氣氛並不搭調的開朗臉色拍了手。

「啊，糟糕，我都忘了。遠山，拿那個。把那個拿出來。」

「好的。」

遠山打開鋁製行李箱，從中拿出一個外表不平整的長條型紙盒。

那似乎是從挺偏遠的地方寄來的，紙盒表面貼了好幾張國際郵件的單據。

「有妳的包裹喔，牙城寄的。」

「牙城寄的？」

葳兒蒂亞娜蹙著眉頭收下了紙盒。深森的臉頰再次抽搐，不過葳兒蒂亞娜毫不介意地拆開盒子。

紙盒裡裝的是黝亮的金屬製狩獵器具，外型看似危險且酷似步槍的一挺弓。

附在包裝中的另一項東西，則是細長的金屬管。

管身長度不滿十五公分，還附有三片小小的安定翼。尺寸正好能將葳兒蒂亞娜帶著的金屬椿套進去。

「十字弓……還有這個是？」

「箭管啊。和咒式槍用的彈匣原理相同，那是供聖槍用來密封靈力的輔助軸(Extender)。雖然是設計成隨用即丟，不過以理論上而言，它似乎能用封存其中的靈力讓鑰匙啟動。受不了，真不知道他是騙了哪裡的巫女將靈力封存進去的——」

哼哼——深森煩躁地嘆息。

葳兒蒂亞娜默默拿起被稱為箭管的金屬管。那在旁人看來只像普通金屬塊，但是她明白內部填滿了驚人的靈力。

能張羅到這種程度的靈力，大有可能順利啟動「棺材」之鑰。葳兒蒂亞娜不必借助靈能力者的手，就能讓第十二號「焰光夜伯」覺醒。

然而，假如在極近距離下被釋放的靈力波及，使用者本身也不會安然無恙，對於身為魔族的葳兒蒂亞娜更是格外要命。

得從間隔一段距離的位置，精確地朝「妖精之棺」發射聖槍才行。

十字弓大概就是為此準備的。

「有了這個……就能打開『棺材』的蓋子……」

葳兒蒂亞娜握緊金屬管，渾身顫抖。

對目前被逼上絕路的她來說，這是求之不得的好東西。但她同時也感到困惑，方才拒絕合作的深森兩人為什麼會把這個交給她。

「我們並沒有打算喚醒睡美人，畢竟和獅子王機關或其他基體為敵也會很麻煩。」

深森嘀咕得像是在自言自語。接著她使壞似的瞇著眼，一副別有深意的表情望著葳兒蒂亞娜。

「不過，要是有外人沒得到允許就闖進研究所，還擅自打開『棺材』的蓋子，那我們也無可奈何呢。」

「夫人……妳……」

葳兒蒂亞娜察覺到曉深森的用意，忍不住驚呼。

入侵ＭＡＲ的研究所並擅自摧毀「棺材」。非法入侵外加毀損罪、妨害業務罪——天知道那會被追究多少條罪名。但只要不惜冠上罪犯的汙名，就可以喚醒第十二號「焰光夜伯」。曉深森正在無言中質問：「妳有沒有這樣的覺悟？」

葳兒蒂亞娜的答案早就確定了，沒有任何迷惘。

反正不管如何，她從一開始就沒有其他選擇。

2

夕陽的光照進了小小的病房裡——

曉凪沙正在病房中央的床上打呼。

她是以十三歲而言顯得比較嬌小，稍微給人年幼印象的少女。烏黑的長髮在沒有圖案的白色床單上散成一片，從睡衣袖口露出的纖瘦手臂上還接著點滴的管子。曉古城望著她那張臉龐，口裡發出嘆息。

古城聽到凪沙在學校昏倒是上週末的事。這是她今年以來第四次住院。

凪沙三年前受了重傷以後就常常病倒。即使靠著「魔族特區」最先進的醫療技術，要徹底治好她似乎仍有困難。

「咦……古城哥？你從什麼時候就在了？」

不久後凪沙察覺到古城的動靜，便緩緩挪身睜開眼睛。呼啊——她打了個小小的呵欠，一臉疑惑地抬頭看向古城。

「我剛來。抱歉，晚了一點才到。」

古城說著雙手在面前合十。

放學後來探望住院的凪沙是他最近的日常行事。不過，今天他被找去幫忙準備開幕在即的波朧院節慶，就耽擱了到醫院的時間。離會面時段結束已經剩不到多少時間。

凪沙卻沒有責怪他，開心地笑著說：

「這樣啊。好可惜喔，要是你早一點來，就有機會用蒸熱的毛巾幫人家擦背了。特別大優待耶。」

「那有什麼會讓我覺得可惜的要素啦？」

古城傻眼地嘆氣。不巧，他就是沒有萌妹妹的興趣。就算撇開這個不談，屬於典型幼兒身材的凪沙也和女人味絲毫扯不上邊。

「今天只有古城哥嗎？淺蔥呢？」

被古城隨口應付過去的凪沙鼓著腮幫子，慢吞吞地撐起上半身。古城用多的枕頭代替靠墊，抵在她背後。

「那傢伙說要去打工。這個是她託我帶來的，據說是新刊。」

「哇！真的嗎！幫我跟她說謝謝。這部麻將漫畫，我從之前就好在意後續發展耶。還有這篇居酒屋的美食漫畫。」

「……妳們把自己當中年大叔啊……雖然也無所謂啦。」

妹妹的漫畫品味頗為老氣，讓古城皺著臉苦笑。

多話是凪沙從小以來的缺點，就算現在變得體弱多病，這一點幾乎也沒有改變。她開朗的性子讓古城和家人倍感寬慰倒也是事實。

「看來妳比我想的還有精神。」

「嗯。抱歉，給古城哥添了麻煩。這次和平時一樣是住院檢查，我想下週應該就可以出院了。」

嘿嘿——凪沙笑得有些害羞。

「怎樣都好，妳別逞強啦。」

「不要緊的啦。再說待在醫院，深森媽媽也會來看我。」

「哎，再怎麼說她好歹也是妳的主治醫生嘛……」

古城兄妹倆的母親曉深森是ＭＡＲ的主任研究員。另一方面，她更是醫療系的過度適應能力者（Hyper Adapter），還具備醫師資格。

大概也因為如此，深森忙得嚇人，一週當中幾乎每天都留在ＭＡＲ的研究所和這棟附屬醫院過夜。能每天和那麼忙的母親見面，應該是凪沙住院生活中為數不多的慰藉之一。

「我才擔心古城哥呢。人家一不在就會開著窗戶睡覺，晾衣服又不收，房間也亂糟糟的，還一直堆垃圾。要記得在睡覺前刷牙，也不可以忘記寫作業喔。」

「你把我當幼稚園小朋友啊？」

被妹妹一臉認真地擔心，古城不滿地歪了嘴。話雖如此，凪沙這個整理狂不在，古城的房間確實就會亂糟糟，所以他也不能發太大牢騷。

「對了，我有看電視喔。前天的爆炸事故，好誇張耶。」

凪沙忽然改變話題。愛聊天的她應該憋了很久，就是想找人聊這個話題。

「嗯，道路凹陷的那則新聞嘛。」

古城擺著嚴肅的臉色點頭。

兩天前，在這棟ＭＡＲ附屬醫院旁邊發生過大規模的爆炸事故。

爆炸中心附近的天橋被消滅得不留痕跡，道路也像遭人挖去一大塊般凹陷。

碰巧在那天過來探望凪沙的古城和淺蔥則因為道路封閉，直到深夜都回不了家，碰了個大釘子。

「新聞說那是建設公司的施工失誤吧。地下管路出現裂痕，漏出來的瓦斯一直累積，就被漏電的火花引爆了。」

「咦？是喔？原來那不是隕石造成的？」

「啥？隕石？」

凪沙天外飛來一句，讓古城愕然反問。他以為那是某種玩笑，結果凪沙卻一臉認真地仰望他說：

「我聽說在爆炸點發現了不明飛行物體的殘骸，還回收了外星人的屍體耶。人工島管理公社好像都把情報掩蓋掉了。這是深森媽媽告訴我的。」

「……妳別相信那個媽媽（笨蛋）講的話。因為這年頭就算在網路上，也很少有人會散播這麼蠢的假消息。」

「咦？那是假的喔？」

這次換凪沙愣住了。她大概是覺得上當太丟臉，就「唔哇」地叫著撲到毛毯上說：

「呃……人家本來也覺得很奇怪嘛。可是可是，假如時間錯開一點點，當時你和淺蔥也會被捲入事故對不對？走路要小心喔。」

「我不覺得那是小心就能避免的啦。萬一被那麼大的爆炸波及……」

看過事發現場的古城對妹妹老實說出感想。

「就算這樣，你還是要設法小心！」

「好好好，我懂。唉，再怎麼說，那種事故也沒那麼容易發生吧。」

古城隨口答應了妹妹不講理的要求。

就在下一刻，設施裡響起類似火災警報器的警鈴聲。

「——欸，剛剛才提到，結果馬上又出狀況喔？」

時間點太巧，讓古城嚇得衝到窗口。

警鈴並不是在凪沙住的這一棟樓響起，而是來自旁邊的巨大建築物——ＭＡＲ研究所的方位。

ＭＡＲ是經手廣泛魔導製品的巨大企業，涉獵範圍不只醫療領域。事故發生在這樣的研究所裡，會讓人擔心是否大事不妙。坦白講，根本不知道會有什麼樣的物質外洩。隨後——

「凪沙！」

感到不安的古城一轉頭，就看見妹妹痛苦地捂著胸口。

她那原本就不算好的氣色，已經蒼白得徹底失去血色，而且背不停顫抖，呼吸急促。

「沒……事的……我只是稍微嚇到……而已。」

「妳那臉色才不叫沒事吧。在這邊等著，我馬上找人過來——」

古城拚命保持冷靜，尋找呼叫鈴按鈕。

然而在他按下去之前，病房的門就開了。

面無表情進入病房裡的是個穿白衣的高個子女性。

「——遠山小姐？」

「我在走廊聽見你的聲音，所以進來看看情況。凪沙小姐要不要緊？」

MAR的研究員遠山美和淡然問道。她是曉深森的助手，和古城兄妹倆都見過面。儘管是個感受不到人情味而難以親近的人，她的冷靜在這種時候倒相當可靠。

「剛才的警鈴聲是怎麼回事？」

古城問了開始為凪沙診察的遠山。他並不期待遠山會有什麼情報，她卻答得意外乾脆。

「在研究所本館內部，似乎發現有可疑分子入侵。」

「妳說的可疑分子是……」

「警衛正在搜索，但目前醫院這邊並無安全方面的問題。不過，所能想見的是可疑分子會往這裡逃。此外，我們也無法完全否定對方攜帶爆裂物的可能性。」

「爆……爆裂物！」

遠山率直過頭的說明讓古城全身僵住了。她所講的大概只是最壞的可能性，但古城兄妹倆並無法以笑容處之。因為他們在三年前就曾經歷過恐怖分子帶著爆裂物發動襲擊。

「因此保險起見，我想將凪沙小姐移送到特護治療室（HCU）。畢竟那裡有警衛常駐，有什麼問題也能優先採取應對。」

「好……好啊。如果妳願意幫忙安排——」

依然繃著一張臉的古城點了頭。既然沒辦法讓凪沙到醫院外避難，遠山的提議恐怕就是最佳選擇。

「對不起喔，古城哥。明明你好不容易過來看我。」

凪沙痛苦地呼氣，話說得相當虛弱。

古城硬是擺出笑容，然後摸了摸她的頭。

「別在意。幫我跟媽說，狀況安定下來後要跟家裡聯絡。」

「嗯。」

「還有，妳託我帶回去的制服是這套嗎？」

「對，麻煩幫我送洗。西口的北極舍在星期三會有半價優惠，別忘記送去喔。集點卡我放在廚房抽屜裡面。」

「要求得真細耶……」

妹妹在這種狀況下話也不會變少，讓古城有些佩服地發出感嘆。

凪沙交代這些時，遠山叫來的幾位護士到了病房，讓凪沙躺上擔架。等她們一將凪沙運走，病房裡只剩下古城和遠山。

遠山忽然正色說道：

「醫院內已經加強警備，或許暫時不要到外面會比較安全。看你是要把令妹的睡衣戴到頭上或者聞枕頭味道都請隨意。」

古城冷不防被說了這麼一句，嗆得邊咳邊說：

「請妳不要一臉正經地叫別人做變態舉動！我沒有那種興趣！」

「……咦！」

「咦什麼咦！妳為什麼要露出那麼意外的臉！」

古城瞪著面無表情的遠山嚷嚷。不愧是深森的助手，這位叫做遠山的女性也是個不能等閒視之的怪人，壞就壞在根本分不清她哪些話是認真的。

「那麼，假如你想回去了，請利用醫療大樓的通道。用這張通行證就能使用通道。」

「啊，好的……我明白了。」

妳不替剛才的戀味癖發言釋疑嗎——古城這麼想著收下通行證。

被稱為醫療大樓的建築物是位在研究所對面的區塊，遇上可疑分子的機率確實很低。聽說縱使是研究員的家人，非內部員工都不能進去醫療大樓，但這次應該算是緊急情況下的特例。遠山會專程來凪沙的病房，或許就是為了將通行證交給古城。

那我失陪了——遠山簡短說完就動身離去。

古城將交到手上的通行證塞進制服口袋，無奈地搔了搔頭。

他的右側腹肋骨一帶隨即竄過一陣劇痛。

「唔……！」

與其說是痛，那更接近一種熱度，彷彿被尖槍捅進身體的衝擊。

古城痛得忍不住靠到牆角，同時有段異樣的景象重現於他的腦海。

沉睡在巨大冰棺中的少女；扎入棺裡的銀樁；眩目光彩；純白寒氣。

髮絲翻騰如火，在飄落的冰雪中逐漸轉變成虹色。

迷人雙眸隨之睜開。散發著青白燃燒色澤的焰光之瞳——

「這是……什麼！」

古城按著額頭呻吟。

就在下一刻——

大地伴隨轟然巨響搖動，驚人的衝擊湧上醫院。

3

「可惡……」

古城拖著搖晃的腳步前往醫療大樓。

流入腦裡的影像怒濤已經消失，肋骨的疼痛卻加劇了。心臟搏動聲在耳邊響得猛烈。

全身熱得像被火烤，血液彷彿正在沸騰。

「是……這邊嗎……？」

連古城本身也不明白自己正要去哪裡。

只不過，古城覺得有人一直在呼喚他。受到那細微的呼喚聲激發，他才會不停地走。

古城用了拿到的通行證穿過無人的通道。

建築物內一片昏暗，或許是剛才的爆炸造成停電。陌生通道有如迷宮錯綜複雜，古城卻毫不猶豫地往裡頭走去。

通道中粉塵飛揚，有股刺鼻的異味。建築物四處可見龜裂，通道的一部分已經凹陷。

儘管石礫會耽擱腳步，古城還是朝建築物內部越走越深。

路上沒有其他人影，黑暗和石礫隔絕了他人闖入。

不知不覺間，黑暗中蒙上一層白霧。

冷得令皮膚刺痛的寒氣。

「居然有……冰？」

通道地板和牆面被冰層籠罩，金屬接縫蓋著一層厚厚的霜。細雪結晶有如花瓣，交雜於為寒霜所覆的大氣中。

地面冒出的眾多冰柱像荊棘一樣尖銳，阻擾別人接近。

此時古城停下了腳步。

和學校教室差不多大的空曠房間，空蕩的室內堆放著許多木箱及雜物。看來這裡是被當成倉庫使用的區塊。

倉庫中央有用來爬到地下的樓梯，周圍地板出現大規模裂痕。那一帶的寒氣格外強烈，爆炸點大概就在附近。

或許是溫度急遽變化所致，古城腳邊的混凝土變得相當脆弱。他判斷無法再靠近，就慢慢朝周圍看了一圈。

身體的熱度不知在何時消退了，肋骨的疼痛也已消失。可是——

「有人在嗎？」

古城的聲音在白霧當中迴盪開來。宛如要回應其呼喚，傳來了一陣踏在新雪上的細微腳步聲。

「……咦！」

回頭的古城呆愣地睜著眼睛，停下動作。

從倉庫天窗灑落的夕陽中，有人默默站在那裡。

那是容貌空幻好似妖精的年幼少女。

手腳細如稚子，沒長什麼肉，眼睛顏色是冰河般的淡藍。

頭髮是淺金色，從不同角度看會像彩虹一樣改變顏色。

像從西洋畫中走出來的她臉孔美麗得超凡脫俗，屬於讓人本能感到畏懼的一種美。

「為什麼……我認得妳……！」

古城依然無助地杵在原地，口中發出驚呼。無數幻覺再度流入他的腦海。

他認得這個少女。

他在某個不屬於這裡的遙遠回憶中見過她。

被殺戮和暴力塗上血色的一座遺跡——

「唔！」

少女緩緩走向前。身上籠罩著純白霧氣的她，纖纖玉體露出全貌。瞬時間，古城慌得臉都歪了。

他到這時才發現，少女一絲不掛。

微微突出的肋骨、稍稍隆起的胸部及剔透白皙的肌膚，全都完全暴露在古城眼前，徹底赤身裸體。

「等……等一下……」

古城伸出手想制止，少女卻不停下腳步。

而且古城也無法從她面前別開視線。好比受女王吸引的蜂群，他著迷得無法動彈。

「可惡……在這種時候還……」

窒息感忽然湧上他的身體。

金屬的臭氣衝到鼻頭，血味擴散於口中。他噴鼻血了。

原因恐怕是氣溫急遽降低以及伴隨而來的氣壓變化，再加上對這種異常狀況所懷抱的緊張。並非看了少女裸體而感到興奮的關係——他如此希望。

少女看到古城那模樣，幽幽地露出微笑。

美得和妖精般容貌相襯，卻能感受到某種邪惡的笑意。

她意外迅速地走到動彈不得的古城跟前，然後將臉貼了過來。形狀標緻的唇縫露出了白亮獠牙。

面對嘴唇抵上來的柔軟觸感，古城僵硬得無從抵抗。

不久，少女離開了古城身邊。從她嘴角溢出的是紅艷鮮血。她舔掉那些血，滿足似的瞇起眼睛。

「妳……吸了我的血……！」

古城發現眼前少女的真面目，聲音顫抖。

她是魔族，而且是力量大得超乎常軌的未登錄吸血鬼。

醫療大樓發生的爆炸、凍結的大氣，八成都是她用魔力引發的現象。連住在「魔族特區」的古城也是頭一次遇上力量如此強大的吸血鬼。

古城覺悟自己會直接被少女殺害。「魔族特區」的法律對身為未登錄魔族的她不適用，設在島上的監視網路、隸屬特區警備隊的眾多攻魔師都保護不了現在的古城。

即使生著一副嬌小少女的外貌，魔族仍具備壓倒性體能。不需要動用吸血鬼的眷獸，她應該徒手就能輕易將古城大卸八塊。

然而少女的下一個動作出乎古城預料。

像是剛睡醒的她大大地眨了眼，仰望眼前的古城，然後害怕似的後退了。

「唔……啊……」

少女用雙臂遮住赤裸的酥胸，無助地發出尖叫，和方才舔舐著古城的血，笑得凶惡恐怖的她判若兩人。現在的她正如外表所見，只是個柔弱無力的孩子。

「妳……」

少女性情驟變，讓古城掩飾不了困惑。

古城心裡無端湧上了莫名的罪惡感以及強烈的焦慮。要是被陌生人看到這幕景象，肯定會遭人誤解成他正要對赤身裸體的少女非禮。

而且正如古城憂懼的，這時他背後傳來了別人的動靜。

有個穿黑色大衣的女性舉起像槍的玩意對他怒喝：

「——不要動！」

「咦！」

古城反射性舉起雙手並回頭。

結果站在那裡的是個褐髮飄逸的年輕女性，五官深邃端麗卻顯得意外年輕，看上去頂多比古城大個兩三歲。

她用來指著古城的，是一挺金屬製黑色十字弓。

只不過十字弓上面並沒有裝箭，純屬威嚇。嚇唬人而已。

「妳也是吸血鬼？入侵研究所的可疑分子，就是妳們兩個嗎？」

古城瞪著女性質問。

奇怪的是，他並不覺得害怕。對方穿著酷似邪惡組織女幹部的服裝，卻感受不到暴戾之氣，反倒有種家境優渥而流露出來的天真，渾身都是破綻。

「我姑且確認一下。你就是曉古城沒錯吧？」

女性沒有回答古城的問題，還反過來質疑他。古城訝異得眨了眨眼，忍不住自己確認身上是不是配戴著能認出姓名的物品。

「妳為什麼知道我的名字？」

「我是葳兒蒂亞娜・卡爾雅納，戰王領域卡爾雅納伯爵領主之女。」

「卡爾雅納……呃，慢著……」

古城對她的話感到疑惑。他和眼前的女吸血鬼當然是初次見面。

既然會提到「戰王領域」的伯爵，就表示她是和第一真祖「遺忘戰王（Lost Warlord）」血脈相繫的純血吸血鬼。古城身為普通國中生，要認識那等人物可不容易。

即使如此，古城還是覺得她很面熟。

說得更精確一點，古城認識的是和她面容相像的其他人。將褐髮剪短削齊的美麗女研究者，過去曾拚上性命就為保護古城和凪沙的某個人——

「我知道你失去了戈佐島上的那段記憶。也許你想不起來，但希望你相信我，我不是你的敵人，也沒有損害MAR的意思。」

「沒有損害的意思……炸了這座地下室的不是妳嗎？」

古城一邊環顧周遭慘狀一邊傻眼地嘆氣。自稱葳兒蒂亞娜的女性貌似心虛，視線左移右閃地說：

「我……我只是想帶著那個被囚禁的女生離開啊。」

葳兒蒂亞娜說著便指向金髮吸血鬼少女。少女頓時肩膀顫抖，莫名就想躲到古城背後。

「……被囚禁？表示她是這裡的住院患者嗎？」

「要說的話，可能比較接近實驗動物喔。」

葳兒蒂亞娜望著金髮少女，同情似的瞇了眼睛。

「表示她是MAR的研究對象？因為這傢伙是吸血鬼嗎？」

「嗯，沒錯。這個女生並不普通，她屬於特別的吸血鬼。」

葳兒蒂亞娜或許是判斷古城沒有敵意，就將原本瞄準好的十字弓放下。古城發現有鮮血正從她的右臂滴落。

「那道傷……是被警衛射中了嗎？」

「別小看吸血鬼的痊癒力，這種程度的傷立刻會好。」

蔻兒蒂亞娜用左手按住傷口，嘴裡嘀咕著。不過那應該相當痛，仔細一看，她已經淚眼汪汪了。

古城無奈地搖頭，然後瞪著她說：

「……普通的傷口或許立刻就會好，但這裡可是『魔族特區』耶。開槍的人肯定是用對付魔族的特殊彈藥吧。」

「也對。所以我才想避免讓她受到危險。」

蔻兒蒂亞娜意外坦然地認同了古城的看法。接著她將折疊起來的十字弓遞到古城面前。

「拜託你，幫我的忙，曉古城。」

「幫忙……？」

古城騎虎難下便收下了十字弓，卻對蔻兒蒂亞娜的用意摸不著頭緒。坦白講就算給他沒有上箭的十字弓，也只會徒增困擾。

「請你帶著她逃走。我來吸引警衛注意，由你設法帶她離開這裡。既然你是牙城的兒子，這點小事肯定辦得到。」

「啥？」

為什麼這時候會提到老爸的名字——古城更困惑了。

不過另一方面，有些事也獲得釐清了。既然這個女吸血鬼和牙城認識，就能解釋她為何知道古城的名字。古城心想，難怪她的個性少根筋。

葳兒蒂亞娜似乎將古城的沉默當成了允諾，便擱下他和金髮少女，打算直接到外頭。

「幫我將她藏到安全的地方，之後我絕對會去迎接。」

「不對，妳等等啦！」

古城連忙叫住葳兒蒂亞娜。連事情都還沒弄懂，突然被人將光溜溜的女生推給自己照顧也很令人頭痛。

「說明一下讓我了解吧！為什麼要把『我會幫忙』當前提——！」

「沒時間說明了啦！」

葳兒蒂亞娜有些惱羞成怒地朝古城罵了回去，在古城背後的金髮少女頓時怕得發抖。葳兒蒂亞娜不耐煩地嘆氣說：

「可是，唯有一點你要記住。你有守護她的義務。」

「那是哪門子的義務啦？」

「因為只有她能救曉凪沙。這麼說你接受了嗎？」

「……什麼意思？」

古城抹去臉上的表情，並且回瞪葳兒蒂亞娜一眼。

一提到妹妹的名字，古城散發的氣息全變了。他眼中浮現的氣勢好比殺氣，令女吸血鬼語塞。

「就……就是字面上的意思嘛。曉凪沙衰弱的身體靠醫學治不好，就算用『魔族特區』的技術也一樣。她能活到現在反而才奇怪，在不久的將來她就會死。」

「凪沙……會死……？」

古城用力將拳頭握得陣陣發抖，說不出否定的話。

儘管沒有人挑明，但古城要說自己沒發現，那就是自欺欺人。

凪沙的體力毋庸置疑正一點一滴衰退。

她在三年前的事故中受的傷已經痊癒，但就是體力並未恢復。彷彿有一道看不見的傷口不停流著血，她的生命力目前仍持續耗損。

即使有曉深森和ＭＡＲ的醫療技術，光要為凪沙做延命治療就已焦頭爛額。

「有她在，就能救凪沙？」

古城指著金髮少女問。

什麼事都不清楚的少女尷尬地垂下視線。葳兒蒂亞娜望著這樣的她回答：

「第十二號『焰光夜伯』……奧蘿菈．弗洛雷斯緹納，這就是她的名字。」

「……奧蘿菈？」

古城感受到右側腹的肋骨隱隱作痛，奇妙的幻覺又在腦海裡復甦。懸浮於冰塊中的少女；睡美人；弗洛雷斯坦國王（奧蘿菈・弗洛雷斯緹納）的女兒奧蘿菈——古城知道這個名字。

「吾王，請容許我暫時離開您身邊。」

葳兒蒂亞娜恭敬地跪到少女跟前，然後將自己身上的大衣交給她。

「啊……唔……」

少女依然躲在古城背後，軟弱地出聲回應。她果然還是不明白自己處於什麼樣的狀況吧。連葳兒蒂亞娜是否屬於自己人，似乎也難以判斷。

或許少女認為即使如此還是得說些什麼才可以，便沒有把握地開了口：

「我……我原諒妳。」

她用清澈悅耳又高八度的嗓音回答。

4

三分鐘後，我會在研究所正前方召喚眷獸——

葳兒蒂亞娜說完就消失了。單純的誘敵之計。趁著她大鬧將警衛吸引過去時，再由古城帶著金髮少女——奧蘿菈從後頭離去。

戰術本身沒什麼花樣，不過在入侵者被當成只有一個人的情況下，或許多少有效。古城向遠山借來的醫療大樓通行證也挺受用。

而且只要離開MAR用地，似乎就不用擔心警衛會追出來找古城他們。

畢竟知道奧蘿菈存在的，僅限一小部分的研究員，再說監禁未登錄魔族根本就是不折不扣的犯罪行為。

信任一個剛謀面的吸血鬼是不太對勁，但至少葳兒蒂亞娜似乎確實和牙城認識。況且拋下這個懦弱的少女也讓人於心不忍。

還有，她要是真的能救凪沙，古城認為光憑這一點就值得冒險。

「話雖如此，這副模樣實在不方便。要帶妳到外面，總得穿件衣服才行。」

古城望著只在肌膚上披了皮革大衣的奧蘿菈，感覺有些頭大。

奧蘿菈的容貌本來就很醒目，假如帶著穿得這麼煽情的她到處走，在追究未登錄魔族的問題之前，古城難保不會先被當成性罪犯逮捕。

葳兒蒂亞娜那套殺手風格的大衣，造型基本上並不適合用來遮蔽肌膚，即使只是稍微走動，奧蘿菈的胸口和大腿根部就快要露出來了。

當古城望著她那模樣，苦思該如何是好的時候——

「別……別用淫穢的目光看我……！」

奧蘿菈轉身背對他，用軟綿綿的聲音抗議了。儘管用詞高姿態，畏縮無助的語氣卻讓這句話顯得不太有架勢。

「啊，抱歉……」

原來她還是有羞恥心啊——古城對奇怪的小細節產生感慨。舔掉古城鼻血的她，當時果然並不是處於正常狀態吧。

雖說對方是吸血鬼，被赤身裸體的女生用嘴唇貼上來，冷靜一想應該算相當不得了的體驗才對。那算接吻嗎？古城差點為此陷入煩惱，不過他還是告訴自己當下最好先忘掉。

「對了……記得凪沙那傢伙……」

古城放下拎著的書包，拿出裝在裡面的東西——凪沙拜託他送洗的制服。

那是凪沙在學校昏倒時穿的，不過上面看不到什麼明顯的髒汙。

「總之，這個妳先穿上。雖然衣服是我妹的，總比光著身子披大衣像樣多了。」

「唔，好……好吧。」

吸血鬼少女露出放心的表情，收下了制服。

凪沙比同年齡層的平均身高來得嬌小，奧蘿菈的個子倒是和她差不多，制服應該沒有穿不上的道理。

古城轉過身去等，奧蘿菈卻遲遲換不好衣服。

距離和葳兒蒂亞娜約好的時間已經沒多少餘裕了。就在古城開始焦急時，他聽見奧蘿菈像是快要哭出來的說話聲。

「曉……曉古城，我允許你替我扣上規戒之釦。」

「啥？」

妳在說什麼鬼話──古城納悶地回頭。

奧蘿菈揪著制服領口，臉色看來畏畏縮縮。看來她似乎不知該怎麼扣鈕釦而一籌莫展。

「啊……是要我幫妳扣釦子的意思嗎？」

古城順利解讀奧蘿菈的神祕語言，懶散地回了一句。把話說得好懂一點啦──他倒不是沒有這種想法，不過對方恐怕是外國出生的吸血鬼，光能溝通就謝天謝地了。

「欸，妳也是吸血鬼對不對？難道妳不能像剛才那個葳什麼來著的小姐一樣，變成霧氣移動嗎？」

古城一邊幫奧蘿菈扣上制服釦子，一邊提出他忽然想到的問題。

他聽說霧化是較多吸血鬼具備的特殊能力。假如奧蘿菈能變成霧氣隱身，要從這棟建築物脫逃就會輕鬆非常多才對。

但是吸血鬼少女卻搖搖頭，十分過意不去地垂下視線。

「我……我身並未領受霧之恩澤。」

「這樣嗎……妳不會的話，那也沒辦法。」

妳那是什麼時代的用詞啊——古城覺得不可思議，但還是決定不放在心上。雖然解讀起來有點麻煩，奧蘿菈還是勉強能表達出自己要說的意思。

「時間差不多了。妳盡量表現得大方一點，這樣應該比較不會遭人懷疑。」

「可……可也。」

奧蘿菈依然只有用詞有架勢，手卻還是緊緊揪著古城的制服，害得古城一邁出步伐就被她從後面拉住而跌了個踉蹌。

「妳喔……！」

古城轉頭瞪向奧蘿菈。

噫——吸血鬼少女則像隻小動物，縮起了身體。

隨後又一陣警鈴聲在醫療大樓內部響起。

看來葳兒蒂亞娜依照約定好的，開始召喚眷獸作亂了。要是不趕緊脫離ＭＡＲ用地，萬一門被封鎖就全盤皆輸了。

「受不了，叫妳大方一點了吧？被妳這樣黏著，光看就夠奇怪的！話說這樣連走路都很難走啦！」

「噫……嗚……」

被古城粗聲粗氣地責罵，奧蘿菈幾乎已經要哭出來了。大大的藍眼睛盈上淚珠，即使如此她還是用快聽不見的音量回嘴：

「我……我名喚奧蘿菈……」

「啥？」

「對我直呼『妳』是不對的……奧蘿菈．弗洛雷斯緹納，這……才是我尊貴之名……」

奧蘿菈光要表達這些，大概就擠完僅剩的所有勇氣了。她的後半句話沙啞得幾乎令人聽不懂。

反過來說，也許「奧蘿菈」這個名字的意義就是如此特別，讓懦弱的她非得像這樣向古城強調。

「我明白了……是我不好。抱歉。」

古城說著朝淚眼汪汪的她伸出手。

吸血鬼少女又嚇得後退，讓古城有些無奈地說：

「好啦。我們走嘍，奧蘿菈。」

這個瞬間，他覺得奧蘿菈頭一次笑了。

雖然那稍縱即逝的表情要稱為笑容仍嫌太過生硬。

奧蘿菈怯生生地回握古城的手。

古城抓緊她冷透的手，向外頭走去。
對於等在前方的命運，他們目前還渾然不知——

5

巨大野獸撕裂虛空現身了。
噴灑火焰的三頭魔犬（Kerberos）。那是具備獨立意志的濃密魔力聚合體。
吸血鬼畜養於本身血中的召喚獸——眷獸。
「『Ganglot』——拜託你了！」
葳兒蒂亞娜帶著全長近三公尺的魔犬，衝到研究所正面閘口前。魔犬用前腳掃過，將成排照明燈掄倒，吐出的火焰燒遍草坪。儘管實際損失不大，至少以視覺上來說仍算聲勢奪人的破壞行動。
葳兒蒂亞娜的目的並不是讓ＭＡＲ蒙受損失。她只要吸引警衛的注意，直到曉古城帶著奧蘿菈離開就行了。原本她是打算隨便鬧一鬧就撤退，可是——
「唔哇！」

受到四周毫不留情的集火射擊，葳兒蒂亞娜的臉僵住了。

從研究所建築物和正面閘口，有外型像垃圾桶的機械陸續趕到。那是內藏各式槍械的自動警備器。

大口徑機槍彈和槍榴彈火線如暴雨般落在葳兒蒂亞娜頭上。

「這……這和講好的不一樣啦，曉深森！妳不是說要幫忙減少警備嗎……！」

葳兒蒂亞娜一邊用自己的眷獸當擋箭牌一邊忍不住示弱。

機關槍子彈奈何不了吸血鬼的眷獸，話雖如此，她總不能一直躲在魔犬背後。這樣下去立刻就會遭到包圍，退路將被徹底截斷。

而且警備器的數量每一刻都在增加。雖然不知道那是怎麼得到人工島管理公社許可的，但武裝規模已經可比小型軍隊了。

「有錢人就是這樣才讓我討厭！」

葳兒蒂亞娜撂下帶有惱恨意味的台詞，並且陣陣後退。由於她拿眷獸來防禦，連反擊都無法隨心。

她瞄了研究所本館內側的醫療大樓一眼。時間比預定的要早許多，但似乎也只能逃了。

「要順利將她帶出去喔，曉古城……你可是牙城的兒子耶！」

葳兒蒂亞娜帶著祈禱的心情咕噥，往環繞研究所的高大圍牆靠近。在召喚出眷獸的狀況

下，她無法使用霧化能力。儘管如此，靠吸血鬼的肌力，要跳過那種高度倒也不難——

「啊……！」

忽然間，葳兒蒂亞娜受到令全身麻痺的衝擊，當場跪了下來。

原本清一色白的研究所圍牆上浮現了複雜符文和魔法陣——用於捕捉入侵者的結界。金色光輝耀眼，八成是束縛魔族行動的聖光。

警備器朝著動彈不得的葳兒蒂亞娜大舉殺來。魔犬忙於防禦正面的機槍彈而無法使喚。

「唔……！『Gangloti』——拜託你，衝破那道牆！」

葳兒蒂亞娜咬緊牙關，召出了新的眷獸。那是她率領的兩匹眷獸中剩下的最後一匹——雙頭魔犬(Orthros)。

受到巨大眷獸突擊，研究所的防護牆坍塌倒下。警備器繞到左右朝葳兒蒂亞娜開火，不過在那之前她的身體又能活動，爬到牆外去了。

「如我所料……它們沒有追來用地外面……吧……」

葳兒蒂亞娜氣喘吁吁地解除召喚的眷獸。

如今她身上已經沒有能在霧化後長距離移動的魔力了。出生後還未滿一百年的她，要稱作「舊世代」仍不成氣候，要同時操控兩匹眷獸實在太過勉強。

況且她全身上下都留有槍彈掠過的痕跡，雖然並不算致命傷，出血卻十分嚴重。可以的話最好找個安全的地方歇息。

葳兒蒂亞娜用上僅存餘力，前往郊外的海邊。她在單軌列車的高架橋下找了個不會被人看見的地方，然後癱倒在地。

她想躺在有床的地方，目前手邊卻沒有魔族登錄證。如果被要求出示身分證明，顯而易見會讓狀況變麻煩。計較這些之前，她也不能以這副渾身是血的模樣見人就是了。

「沒有魔族登錄證，竟然連店家都進不去……好你個『魔族特區』，歸屬『白天』的人類城市就是這麼討厭……！」

葳兒蒂亞娜明知自己是在遷怒，還是抱著雙腿大發牢騷。

不過她的心情倒沒有跌到谷底。這次碰上的狀況確實很慘，但目的已經順利達成了。那就是讓奧蘿菈．弗洛雷斯緹納覺醒。

「第十二號（Dodekatos）一醒，定奪者應該就不能不承認她是第四真祖的候補……這樣就可以為我們家族一雪憾恨了……莉亞娜姊姊……」

葳兒蒂亞娜嘀咕著亡姊的名字，祈禱般緊握雙手。

結果，傷口花了近三十分鐘才癒合。

傷勢的疼痛還留著，但出血已經止住。這要歸功於吸血鬼的超凡痊癒力。儘管失去的血和體力並沒有恢復，普通走路倒不成問題。

「得先和曉古城會合……早知道之前就該約好地點碰面的。」

葳兒蒂亞娜一面懊悔自己的疏忽一面起身。

忽然間，她的右腿炸得血花四濺。

等到回神過來，葳兒蒂亞娜就失去平衡倒在地上了。她仍不明白發生了什麼事，只是茫然望著傾斜的景物。

緊接著，劇痛竄了上來。

右邊大腿自根部以下都血肉模糊，是被大口徑步槍射中的。

「啊……唔啊啊啊啊啊啊啊啊啊！」

葳兒蒂亞娜按著滿是鮮血的右腿，放聲尖叫。

吸血鬼的生命力並不會讓痛覺麻痺。難以忍受的痛楚持續不斷，令她痛得死去活來。

不知從哪裡傳來了一陣作戲般的說話聲，像是要嘲弄這樣的她。

「啊……這不成，這可不成，太令人嗟嘆了。哪怕是家道中落，身為戰王領域的貴族吸血鬼千金，妳也不能哀號得這麼不成體統。既然身為淑女，就算被扯斷一兩隻手腳，也要時時表現優雅才行。」

「你……你們是……！」

葳兒蒂亞娜抬頭看了聲音的主人，整張臉頓時緊繃。

站著俯視她的，是個留著翹鬍子的消瘦中年男性。氣色黯淡，細細的眼睛裡看不透情緒。他那模樣令人聯想到狡狐。

而且在他的兩旁，還站著其他身穿黑衣的詭異男子。

那些人手腳異樣地長，隆起的肩膀肌肉誇張到令人費解的程度。他們臉上都戴著仿獸類頭骨的面具，從外露的肥厚嘴唇間還能窺見大得異常的參差尖牙。

「尼勒普西的匈鬼，為什麼會來到遠東的『魔族特區』……！」

連右腿的疼痛都忘記的葳兒蒂亞娜驚呼。

匈鬼是居住於「戰王領域」的一種魔族，屬於無法召喚眷獸的下等吸血鬼種族。他們一再以暴力手段擄掠，對葳兒蒂亞娜這樣的純血吸血鬼而言，是侮蔑及嫌惡的對象。

至於尼勒普西，則是那些匈鬼的自治領地名稱。而且生育葳兒蒂亞娜的家——卡爾雅納伯爵家，和那些尼勒普西的匈鬼爭奪領地已達數百年之久。葳兒蒂亞娜的父親就是在和匈鬼戰鬥時喪命的。

「呵呵，妳好奇嗎？嗯，我當然願意奉告嘍。」

翹鬍子男性一臉洋洋自得地說了。

「哎，也沒什麼，我只是聽聞了一些沒意思的風聲。由於難看地橫死沙場，何止失去擁戴的王，連領地都拱手讓人的愚蠢貴族的么女，居然不死心地想讓新的『焰光夜伯』甦醒，好參加『焰光之宴』——哎呀，實在滑稽可笑。」

「……住口！你這骯髒的匈鬼，我不准你侮辱我父親！」

葳兒蒂亞娜光火得大吼。她召喚的魔犬噴灑著火焰朝男子撲了過去。

然而在魔犬的攻勢抵達之前，男子左右的匈鬼們先有了動作。

雖然位屬下等，他們仍是貨真價實的吸血鬼，魔力容量凌駕其他魔族。而且匈鬼可以將增幅魔力的魔器嵌入體內，代替本身先天上無法使用的眷獸。

他們內藏於手臂及肩膀的凶刃陸續冒出，穿破了有血有肉的肌膚。

凶刃中蘊含魔力，將衝刺的魔犬迎頭擋下。憑葳兒蒂亞娜元氣大傷的眷獸，沒辦法將他們一舉衝散。

「怎麼了嗎？妳自豪的眷獸就只有這點能耐？」

翹鬍子男性神情愉悅地偏過頭問。

「老實說，我們對妳相當感謝喔，葳兒蒂亞娜·卡爾雅納。多虧妳讓第十二號復活，我們才能獲得新的弒神兵器。」

「怎麼會……你們休想……」

薇兒蒂亞娜的手指猛抓著地面，痛苦地掙扎。

率領匈鬼的男子目的在於強搶奧蘿菈。這些人一直守候著，就是要等薇兒蒂亞娜讓奧蘿菈覺醒過來。而他們現在更打算將事成後變得礙眼的薇兒蒂亞娜除去。如今的她已經沒有餘力能對抗。

「妳的職責已了。請讓我送妳去跟雙親及姊姊團聚，以聊表感謝之意。」

男子對右側的匈鬼使了眼色。匈鬼默默點頭，然後用嵌入手腕的槍口對準薇兒蒂亞娜，毫不遲疑地開火。

就在隨後，有陣狂風從旁掃向匈鬼。

「唔……！」

子彈被狂風颳得失準，穿進了薇兒蒂亞娜眼前的地面。要當成巧合，起風的時機未免太過完美。

「這陣風是……？看來倒不像出於魔法呢。」

哦——翹鬍子男性感興趣地蹙了眉頭。接著在他再次轉移視線時，薇兒蒂亞娜的身影卻已經不見了。

那並不是靠霧化隱藏行蹤。薇兒蒂亞娜好似融入虛空，消失得不留痕跡。

「……空間操控術式……原來如此，是這麼回事啊。」

翹鬍子男性看似掃興地哼了一聲。

葳兒蒂亞娜並非靠自力逃跑，有人對她伸出援手。擅於使用空間轉送魔法的某個人——

「札哈力亞斯卿……若趁現在，還能追蹤血的氣味。」

一名匈鬼捂著戴在臉上的面具提醒。呼嗯——名叫札哈力亞斯的男子思索似的摸了摸自己的鬍鬚。

「不，還是罷了。對手不好惹，沒必要單為了葳兒蒂亞娜・卡爾雅納一個人，就硬闖魔女的巢穴。」

札哈力亞斯說完便轉身。

「——我們要優先確保將第十二號得到手。開始指示分頭行動的部隊。」

下一個瞬間，身穿黑衣的匈鬼們輪廓扭曲，消失在虛空中。

日落的時刻近了，籠罩於「魔族特區」的暮色漸濃。

6

古城帶著穿制服的吸血鬼少女走在沿海步道上。

逃離MAR的行動輕輕鬆鬆就結束了。古城他們沒被任何人盤問，一下子就從醫療大樓的後門到了外面，甚至讓人懷疑葳兒蒂亞娜誘離警衛到底有沒有意義。

「到這邊算安全了吧……沒想到拚一下就成功了。」

古城看著走在旁邊的奧蘿菈臉龐，咕噥得像是心裡不太過癮。

奧蘿菈穿著制服走在夕陽下的模樣，感覺並非吸血鬼，看起來意外地像個普通的少女。她赤腳直接穿上在醫療大樓撿來的護士涼鞋，也顯得意外合適，並沒有不協調感。

而現在，奧蘿菈正躁動地頻頻環顧周遭。她望著四處可見的高樓，還有開在馬路上的汽車，感嘆似的「呼哇」叫了出來。

「對這種景色不需要這麼驚訝吧？」

古城傻眼地回頭，對特地停下腳步的奧蘿菈這麼問道。

吸血鬼少女卻拚命搖頭，向古城表示沒那回事，接著又跑到海邊的護欄前面。她驚訝地看著反射夕陽的海面及尋常海鳥，看似充滿好奇心的幼童，散發出一種說不出的溫馨感。

「對了，妳以前好像都被關在地底下……」

難道這是奧蘿菈第一次到外面嗎？古城感到納悶。既然如此，她會這麼興高采烈倒也不是不能理解。然而——

「喂，不要亂跑亂跳。妳別忘記自己沒穿內褲。」

古城看到奧蘿菈將上半身挺出護欄一大截，兩條腿還踢來踢去，才連忙將人拉下來。在制服裙襬翻飛間，不該露的部分差點就被看見了。

被指正的奧蘿菈面紅耳赤地說：

「不……不許有低劣的妄想，你這奴才！」

「我什麼時候變成妳的奴才啦……」

古城愣著回望淚眼汪汪的奧蘿菈，深深地嘆了一口氣。

瞬時間，奇妙的影像又在腦海裡復甦。是手持冰槍的奧蘿菈，還有浮現於她身後的巨大妖鳥幻影。

「欸，奧蘿菈……我之前有在其他地方和妳見過面嗎？」

古城忽然正色問了少女。奧蘿菈為難似的垂下視線應聲：「呀唔……」突然被古城這麼問，或許讓她很困擾。

「我作了個夢。那大概是小時候吧……我和凪沙待在一個陌生的洞窟，然後那裡面有一個和妳一模一樣的女生，沉睡在大得誇張的冰塊中。」

「……凪沙？」

「就是那套制服的真正主人，我妹妹啦。她現在因為事故留下的後遺症，住進了剛才那間醫院。」

古城說著隨意露出苦笑。

「我母親說過，我和凪沙是在前往外國遺跡途中碰到事故，才會作那種夢。或許是現實和想像混在一塊了吧……咦！」

古城發現奧蘿菈忽然淚流滿面，頓時陣腳大亂。那張哭臉感覺並不像單純的同情，在旁看著的古城嚇壞了。

「妳為什麼要哭啦！這不是催淚故事吧！」

「記……記憶的混亂……我的情緒受到不預期的干涉……」

奧蘿菈唏哩呼嚕地吸著鼻涕回答。看來她好像也不知道自己為什麼會哭。古城從口袋裡掏出手帕，一面幫她擦拭那張哭花的臉一面說：

「我實在聽不懂妳那些話……唉，不過謝謝妳。」

「免……免禮。」

鼻頭紅通通的奧蘿菈似乎很難為情，咕噥著回答。

古城一臉疑惑地望著這樣的她說：

「對了，葳什麼來著小姐說過，有妳在，凪沙就能得救。具體來說，妳能幫到什麼忙？比如用治療系魔法，或者特殊能力之類的……」

「咦？啊……」

奧蘿菈為難似的咬著下唇，搖頭表示不清楚。

什麼意思啊——古城將臉湊到後退的奧蘿菈旁邊又問：

「不過妳會被抓去MAR，應該有什麼理由吧？」

「由……由於剛從長久的封印睡眠中醒來……我的記憶仍處於混沌狀態……」

吸血鬼少女結結巴巴地拚命說明。

唔——古城將手湊到嘴邊說：

「所以妳也想不起來嘍？」

「實……實屬遺憾……」

奧蘿菈洩氣地垂下肩膀。古城則苦笑著嘆氣。

「呃，反正我想也是這樣，別在意啦。聽到事情和那個笨老爸有關時，我就有不好的預感了。」

古城抬起頭轉換心情，然後又看向奧蘿菈。

由於她自己毫無緊張感，古城都忘記她是從MAR研究所脫逃出來的了。先找個安全的地方躲一陣子應該比較好。

話雖如此，要將來歷不明的吸血鬼少女藏起來，他也想不到有什麼地方妥當。

「……受不了，葳兒小姐說得還真隨便，居然把未登錄的吸血鬼推給我，把這當成和照顧狗一樣輕鬆啊。」

古城事到如今才察覺事情的嚴重性，開始認真地煩惱。

無論如何，太陽就快下山了，總不能一直帶著奧蘿菈在外面走動。

話雖如此，要直接把她帶回家裡，對古城而言也是個大問題。畢竟，他母親就是ＭＡＲ的主任研究員。

雖說母親很少回家，但如果讓她和奧蘿菈碰個正著，肯定會惹出麻煩，好不容易將奧蘿菈帶離ＭＡＲ的苦心也就白費了。

「沒辦法……也不能讓妳一直沒內褲穿，還是先回我家一趟換衣服吧。之後的事情，等和葳兒小姐會合之後再想——」

麻煩事延到後面處理——古城做出穩當的結論後，又準備繼續走。

然而，沒有奧蘿菈跟上來的動靜。

猛一看，奧蘿菈靠在欄杆上，無力地縮成一團。

「喂，奧蘿菈……？怎麼了？妳哪裡不舒服嗎？」

之前她一直被隔離在ＭＡＲ地下——想起這一點的古城變得心慌。或許奧蘿菈並沒有遭研究所囚禁，而是身體虛弱得沒辦法外出走動，這種可能性他早該想到的。

然而和動搖的古城想的正好相反，奧蘿菈似乎意外有精神。她將手湊到自己的肚子上，表情看來格外窩囊。
「飢……飢餓的衝動湧上我心頭……」
「……啥？」
古城渾身沒了勁。奧蘿菈只是默默低著頭。
「啊……簡單來說，妳肚子餓得不能動了，是這個意思嗎？」
「正……正是如此。」
「對喔，妳說過自己剛醒來。我記得吸血鬼不吃飯也會和常人一樣肚子餓……」
古城皺著臉朝周圍街道看了一圈。
絃神島北區是企業及大學研究所林立的城市，國中生能輕鬆進去消費的餐飲店並不好找。即使如此，古城還是在沿街的招牌上發現眼熟的字樣，就抱起了吸血鬼少女。
「我知道了。陪我來一下，奧蘿菈。」
「唔……」
古城抱起一臉懼色的奧蘿菈穿過了附近的交叉路口。他們的目的地是裝設了整面落地窗的冰淇淋小店——凪沙最愛的「露露家」。
一開始顯得不安的奧蘿菈，看見陳列在展示櫃的五彩繽紛的冰淇淋也感嘆出聲，興奮地動了動鼻頭。

奧蘿菈的脫俗美貌讓露露家的店員露出訝異之色。不過店員倒沒多懷疑，還是將她當成一般顧客對待。古城替優柔寡斷的奧蘿菈選了寫著「本日推薦」的冰淇淋口味，然後兩個人一起離開店家。

「……嗯！」

奧蘿菈舔了一口冰淇淋，原本就很大的藍眼睛頓時睜得像是快掉出來了。冰淇淋的味道似乎和她想像的不同。

「好吃嗎？」

面對眼睛閃閃發亮的奧蘿菈，古城忍著笑意問了一句。

奧蘿菈就像一隻搖著尾巴的小狗，頻頻點頭說：

「滋……滋味猶如樂園的果實！」

「妳那麼滿意喔……？」

古城難免覺得太誇張了，不過光靠一支冰淇淋就能讓奧蘿菈高興成這樣，感覺倒也不壞。奧蘿菈一下子就狼吞虎嚥地把冰吃完，於是古城又將自己的冰淇淋遞給她說：

「不嫌棄的話，我的也給妳。雖然我已經吃過了。」

「唔……唔嗯，誠……誠可嘉也！」

奧蘿菈客氣又怯生生地伸出手接下冰淇淋。

古城望著吃得滿嘴黏答答的她，茫然陷入沉思。

葳兒蒂亞娜將這名少女稱為第十二號的「焰光夜伯」。

古城也知道「焰光夜伯」這個名號。第四真祖；世界最強吸血鬼；不具任何血族同胞；超脫世理的怪物。

可是眼前的奧蘿菈實在不像那樣的怪物，反而比普通國中生還要弱不禁風。到底是怎麼一回事啊——古城慵懶地托腮心想。

「啊……」

而在古城旁邊，傳來了奧蘿菈倒抽一口氣的動靜。

古城也察覺到她的反應了。不知不覺間，古城和奧蘿菈已經被一群陌生男子包圍。他們身穿詭異的黑衣，還戴著獸類頭骨面具。

光看到那副模樣，就知道他們顯然不是從事正當職業的人。

若非變態性質的扮裝集團，就是必須藏頭遮面的罪犯。

「……你們是什麼人？」

古城起身保護奧蘿菈。

有陣衝擊從旁邊掃向他的太陽穴。

古城直接被揍飛數公尺遠，重重撞在用混凝土蓋的堤防上。倒地之後，他才發現自己挨了黑衣男子的攻擊。

毫無手下留情的跡象，二話不說就要索命的一擊。

「古城——！」

奧蘿菈放聲尖叫。

想趕到古城身邊的她被另一名黑衣男子從背後抓住了。

對方共有三個人，當中疑似帶隊者的男子自言自語般唸了些什麼。看來他的喉嚨內側似乎裝有通訊器。

「十六時三十八分四十四秒——和第十二號接觸。陪伴者一名，癱瘓其行動能力後，始得手第十二號。」

面具下的凶狠雙眼冷冷地瞪了奧蘿菈。

奧蘿菈拚命掙扎，但她身為吸血鬼的臂力也掙脫不了男子的手臂。黑衣男子們八成也不是普通人。

「十六時三十九分十五秒——已得手。自此刻起進行撤離。」

帶隊者確認了奧蘿菈無法抵抗，就對部下做了指示。車窗嵌著霧面玻璃的箱型車恰好在此時抵達現場。

就在這時，古城啐出帶血的唾沫站了起來。

「你們幾個……似乎不是MAR的警衛……」

可以看見動手痛毆古城的男子困惑地轉過頭，態度像是在納悶被打飛的古城吃了那麼重的一招，為什麼還能活著。

「十六時三十九分五十七秒——更正。確認陪伴者進行抵抗，再度嘗試癱瘓戰力——」

帶隊者以冷靜的語氣繼續報告。但是在他結束通訊前，古城已疾奔而來，並且一拳招呼在抓住奧蘿菈的男子面門。

古城出乎意料的行動讓對手的反應遲了一瞬。

戴面具的男子整張臉扭了九十度。儘管氣勢不到直接將身體打飛，衝擊應該仍直接傳到了他的腦部。

「放開她，你這變態面具男！」

古城從陣腳大亂的男子手中將奧蘿菈拉回身邊。

看到這一幕，黑衣男子們的態度變了。他們大概沒有想到只是個凡人的古城，對付起來會這麼難纏。

古城自己也不明白身上這股力量是從哪裡冒出來的。他只懷著一股非保護奧蘿菈不可的盲目使命感。

「十六時四十分二十二秒——將對方威脅度修正為C級。准許使用對魔族裝備。」

帶隊者靜靜宣告。下個瞬間，埋藏於他體內的數把刀械穿透皮膚冒了出來。

那驚人的光景讓古城和奧蘿菈看得說不出話。縱使是在「魔族特區」，也鮮有魔族會做這麼危險的肉體改造。有必要做這種改造的，只有日常生活中會進行戰鬥或暗殺的職業軍人或罪犯。

「要逃嘍，奧蘿菈！」

「唔……嗯！」

古城牽著奧蘿菈的手拔腿就跑。他沒理由和這種瘋狂的魔族交手。

可是，黑衣帶隊者靠著怪物般的跳躍力，一舉跳到古城他們前頭擋住他們的去路。另外兩人也朝古城背後陣陣逼近。

「十六時四十一分三秒——阻止對方逃走。狀況適用方案δ（Delta）。」

其中一名黑衣人舉起埋藏於右臂的刀械。那是刃長近三十公分的雙刃短刀，刻有魔法符文的刀刃綻放紅光，噴湧出魔力之焰。

「這些傢伙到底是……！」

古城握緊汗濕的手掌。這群黑衣人的目的在於綁架奧蘿菈，而且他們正打算除掉礙事的古城。

這回要是被那把大傢伙砍中，八成就無法全身而退了。

然而，他無處可逃，陷入窮途末路的局面。

黑衣人一語不發地朝古城揮下凶刃。可是——

「唔喔喔喔喔喔喔喔！」

痛苦得弓身的人，卻是先出手的那個男子。

猛捶鋼板似的轟然巨響響遍路上，迎面發射的透明炮彈不偏不倚地命中黑衣使刀者。

伴隨著足以碎骨的衝擊，透明炮彈散裂成水沫。男子全身淋到水滴，又哀號得更加淒厲。緊接著——

「哈哈……這玩意真猛！」

現場傳來帶著譏諷味道的戲謔歡呼。

聲音的主人是留著鬍渣的修長日本人，身上穿戴著褪色的皮革風衣和軟呢帽，氣質像趕不上時代的黑手黨或是沒生意的私家偵探。

他手裡拿著類似火焰放射器的奇特槍械。

透過壓縮空氣發射高壓水彈的噴水炮。據說那原是研發用來滅火的裝備，由於打擊力強大，世界各國的軍隊及警察便將它採用於鎮壓暴徒。

男子使用的好像是更小型化，並以彈匣式設計提高攜帶性的槍種。

「這是裝了盧爾德聖水的脈衝噴水炮，總該對你們管用吧。」

男子看著痛苦的黑衣人笑了。用來當噴水炮子彈的，是西歐教會的特製聖水。儘管這東西對人體不會有影響，對部分魔族可形同於強酸。

「十六時四十二分零秒——發生異常狀況。我方受到歸屬不明的戰鬥人員突襲。現在開始迎擊。」

面對新敵手出現，黑衣人的帶隊者依然冷靜無比地應對。

但是在他們開始反擊前，男子又換上新的噴水炮彈匣。水彈輕易將另一名黑衣人射穿。普通子彈若呈「點狀」，噴水炮的聖水彈就是以「面狀」攻擊目標。即使靠魔族的反應速度，要徹底閃過仍非易事。

「十六時四十二分二十六秒——推斷歸屬不明戰鬥人員為『冥府歸人』。威脅度B+——改採方案μ（Mu）。開始撤退。」

黑衣人的帶隊者似乎終於打消執行作戰的念頭，帶著痛苦呻吟的部下開始撤離。那絕佳的抽身時機讓軟呢帽男子佩服似的搖搖頭。

「喂喂喂，這樣就玩完啦？真不領情……我本來還想抓一隻留下來呢。」

他悠哉地目送敵人的背影，然後回頭看了杵在原地的古城等人。

古城面有怒色，奧蘿菈則躲在他背後。

男子朝兩人望了一陣子，滿意似的微笑說道：

「唷，小鬼。虧你能保護好奧蘿菈，還挺有骨氣的嘛，不愧是古城。」（註：日文中「古城」音近「骨氣」）

他忽然秀了一句大叔式冷笑話，還自己笑了出來。

奧蘿菈大概不懂意思，一臉不解地眨了眨眼。

接著，古城嫌惡地瞪向他，口裡低喃著「為什麼」。

「——為什麼你會在這裡？老爸！」

考古學者曉牙城只顧將噴水炮扛在肩上，臉上愉快地笑著。

「——監獄結界……是那月美眉夢中的世界？」

在石牆環抱的城邸裡，藍羽淺蔥的聲音於房間迴盪開來。

依然被綁在鋼管椅上的她環顧四周，想確認建築物確實存在。

「所以表示這裡是用魔法構築的虛擬空間嘍？聽你一提，感覺內部倒是有反映出那月美眉的品味……」

或許淺蔥有些理解了，感嘆似的咕噥得很可愛。

對於她淡定的反應，古城卻莫名有種類似落單的不安感。

「妳接受得還真輕鬆。我心裡到現在還覺得不太踏實就是了。」

「會嗎？邪惡精靈或惡魔被關在異世界的故事並不算罕見吧。再說一千零一（天方夜譚）夜的神燈精靈也算類似的例子啊。而且駭入虛擬世界這種事，其實算電腦技術人員（我們這種人）擅長的領域嘛。」

是這樣喔——古城聽了淺蔥還算說得通的解釋，也跟著釋疑了。

即使根本的原理不同，南宮那月使用的高度魔法和最新ＩＴ技術間似乎仍有共通點。

「先不提那個了。為什麼連我也和古城一起被綁起來？」

淺蔥語帶不滿地向站在旁邊的雪菜發問。

雪菜為難似的微微挑眉說：

「我在藍羽學姊周圍布了防護結界，要是亂動會有危險。對不起。」

「所以就算古城的魔力失控，這也可以保護我嘍……有那麼嚴重嗎？」

「是的。相當嚴重。」

淺蔥凝望著一臉嚴肅的雪菜，然後默默聳肩。儘管並不是沒有不服之處，她似乎姑且願意信任雪菜。

接著在下一個瞬間，虛空如漣漪般蕩漾，新的身影無聲無息地出現了。

「呵呵。學生成材，能讓我省掉說明的工夫真是太好了，藍羽——」

留著一頭烏黑長髮的嬌小女性，用右手打開蕾絲扇這麼說道。

臉孔輪廓和體型都顯得年幼，遠看會讓人誤認成瓷偶。然而在女童般的外表背後，穿著紅黑色豪華禮服的她卻散發著一股不可思議的威嚴感。這位就是隸屬警察局的國家攻魔官兼彩海學園高中部英文老師——自稱二十六歲的南宮那月。

淺蔥被突然出現的班導師嚇到，不自覺地拉高音調說：

「那月美眉……！」

「我可不是『美眉』。」

被狠狠敲了額頭的淺蔥頓時仰身叫痛。

接著，那月像劃弧一樣緩緩走到古城面前。也許是待在監獄結界內部的關係，那月給人的印象和平時古城等人所見的她不太一樣。

雖然外貌沒有改變，要比較的話，現在的那月看起來表情較為豐富且年幼。恐怕這裡的她才比較接近原本的姿態吧。

「呃……那月美眉，妳該不會是要幫我取回記憶吧？」

古城仰望這樣的她問道。結果——

「我說過了，別用美眉稱呼我。」

那月一說完，古城就忽然被她拿扇柄敲了一記。由於身體讓鎖鏈綑著動不了，躲不開那股衝擊，感覺特別痛。即使如此，古城還是繼續問：

「雖然我只有不好的預感，不過妳們到底打算怎麼做？」

於是，那月一聲不吭地走向陳列於牆邊的拷問器具。她朝那些器具端詳片刻以後，緩緩向一柄類似烹調用鬆肉鎚的鐵鎚伸出手說：

「患者殺也殺不死是件好事。這樣就不用拿捏力道了。」

「用物理攻擊喔？太原始了吧！」

掙扎的古城將綑住全身的鎖鏈弄得吱嘎作響，並且放聲大叫。他認為對喪失記憶的患者施予強烈衝擊，是絕對不可以模仿的錯誤治療法。

「別當真。這是大人開的俏皮小玩笑。」

那月一臉無趣地放開鬆肉鎚。

然後同情古城似的瞇著眼，露出嫣然微笑。

「基本上，如果敲頭就能讓你想起來，說不定還比較幸福就是了。」

「那是什麼意思！很恐怖耶！」

由妳來說就一點都不好玩了——古城誇張地皺起臉。

此時他才發現，那月左手捧著一本老舊的書。

「——那本書！」

「哦，原來你還記得？」

那月貌似佩服地揚起嘴唇。

「之前優麻的母親帶著的書……在她把妳變年輕那時候。」

「沒錯。這是《No.014》……操縱固有堆積時間（Personal History）的魔導書。」

所謂固有堆積時間，是指存在的個人出生至今歷經的時間總和，換言之就是從魔法觀點蓄積的個人歷史。

經驗、記憶、成長、變化——魔導書《No.014》是可以從他人身上奪取那些固有堆積時間，使能力傑出的成人變回無力的孩童，並將對方的知識和經驗納為己用的惡毒魔導書。即使在蒐集全球魔導書的犯罪組織「圖書館(LCO)」當中，也只有身為領導者的「總記(General)」才被允許持有這本危險的書。

「像仙都木阿夜所做的一樣，原本這是用於將他人經歷過的時間完全奪走的魔導書，但面對吸血鬼真祖，實在無法期待有那種程度的效果。頂多只能重現你過去經歷的時間，或者共有那段經驗。」

那月毫不猶豫地斷言，古城則在聽懂意思之前先冒出一股不安。

「共有……我經歷過的時間……？」

「通常這類魔導書對魔法抗性高的吸血鬼都很難生效，為此才會帶你們到監獄結界。因為這裡是我夢中的世界，還有轉圜餘地。最糟的情況下，我會讓那個轉學生也一起幫忙，先用七式突擊降魔機槍捅在你身上，對魔導書的抵抗力也會變弱才對。」

「就是啊。」

手握銀槍的雪菜毫不遲疑地同意。她那把名為「雪霞狼」的槍能令魔力失效，是用於弒殺真祖的武器。

妳們等一下——古城忍不住大叫。

「那樣在計較抵抗力以前，我就死定了啦！姬柊妳也不要同意得那麼乾脆！」

之前古城被那把槍捅的時候，不單是痛得要死，還留下了靠吸血鬼的痊癒力也無法癒合的傷口。他想到那一點就渾身顫抖。然而——

「妳說共有那段時間，是什麼意思？」

淺蔥卻徹底忽視發自內心感到害怕的古城，淡然提出疑問。

「就是字面上的意思。在這裡的所有人都能跟著曉古城重新體驗那段時間，感覺比較接近窺視他的記憶。差別在於，無關本人能不能回想起來，我們都能直接體驗到當時實際發生過的事。」

「這樣喔……畢竟記憶就算消失，體驗過的事實還是會留存下來。好比將讀不到的電腦資料移轉到其他硬碟，再進行復原吧。」

淺蔥一下子就接受了那月的說明。

古城則不耐煩地歪著嘴，抬頭問那月：

「妳們自顧自的講得很高興，可是我的隱私權要怎麼辦？」

「……原來你有那種東西？」

那月一臉不解地反問。喂——古城放聲吼了出來：

「有吧！每個人都會有一兩件不想被知道的往事啦！」

「你是指讀國中時藏在房間裡的那本書嗎？巨乳特輯的色情雜誌——」

「妳怎麼會知道那種事！」

忽然被淺蔥爆料丟臉的往事，使古城以愕然的眼神看了她。

「凪沙在打掃房間時發現那本書，就大受打擊地跑來找我還有基樹商量啦。唉，結果弄清楚以後，才發現那是基樹借給你的。」

「唔啊啊啊啊啊啊啊啊……」

淺蔥的解釋讓古城痛到心坎裡，依然被綁著的他直接彎下腰縮成一團。因為連妹妹也得知祕密的這項事實，深沉黑暗的絕望席捲而來。

「巨乳特輯啊？」

「巨乳……特輯嗎……？」

那月和雪菜望著這樣的古城，語氣比平時更加冷漠。

「差勁。」

「學長真差勁。」

「妳們煩死了，國中男生有很多需求啦！」

認栽的古城吼得有些自暴自棄。淺蔥似乎真的傻了眼，嘆著氣又問：

「有很多需求，所以你還藏了其他類別嗎？」

「不對！我不是那個意思！」

「唉……反正我從一開始就知道學長是個很下流的人了。」

「妳那完全不算在替我說話啦！」

雪菜一句看開的嘀咕讓古城露出受傷的表情。

呵呵——那月將扇面一轉，尋開心似的對古城說：

「別擔心，我沒必要看你的私生活，要復原的只有記憶缺漏的部分。換句話說，就是和前任第四真祖——奧蘿菈．弗洛雷斯緹納有關的部分。」

「能那樣處理的話，妳一開始就說清楚嘛。」

這不是害我白丟臉嗎——古城恨恨地瞪向那月。

那月用不帶感情的雙眸望著他說：

「這恐怕會是一段難過的體驗。對你們來說都一樣。」

「嗯，我明白。」

古城靜靜地點了頭。綑住他全身的鎖鏈顯得格外沉重。

「這一點，我心裡有數。」

第二章 第十二號的奧蘿菈

Avrora, The Twelfth

1

月齡十八，寢待月之夜——

有道嬌小人影站在瞭望塔上，俯望著融於夜色中的「魔族特區」。

那是個十二三歲左右的幼小少年。

他身穿寬鬆的白袍（Kandora），全身佩帶著亮麗的黃金飾品。

黑髮褐膚，以及彷彿能望穿黑暗的金色眼睛。儘管面容還留著一絲稚嫩，其風貌仍流露出宛如年輕雄獅的壓倒性威嚴。

而少年背後忽然漫上一陣金色霧氣。

眼看霧氣越變越濃，隨後就化成了男子的形體。

那是個身穿純白大衣的青年——金髮碧眼的吸血鬼貴族。

「——您在欣賞『魔族特區』絃神島嗎？景色不錯呢。」

貴族青年開口攀談。仍望著夜景的少年忍俊不禁地冷呵一聲。

「終究只是用廢鐵和魔法創造出來的冒牌大地。破銅爛鐵罷了。」

「不過，那可是規模大得荒唐的破銅爛鐵。人類就是有趣在這種部分。」

「原來如此……你就是迪米特列．瓦特拉……？」

少年回頭看了做作地微笑的貴族青年，並猙獰地瞇起金色眼睛。

瓦特拉將手湊到大衣胸口肅然行禮。

「能見到您是我的榮幸，易卜利斯貝爾．亞吉茲王子殿下。沒想到您身為第二真祖嫡族，竟會大駕光臨這位於遠東的『魔族特區』，坦白講，我有些意外。」

「這可是相隔七十年的餘興節目，我也得付出相應的禮節才行。將事情全交給下人，自己卻擺著一副置身事外的臉，總是有失風雅吧？」

名叫易卜利斯貝爾的少年從唇邊露出銳利犬齒，對瓦特拉如此相告。

他站在修長的瓦特拉旁邊，模樣更顯年幼。然而，瀰漫於嬌小身軀的陰狠氣勢並不遜於瓦特拉。

「我對您的英見深感佩服，殿下。」

貴族青年恭敬答話。

而易卜利斯貝爾不悅地望著瓦特拉，當面對他咂嘴。

「我才想問你在盤算些什麼，瓦特拉？這裡可不是戰場吧？你想來吞噬第四真祖？或者說，你要找的就是我？」

「您說笑了。這次我只是見證人喔，負責帶領她們的見證人。」

「她們……？」

易卜利斯貝爾納悶地蹙眉瞪向瓦特拉。

「你該不會放養著那些人偶（Numbered）吧？瓦特拉！」

「畢竟這是難得的『宴席』，不好好享受就太可惜了吧？」

瓦特拉從容地眯著藍眼笑了。

黑髮王子頻頻搖頭，態度彷彿見識到一個令人難以置信的傻瓜。

「你想將抱著炸彈的猛獸塞進火藥庫？真是荒唐程度更勝傳聞的蠢才。」

「……可是，那樣才能讓本次『宴席』更添精彩喔。」

新的說話聲忽然傳來，男子們因而回頭。

以天空餘暉為背景，出現在虛空的是個淺綠色頭髮飄逸、衣著單薄的少女。

其雙眸為深邃湖泊般的翡翠色。少女令人聯想到黑豹，有副嬌媚毅然的美麗臉孔。

她露出可愛的虎牙，對瓦特拉等人投以親切笑容。

「不愧是『遺忘戰王』——送了個奇傻過來當代理人呢。」

「竟然是……『混沌皇女』……！」

易卜利斯貝爾低聲驚呼。面對綠髮少女釋放的壓倒性魔力波動，就連他也難掩動搖。

少女的真面目為「混沌皇女」，也就是統掌南北美大陸的夜之帝國——「混沌境域」的第三真祖。

「我們那位老爺爺要是得知這件事，肯定會抱憾不已吧……沒想到第三真祖竟然會親身蒞臨。」

瓦特拉也同樣感到訝異。他單膝跪地，深深低下頭的同時，嘴角更盈現笑意。那是邂逅強敵而湧上的欣喜笑意。

「我不喜歡那種隆重的稱呼。叫我嘉妲就好。」

最強最古老的吸血鬼之一——「混沌皇女」露出自信笑容說道。

接著她緩緩移動視線，瞪著站在瞭望塔一角的第四道人影。

「妳也一樣，寂靜破除者（Paper Noise）。」

「——遵命。那麼，以後請容我叫您嘉妲．庫寇坎。」

有個穿著高中制服的日本少女回應了「混沌皇女」的吩咐。

那是麻花辮搭配土氣眼鏡，在腋下夾著一本書的樸素女孩。

然而，她隻身面對三名強大吸血鬼卻能保持泰然自若，眼裡看不出怯色，也沒有緊張的跡象。

「哼。當代的獅子王機關三聖嗎？真年輕。」

易卜利斯貝爾望著少女，沒多大感慨地哼了一聲。

少女不改臉色，只用眼神對易卜利斯貝爾行禮。

「我叫閑古詠——往後請多關照，亞吉茲殿下。還有第三真祖以及奧爾迪亞魯公，今晚能請兩位撥冗，我同樣誠惶誠恐。」

自稱古詠的少女走到了吸血鬼們跟前。在場全員的視線自然也就集中在她一人身上。

「那麼……就剩尼勒普西的札哈力亞斯嗎？」

嘉妲朝聚集在瞭望塔的眾人看了一圈，愉悅地細聲開口。

她這句話讓易卜利斯貝爾皺起臉。

「我聽到令人生厭的名字。小小的軍火商，獲得自治領地就自以為是領主了。」

「破滅王朝」的王子語帶不屑，留著一絲稚嫩的端整臉龐也皺在一起。

古詠微微垂下視線，搖著頭回答：

「尼勒普西臨時自治政府的巴爾塔薩魯．札哈力亞斯議長這次缺席。關於今晚的議題，他表示願意順從各位的決定。」

「算他聰明。假如那傢伙敢厚著臉皮出現在我面前，我可是會砍了他的頭。那該死的暴發戶。」

易卜利斯貝爾仍帶著怒色嘀咕。接著，他一臉不悅地直接瞪向古詠。

「說個明白吧，獅子王機關。為何要將我們叫來？哪怕定奪者再怎麼神通廣大，敢做出這等無禮之舉，答得不好我可要妳以血償還。」

「有一項議題要秉告各位。」

對於王子威脅般的發言，古詠從容回答：

「第十二號覺醒了。」

什麼——易卜利斯貝爾驚訝得瞇起眼睛。現場空氣為之一震。

「哦……被封印的第十二號『焰光夜伯』——奧蘿菈．弗洛雷斯緹納嗎？有意思。」

嘉妲笑得有如悠揚名貴的琴音。

「……睡美人(奧蘿菈)？你們特地為第十二號取了名？」

易卜利斯貝爾聽了第三真祖的話，納悶地低聲詢問，訝異的神色好比在問：「炸雞用的肉雞也需要取名字？」真是異想天開的花樣——他傻眼似的搖頭嘆息。

最後咕噥的則是瓦特拉。

「……是ＭＡＲ解開封印的嗎？有些令人意外呢。」

三年前發掘出的第十二號是由Magna Ataraxia Research公司保有。對身為營利企業的那群人而言，第十二號僅具實驗體的價值，應該沒有刻意解開封印的理由。

「讓第十二號覺醒的是葳兒蒂亞娜．卡爾雅納前伯爵千金。據說她非法入侵ＭＡＲ，動用了『棺材』之鑰──」

古詠回答瓦特拉的疑問。哦──瓦特拉看似愉快地揚起嘴角。

「非法入侵嗎……原來如此。就當成是這麼回事吧。」

笑得別有深意的貴族青年微微點頭。古詠則不予回應。

「無論如何，這樣子十二具『焰光夜伯』全到齊了是吧。」

嘉妲雍容華貴地開口確認。易卜利斯貝爾從中打岔：

「不過，卡爾雅納家應該早就沒有領地了。不是別人，正是札哈力亞斯所害。」

「是的。因此她並沒有做為選帝者的資格。」

「那你們要如何定奪？獅子王機關？」

易卜利斯貝爾試探性地瞪著古詠問道。

眼鏡少女毫無停頓地淡然答腔：

「獅子王機關會讓第十二號參加宴席。不過，葳兒蒂亞娜．卡爾雅納不會被認同為選帝者。宴席的舞台就由我們來張羅。」

「小小的遠東島國，也想和我等夜之帝國平起平坐？」

易卜利斯貝爾笑得猙獰。

「答得不錯。但是那就表示，你們國家會準備相應的對價吧？這樣解讀可以嗎？」

「當然了。否則賭局就無法成立。」

古詠直直望著易卜利斯貝爾挑釁般的眼神回話。

「那我要問，你們賭的是什麼？可別忘了，我們自然不提，就連那骯髒的軍火商也賭上了自己國家的命運。你們那份對價應該能相提並論吧？」

雙眸深紅發亮的易卜利斯貝爾笑了。光是承受那淒厲的鬼氣，常人就算陷入狂亂也不奇怪。然而古詠並未表露任何情緒，只是靜靜地對他張開右臂。

「我們賭的是這座島。」

少女背後是巨大人工島的整片夜景。「魔族特區」絃神島——

「就賭這塊土地，以及住在上頭的五十六萬人全體性命。」

2

古城的父親——曉牙城這名男子是個考古學者。只不過他並非窩在研究室沉思的知性派，而是屬於遊走各國紛爭地帶，在戰火動亂中掠取發掘品，行徑和趁火打劫只有一線之隔的實地考察工作者。

由於其工作性質，牙城幾乎一整年都在海外生活，鮮少回來日本。

尤其在古城等人搬到絃神島後，父子倆好好對話的次數在記憶裡光用手指就能數出來。

不知道為什麼，這樣的他卻帶著古城和奧蘿菈來到位於絃神島東區的小小港口，一處用於繫留自家小型船舶的船塢。

船埠旁大約停了五十艘小型帆船和遊艇，像繫在畜舍的牛一樣井然有序。牙城走近其中一艘，肆無忌憚地直接搭上去。

「快點上來，小鬼。別客氣。」

「我並沒有跟你客氣就是了……怎樣啦，老爸？這艘船是？」

古城望著陌生的白色快艇問道。

那是全長十四五公尺的小型巡洋艇，船體側面寫著「莉亞娜號」。或許是經歷過嚴酷航程的關係，船身有許多部位顯得破舊，即使如此看起來還是十分昂貴，至少做為貧窮考古學者的私有物並不搭調。

可是牙城卻唯我獨尊地爬上快艇甲板說：

「這艘船還挺拉風的吧？我在澳門和認識的財主賭撲克大贏了一場，就以賤價向他買下來了。」

「賭撲克……」

你在搞什麼啊——古城煩躁地嘆息。

「還想說你怎麼不回家，結果都住在這艘船上嗎？」

「在澳洲（墨瓦臘泥加）一帶，有很多人會在繫於港口的遊艇上面過生活喔。那算是退休有錢人的地位象徵。」

牙城說著就從船艙端了食物過來。麵包、培根、罐頭牛肉，以及冰透的瓶裝啤酒。船裡好像備齊了冰箱及廚房一類生活必須的設備。

「你又不是退休人員，也不是有錢人吧。」

「也對啦，不過在絃神島這裡，住遊艇比租公寓要方便多了。總之先吃再說，你們也餓了吧？」

牙城將食物擺在後方甲板上的桌上。古城無奈地搔搔頭，牽著奧蘿菈的手上船。然後他一臉不高興地和牙城面對面坐下，奧蘿菈則戰戰兢兢地坐到古城旁邊。

看到奧蘿菈黏著古城，牙城貌似愉快地竊笑，並將手工三明治遞到她面前。那只是用法國麵包夾萵苣、番茄和厚片火腿的簡單玩意，看起來卻好吃得讓人不太甘心。

「……人……人子啊，你要對我獻上供品嗎……！」

肚子早餓得咕嚕叫的奧蘿菈雙眼發亮，看了看古城的臉色，一副想問「我可不可以收下來吃」的樣子。要細嚼慢嚥喔——古城將三明治遞給奧蘿菈，然後重新面對自己的父親。

「給我說明清楚……」

「啊，這個嗎？」

牙城稍微舉起喝到一半的酒瓶，露出滿臉得意的笑容。

「這玩意是奧斯特拉西亞的修道院的上層發酵啤酒，生產量少到在市場上沒什麼貨流通，外界把這款珍品稱為夢幻啤酒。好喝喔！」

「誰叫你說明啤酒啦！」

古城不禁湧上一股想揍父親的衝動。

「你之前到底都在哪裡搞什麼？都快三年沒有像樣的聯絡了！」

「你見過葳兒蒂亞娜了吧？」

牙城將兒子的怒罵應付過去，問得若無其事。

見過啊——古城用嚴厲眼神瞪著父親。

「那個吸血鬼是什麼人？你和她是什麼關係？」

「哦，你很在意？你會在意啊？」

牙城莫名來勁地瞧了兒子的臉。坦白講那相當煩人。

「唉，放心吧。我並沒有把她納為情婦，也沒有當小白臉讓她養。胸部沒有再壯觀一點，我實在不能接受。」

「沒人問你對女人的喜好！還有這種時候，就算敷衍也要說自己只愛老婆吧！」

古城歪著嘴大罵。哼哼——牙城一口氣灌下啤酒，然後又說：

「葳兒蒂亞娜是我老朋友的妹妹。那位女性曾保護你和凪沙，還有你旁邊的公主，結果付出了性命。那是三年前的事。」

「……你說的，是我和凪沙差點沒命的那次事件嗎？」

古城壓低聲音問了。三年前，就是發生導致凪沙住院的列車爆炸事件那一年。然而，古城卻沒有關於那次事件的具體記憶，而且奧蘿菈應該和事件無關。

「並不是差點沒命，你實實在在死了。」

牙城同情地望著困惑的兒子，據實以告。

「然後你復活了。以第四真祖的血之隨從身分復活了。你遭遇事件前後的記憶會消失，就是出於那個因素。」

牙城不知從哪裡拿出一本剪貼簿，然後將它甩到古城面前。褪色的封面上用奇異筆寫著「第四次戈佐遺跡調查團」。

在塞得鼓鼓的剪貼簿裡頭收藏了大量照片。曝曬於強烈陽光下的褐色岩層；石砌的古老遺跡；還有冰塊。被無數霜雪及冰柱保護的冰棺。

「這張照片……」

「你有印象吧？在世界最古老的『魔族特區』——戈佐島發掘出來的『妖精之棺』。你就是在這裡遭受恐怖分子襲擊。被捲入羅馬自治區的爆炸攻擊，是用來偽裝的表面說詞。因為不那樣安排，會造成許多麻煩。」

牙城在此中斷話語，靜靜地深嘆一口氣。儘管他語帶諷刺地將事情交代過去，對於古城被捲入事件這一點，應該並非沒有感到責任。

古城聽父親的說明聽得愣住了。突然得知自己曾經死而復生，也一點都沒有真實感。但古城也無法將那當成牙城平時的玩笑話一笑置之，因為他有印象。收藏在剪貼簿裡的照片景色，他確實看過。這三年當中，他在夢裡見過好幾次那樣的光景。

「我是……第四真祖的……血之隨從…………？」

「聽來很荒謬吧。所謂第四真祖，是不具任何血族同胞的世界最強吸血鬼。光是那傢伙會創造隨從就夠令人驚訝了，還偏偏找上你，無法相信也是理所當然，連當時在場的我也有同感。」

牙城隨口坦承。

有些陷入恍惚的古城用手按了太陽穴。

血之隨從，是吸血鬼創造的假性吸血鬼。透過接納吸血鬼主子的一部分肉體，人類就會變成吸血鬼的隨從——做為忠實的部下或伴侶，而被賦予永恆生命陪伴主子活下去的人，是一種無比接近魔族的「人類」——

「剛才你被揍的傷已經好了吧？」

牙城不經意地提醒。古城的側頭部並沒有傷口。大約一小時前，他被黑衣人痛毆留下的傷勢應該不輕，現在卻一點痕跡也沒有。

託吸血鬼賦予的超凡痊癒力之福，受到那麼嚴重的打擊還能安然起身，基本上就已經不正常了。

「可是，之前並沒有這種狀況啊……我在社團受的傷就不會這樣……！」

「嗯，那是因為以往奧蘿菈受到封印的關係。公主大人醒來，傳給你的魔力也就恢復供給了吧。」

牙城輕易駁倒兒子脆弱的論點。

「即使說是第四真祖的隨從，也只是傷勢好得快一點的普通人罷了。假如你對魔法有心得倒另當別論。所以嘍，可別得意過頭了，小鬼。」

「我才沒有得意……」

古城用蘊含怒氣的聲音回嘴。而牙城傻眼地回望兒子問：

「怎麼著？當吸血鬼的隨從你不中意？現在還可以當回人類喔？」

「是這樣嗎？」

「這簡單。幹掉你旁邊那位公主就行了。」

「什……！」

父親驚悚的提議使古城臉色凝重。奧蘿菈害怕似的畏縮了。

牙城看著他們倆的反應，感覺像在討樂子般說：

「身為主子的吸血鬼一死，血之隨從自然也會喪失資格。假如是活了幾百年的隨從，或許會當場化成灰，不過你才剛上任嘛，幾乎不會受到負面影響。好啦，你想怎麼辦？」

「還問怎麼辦，我哪有可能殺掉這傢伙！」

古城粗魯地拍桌。接著他瞪了一臉不安的奧蘿菈說：

「妳也表現得有自信一點。是妳救了差點死掉的我吧？我沒有理由恨妳，反而應該把妳當成救命恩人感謝不是嗎？」

「真……真理已遺忘於遙遠的彼方……」

奧蘿菈無助地別開視線，回答得支支吾吾。這樣啊——古城皺著臉說：

「對喔，妳也沒有那段記憶。」

「實……實屬遺憾……」

奧蘿菈怯懦地低下頭。就算被古城當成救命恩人，喪失記憶的她大概沒有自覺，也抱持不了自信。

缺乏死而復生實際感受的血之隨從，以及不記得自己使其復活的吸血鬼。以某種意義來說，倒也算是十分搭配的主從。

對了——古城搖搖頭，重新面對父親。

「可是那個叫葳什麼來著的小姐說過，這傢伙救得了凪沙——」

被古城用手一指，奧蘿菈嚇得睜大眼睛。

古城會打算保護奧蘿菈，原本就是起因於那個女吸血鬼的一句話。

葳兒蒂亞娜說過，能救曉凪沙的只有奧蘿菈。

「難道要先將凪沙殺掉，再讓她死而復生？你總不會說這種鬼話吧？」

古城用懷疑的眼光對著牙城。變成吸血鬼的隨從就能讓身體衰弱的凪沙活過來——儘管這不是正常父親會打的主意，但難保這個男人（牙城）不會動手。

啥——然而牙城卻不快地皺著眉頭說：

「少胡扯。如果對象是你還可以商量，我哪有可能讓凪沙死。」

「——我就可以喔？」

「基本上殺了凪沙也根本沒意義。那傢伙會身體衰弱，原因出在自己的靈能力失控。」

「靈能力……失控？」

古城傻傻地張著嘴反問。

凪沙原本確實是一個優秀的巫女。她兼具祖母遺傳的靈媒素質，以及母親遺傳的過去透視能力（Psychometry），屬於極為罕見的混成能力者（Hybrid）。不過那是三年前的事了。

「那不可能吧。凪沙因為那次事件，已經失去身為巫女的力量了啊。」

「剛好相反，小鬼。凪沙她從三年前就毫不間斷地使用著靈能力。」

牙城狠狠瞪了反駁的古城。

「……咦？」

「哎，簡單說呢，那傢伙被第四真祖附身了，一直到現在。」

「她被……第四真祖……附身了？」

沒錯——牙城沉重地點頭說：

「三年前，我們為了讓第十二號的『焰光夜伯』覺醒，將凪沙叫到戈佐島。因為當時她身為巫女的能力非常出色，和天部遺產『焰光夜伯』搭配度也很理想，甚至理想過頭了。」

牙城將視線轉向奧蘿菈。個子和凪沙相仿的金髮吸血鬼頓時嚇得縮起身子。

「如我們所料，凪沙成功和沉睡在『妖精之棺』的第十二號——換句話說，就是和你旁邊的奧蘿菈交靈了。光是這樣並沒有問題，接下來只要慢慢花時間讓奧蘿菈覺醒就行。」

可是呢——灌著啤酒的牙城一副嫌難喝的臉。

「那一天，遺跡遭受到襲擊，對方是黑死皇派——信奉獸人優勢主義的恐怖分子。以結果來說，遺跡調查團在那天瓦解了。調查員半數死亡，民營軍事公司的警備隊全滅，保護你們的莉亞娜．卡爾雅納小姐也遇害了。」

莉亞娜．卡爾雅納這個名字的字音，讓古城理應失去的記憶起了反應。強烈的悲傷忽然湧上，使他莫名感到心痛。

「在那之後發生過什麼，我也不清楚。不過，隱約想像得到。」

牙城擱下喝光的酒瓶。此時古城也已經察覺了。為什麼只有他自己死而復生，變成吸血鬼的隨從，凪沙卻徘徊於生死之間——

「是凪沙讓我復活的吧。」

「就是這麼回事。」

牙城自嘲地露出笑容說。和古城一直為了沒能保護好妹妹而懊悔一樣，這個男人也始終因為無法保護好孩子們而感到自責吧。

「第四真祖沒理由要救你，希望你復活的是凪沙。那傢伙大概是為了讓被殺的你復活，強行催發了第四真祖的能力，之後她更用真祖的眷獸將恐怖分子一掃而空。」

「她現在身體會變這樣，就是當時付出的代價嗎……」

古城喉頭緊繃，顫抖著發出驚呼。

吸血鬼的眷獸會吞噬宿主的壽命做為召喚的代價。正因如此，據說只有具備無限「負之生命力」的吸血鬼才能使役它們。

實際上，凪沙應該算是出類拔萃的靈能力者。

但她的肉體本身屬於脆弱的人類少女，要召喚吸血鬼眷獸——而且還是第四真祖的眷獸，她不可能承受得住，何況要操控第四真祖本身的意念更是絕無可能。即使如此，凪沙還是讓第四真祖附上自己的肉體並操控其能力。

全為了救古城這個哥哥一命。

古城以為自己保護了凪沙，但那是錯的。

被保護的是古城。凪沙讓差點沒命的他復活，換來了到現在仍要住院的下場。

絕望的真相擺在眼前，古城只能愕然以對。

他既不能發怒也不能哭喊，只是拚命咬緊嘴唇。結果——

「詛……詛咒我吧……歸咎我身上令人痛恨的原罪……」

淚水盈眶的並不是古城，而是他旁邊的金髮少女。

藍眼睛冒出了透明淚滴，奧蘿菈邊哭邊打嗝，像個孩子一樣。面對她出乎意料的反應，連牙城都愣住了。

「我說妳為什麼要哭啦？這件事妳不需要感到有責任吧！」

古城不得已只好用紙巾幫嗚咽不停的奧蘿菈擦臉。

凪沙身體衰弱，原因或許真的出在她動用了第四真祖之力，不過奧蘿菈沒道理受到責怪。被人硬是解開遺跡的封印又在絃神島變成研究對象的她，同樣是不折不扣的受害者。

「啊～總之就是這麼回事。況且公主大人會失去記憶，未必和凪沙沒有關係。」

牙城尷尬地搔著頭說。古城略顯訝異地看了父親。

「你從最初就知道奧蘿菈喪失記憶？」

「嗯，要不然事情就說不通了。」

「……說不通？」

「想想看吧，小鬼。假如應該被封印在遺跡的第四真祖目前還附在凪沙身上，那待在這裡的公主又是什麼人？」

這樣啊——古城聽了父親丟過來考驗自己的問題，低聲回答：

「表示她只是第四真祖的一部分人格？」

牙城滿意地揚起嘴角笑著說：

「恐怕是這樣沒錯。說難聽一點就是零頭，或者殘渣。」

「你幹嘛特地挑難聽的字眼講！」

「就算凪沙身為靈能力者再怎麼優秀，也實在沒有器量容納第四真祖的一切才對。所以公主在這裡的身軀也保留著一部分意識。」

牙城望著還有些淚汪汪的奧蘿菈說了。

於是，古城總算明白父親的用意了。包括牙城為什麼會幫助葳兒蒂亞娜讓奧蘿菈復活；又為什麼要暗中保護奧蘿菈。

「這樣啊……只要讓第四真祖附在凪沙身上的意識回到原本的身軀就行了嗎……讓這傢伙取回身為吸血鬼的能力和記憶，凪沙就能得救了對吧？」

古城望著奧蘿菈嘀咕。奧蘿菈本人的理解力似乎還跟不上，便露出有些困擾的表情抬頭仰望著古城。

「哎，沒錯。至少只要讓失控的力量停下來，就可以避免對體力造成更大消耗。那可能多少會花費一些時間，不過凪沙的身體狀況應該會比現在穩定。」

大概啦——牙城隨即又不負責任地補上一句。

「你們就是為了這個才讓奧蘿菈醒來的？」

古城發出長長嘆息。牙城恐怕一直在尋找解救凪沙的方法，為此他離開家庭，始終在全世界東奔西走。然後他遇上了葳兒蒂亞娜，並得知「棺材」之鑰的存在。

說不定深森在計畫中也有分。現在回想起來，深森的助手遠山會剛好把通行證給古城，同樣很不自然。

然而，牙城卻有些感傷似的瞇起眼睛，粗魯地摸了摸古城的頭。

「對啊……唉，那也算在內啦。」

「什麼意思？」

古城狐疑地蹙眉，牙城卻什麼也沒回答。他那雙瞇得銳利的眼睛正看著夜晚的埠頭。

「傷腦筋……那些人已經找來啦？效率還真快。」

牙城喝光剩下的啤酒，懶散地站了起來。他拎在手上的是犢牛式戰鬥步槍。那明顯違反刀槍管制法，不過古城現在也無意吐槽了。

此時不知道為什麼，金髮吸血鬼少女忽然像小動物一樣渾身哆嗦，摟住了古城的胳臂。

古城困惑地看向她問：

「……奧蘿菈？」

奧蘿菈「噫」地發出無助的叫聲，身體頓時僵硬。

接著，古城也察覺她恐慌的原因了。

奧蘿菈凝望的船塢碼頭上站著陌生人影。

那是個穿西裝的消瘦中年男性，在他兩旁有黑衣二人組如護衛般隨侍。八成是先前打算擄走奧蘿菈的那些人同伙。

然而，古城的視線卻沒有停在那些可怕的黑衣人身上，而是注視著站在他們身後的另一道人影——身高不到黑衣人肩膀的嬌小人影。

「妳……怎麼會……」

古城用訝異得變沙啞的聲音驚呼。

站在黑衣人背後的，是個十三四歲的嬌小少女。

她身上穿著未經裝飾、類似機車騎士服的強化纖維防護衣。衣服表面印有死板的羅馬數字，看上去給人試作型兵器的印象。

不帶感情地望著古城等人的少女頭髮為金色，眼睛散發著火焰般的青白光輝。

宛如妖精的空幻美貌，酷似待在古城身邊發抖的吸血鬼少女。

相像得好比照鏡子。

「為什麼……會有兩個奧蘿菈……！」

古城嘀咕的聲音徒然在空氣中響起。

和奧蘿菈有相同臉孔的少女始終不帶感情地望著古城。

3

葳兒蒂亞娜．卡爾雅納在陌生的床上醒了。

床上附有感覺昂貴得荒唐的天篷。

房裡裝潢同樣豪華氣派，室內器具一律為典雅的古董家具，華麗窗簾看似特別訂做品。

窗外可見「魔族特區」的美麗夜景。

「這裡是……？」

葳兒蒂亞娜動作生硬地撐起上半身，朝周圍看了一圈。

這裡恐怕是高級公寓裡接近頂樓的一處房間。她似乎沒有遭到監禁。

原本穿的衣服被脫掉了，相對的全身都纏著繃帶。傷口痊癒得慢，大概是因為敵人用了對付魔族的特殊子彈。即使如此，出血也已經止住。雖然還有些許疼痛，原本差點被炸斷的右腿同樣恢復到勉強能走的程度了。

「妳醒啦？」

忽然有人朝她出了聲。不知對方什麼時候就站在那裡了，儘管咬字不清，語氣卻有股奇特的威壓感。與其說是確認傷患狀況，更像是在責問臣子的女帝，話裡具備壓倒性威嚴。

聲音的主人有一副年幼少女般的外表。

烏黑長髮和白皙肌膚，以及有如西洋人偶的豪華禮服。

「空……『空隙魔女』！」

強烈恐懼令葳兒蒂亞娜一舉跳下床。

「空隙魔女」南宮那月對歐洲魔族來說，是恐怖的代名詞。要說她是受雇於日本政府的國家攻魔官，無情虐殺者的形象還比較強。儘管葳兒蒂亞娜自覺逃不了，仍一股腦地陷入非逃不可的倉皇當中。

但負傷的右腳使不上力，葳兒蒂亞娜當場嚴重失去平衡。

「唔哇！」

待在房裡的另一名人物差點撞上跌倒的她，因而叫了出來。

原本擱在托盤上的玻璃杯被碰倒，趕在水灑落地板前將杯子接住的，是個留著刺蝟頭、身穿學生制服的少年。

「你是……基樹！」

「嗨，又見面了，葳兒小姐。」

矢瀨基樹遞上一杯冷水，對葳兒蒂亞娜親暱地笑了。

葳兒蒂亞娜本身是第二次遇見這個擁有過度適應能力的少年。他身為曉古城的監視者，感覺會掌握到葳兒蒂亞娜這次的行動，想來也是理所當然的事。不過在挖苦笑著的他眼裡，對葳兒蒂亞娜並沒有敵意。

「傷腦筋，真是血氣方剛。看這樣子，傷勢似乎是不要緊了。」

那月低頭望向坐到地板上的葳兒蒂亞娜，咕噥著發出嘆息。雖然有些傻眼的調調，但她的話裡同樣聽不出攻擊性。

「是你們救我的嗎……？」

葳兒蒂亞娜戰戰兢兢地試著發問。那月顯得有些不悅地側眼看著矢瀨說：

「我受了不成材的學生拜託。」

「學生？」

是指身為攻魔師的徒弟吧——擅自想像的葳兒蒂亞娜感到釋懷。畢竟她萬萬不會想到，鼎鼎大名的「空隙魔女」是國中英文老師。

葳兒蒂亞娜一口氣飲盡被遞過來的水。止渴以後，她也稍微恢復冷靜了。

「話說，我的衣服在哪？」

她用床單遮著只穿了內衣、纏著繃帶的身體問了。

那月嫌麻煩似的朝她瞥了一眼。

「啊，妳那套沒品味的衣服已經丟了。」

「丟了？」

「畢竟那被槍射得到處都是洞，還沾滿血漬。我趁發臭前先丟了。」

「那……那我怎麼辦嘛！我要穿什麼？」

對於為貧困所苦的葳兒蒂亞娜來說，那套黑色皮革套裝是僅有的一套珍貴衣服。基本上

要是沒有衣服，她連離開這裡都沒辦法。

那月厭煩地望著淚眼抗議的葳兒蒂亞娜回答：

「要換衣服，那邊的衣櫥裡就有。就賞妳一套妳中意的吧。自己選。」

「咦？」

聽那月這麼說，葳兒蒂亞娜拖著床單走到了衣櫃前面，不過──

「只有女僕裝嗎！」

「當然。那裡頭儲備的是給傭人的制服。根本來說，妳的體格也穿不上我的衣服吧。」

那月語氣平靜地回嘴。唔──葳兒蒂亞娜只好沉默下來。以「戰王領域」出身的女性而言，她的個頭算小，但是那月比她還要矮二十公分以上，肩膀也更窄。

「話是這麼說沒錯……嗚嗚，身為卡爾雅納家之女，我為什麼要穿成傭人的模樣……」

葳兒蒂亞娜小聲抱怨著，還是逼不得已地選了衣服。裙襬長度和袖子款式的種類相當豐富，但那些總歸來說全是女僕裝。

「對了，妳有襲擊ＭＡＲ的嫌疑對吧？葳兒蒂亞娜．卡爾雅納？」

那月忽然問了總算換好衣服的葳兒蒂亞娜。葳兒蒂亞娜維持緞帶綁到一半的姿勢，直接定住了。

「外加在市區召喚眷獸，還有未隨身攜帶魔族登錄證嗎？」

「那……那是因為……」

「就這樣把妳交給特區警備隊似乎比較省事，不過我對妳的行動有些興趣。假如妳願意提供情報，處置的方式倒還可以考慮。」

那月坐到鋪著天鵝絨的箱子上，語氣悠然地招呼葳兒蒂亞娜。與其稱為交易，那根本就是脅迫，讓人無從反抗，而且也不敢反抗。

「好啊……妳想知道什麼？」

葳兒蒂亞娜不甘心地瞪向那月。那月瞇起由長睫毛鑲邊的眼睛問：

「偷襲妳的那些傢伙是尼勒普西的匈鬼吧。率領他們的男人是什麼來歷？」

「……對方是巴爾塔薩魯．札哈力亞斯，尼勒普西臨時自治政府的議長。基本上，那傢伙的真面目才不是政客，他是所謂的死亡商人，也就是軍火商。」

「這名字我有印象。是第四次匈鬼戰爭的要角嗎？」

那月說的話讓葳兒蒂亞娜渾身發顫，臉因強烈憤怒而緊繃。

「沒錯。十四年前，自從尼勒普西侵略『戰王領域』的卡爾雅納伯爵領地後，戰爭就開始了。當時供應武器和軍隊給尼勒普西的就是札哈力亞斯。那個男的導致卡爾雅納騎士團瓦解……更使得卡爾雅納伯戰死……」

戰死的卡爾雅納伯其實也就是葳兒蒂亞娜的父親。令騎士團瓦解的不名譽紀錄招來「遺忘戰王」不滿，使卡爾雅納家的領地遭到剝奪，葳兒蒂亞娜也因而失去貴族地位。這些都是死亡商人札哈力亞斯一手策畫。

「那個軍火商為什麼會在絃神島？」

那月不悅地出聲詢問。葳兒蒂亞娜忍辱咬唇回答：

「那個男的在戰亂當中，搶走了託管在卡爾雅納家的第九號『焰光夜伯』。所以，他才會要求舉辦『宴席』。」

「宴席……？」

「就是『焰光之宴』。我聽說那是為了將第四真祖導向真正覺醒的儀式。」

葳兒蒂亞娜的說明讓那月露出鄙視的表情。

「哼……匈鬼想擁戴真祖為王嗎？」

「沒錯。那實在太荒唐了。」

葳兒蒂亞娜憤慨地如此斷言。

另一方面，矢瀨則顯得有些佩服地咕噥：

「不過，那很有效耶。畢竟只要得到第四真祖，尼勒普西就會成為新的夜之帝國首都，周圍諸國也就不得不承認其獨立國家的地位了。」

「說得對。而且在軍火商札哈力亞斯看來，名為世界最強吸血鬼的商品肯定魅力十足吧。如果賣給獸人優勢主義者，可是能輕易消滅一兩個國家的。」

那月用了不負責任的語氣附和。而葳兒蒂亞娜柳眉直豎地瞪著他們倆反駁：

「這種事怎麼可能被允許！」

「原來如此。所以妳才會讓第十二號『焔光夜伯』醒來，打算和他對抗？妳覺得倘若順利，就能順勢替父親報仇？」

「我沒道理要被妳教訓，專殺魔族的『空隙魔女』！」

葳兒蒂亞娜忍不住怒從中來，朝著那月大罵。隨後她立刻警覺自己失言，頓時臉色慘白。在這種地方惹火「空隙魔女」，就算遭到凌遲也怨不得人。

但是那月並沒有發怒，只是用嗜虐的目光對著葳兒蒂亞娜，彷彿看著一條管教不良的狗。接著她靜靜闔起手上的扇子說：

「我倒沒有斥責之意……不過妳那高姿態的口氣很令人不快。穿女僕裝還這樣講話。」

「好痛！這算什麼道理！妳以為我是被誰害得要穿這種衣服？」

葳兒蒂亞娜的前額挨了比用手指彈額頭強一百倍的神祕衝擊，開口就變成哭腔了。

對她們的互動袖手旁觀的矢瀨則說：

「『焔光之宴』嗎……葳兒小姐的立場我懂了。這樣是不是挺不妙的啊？那月美眉？」

「幹嘛把我叫得像熟人一樣！」

「你別用『美眉』稱呼年長者。」

同時被兩個人罵，矢瀨只能微微聳肩。

「話說要讓第十二號『焰光夜伯』醒來，也不是妳一個人就能想到的主意吧？我看策畫者是古城他老爸對不對？」

「是……是又怎麼樣？」

「這表示妳可能被算計了。不過要救凪沙八成也沒其他辦法就是了。」

「什麼意思……？」

忽然覺得不安的葳兒蒂亞娜反問。矢瀨一臉生厭地咧嘴說：

「妳應該是想自己當上選帝者，然後向那個叫札哈力亞斯的傢伙復仇。但事情大概不會變成那樣。」

矢瀨隨即惱火似的將視線轉向窗外。

以黑暗夜空為背景，聳立著一座倒金字塔型的巨大建築。

「混帳，這像是幾磨（老哥）會有的盤算……公社理事會從一開始就這樣想好了吧。所以他們才會派我當古城的監視者嗎？」

「……基樹？」

葳兒蒂亞娜困惑地望著矢瀨。結果，那月代替一語不發地揹牆的矢瀨接著說：

「妳是為了向札哈力亞斯復仇，才讓第十二號『焰光夜伯』復活的對吧？女僕？」

「是……是啊……不對，妳叫誰女僕！」

「那麼，札哈力亞斯待在絃神島的理由是什麼？為何那傢伙會知道妳解除了第十二號的封印？基本上，ＭＡＲ這等企業會輕易對珍貴的第十二號『焰光夜伯』放手，難道妳不覺得奇怪嗎？」

「妳想說，這些都是有人策畫好的？連我喚醒第十二號（奧蘿菈）都包含在內？」

葳兒蒂亞娜搖著頭像在表示：「這不可能。」那月則冷冷回望她說：

「ＭＡＲ應該有兵器的製造部門。把軍火商札哈力亞斯想成和他們有所掛勾，自然是合乎情理。有巨型企業ＭＡＲ當中間人，要說動日本政府應該也不難。」

「可是……他們怎麼會……」

「縱使得到『焰光夜伯』，失去領地的妳也沒有資格舉行『宴席』。第十二號覺醒最大的得利者會是誰？」

「不會吧……」

葳兒蒂亞娜沒有話可以反駁，當場虛脫地跪了下來。

那月冷冷地望著這樣的她，朱唇有些扭曲。

「第四真祖的復活儀式嗎？你要人淌的這場渾水還真麻煩啊，曉古城——」

4

消瘦的中年男性一面撫弄翹鬍子一面朝古城等人走近。

由黑衣人隨侍左右的他，讓人聯想到站在舞台上面對觀眾的馬戲團團長。他望著困惑的古城等人，用演戲似的身段行了禮。

「各位好，抱歉在歇息時過來打擾。能否借一會時間說話？呵呵，真是美麗的夜晚。」

開朗搭話的男子眼裡蘊藏著感覺不到人情味的寒光。

奧蘿菈躲到了古城背後，像是要迴避那爬蟲類般的視線。古城擺出架勢護著她，眼睛則瞪視來訪的男子們。

「你們……是剛才的……」

古城的嗓音緊張得沙啞。

待在男子左右的黑衣人肯定和之前有意擄走奧蘿菈的那幫人屬於同類，古城明白他們的危險性。先前牙城一下子就將敵人趕走，可是那場戰鬥終究是靠奇襲致勝，並不保證這次也一樣能擊退對方。

不過牙城卻像歡迎老朋友似的，舉起空啤酒瓶親切地笑著說：

「抱歉啊，老兄（Monsieur），假如你來得早一點，我還可以招待個冰啤酒，但現在就像你看到的一樣了。」

「哪裡哪裡，請不用費心。沒能帶著伴手禮上門，我才要請你見諒。畢竟我們是傭兵出身的戰鬥民族——」

翹鬍子男性也殷勤地回應牙城的招呼。

牙城扛著步槍，天不怕地不怕地揚起嘴角。

「閣下就是尼勒普西的札哈力亞斯議長？我聽說過不少嚇人的傳聞吶。」

「彼此彼此，我也久仰『冥府歸人』曉牙城博士的大名。先前我們的同志似乎有失禮數，還請包涵。」

「……看來你並不是來算帳的嘛？」

對於牙城的疑問，名叫札哈力亞斯的男子露出訝異臉色。

「嗯，那我可萬萬不敢。身為『宴席』的選帝者，這遭反而是要來向你賠罪的。」

「哈……原來如此。是這麼回事嗎？」

牙城愉快地點頭，然後慵懶地靠向船的扶手。

而古城一臉納悶地望著父親問：

「這到底是怎麼回事？老爸……你們不要只顧著講自己的，告訴我，為什麼會有兩個奧蘿菈？」

「奧蘿菈……？喔，你們替第十二號取了名字啊。呼嗯，那也有一番情趣，出色的兵器總是會有個字號或暱稱嘛。」

札哈力亞斯交抱雙臂，感佩似的深深點了頭。

「那麼容我僭越，在此請讓我也為第九號(Enatos)做一番介紹。被囚禁於『戰王領域』故卡爾雅納伯爵領地的她，已由我們尼勒普西親手解放了。這位就是第九號的『焰光夜伯』。」

「第九號……？」

札哈力亞斯伸出的右手前面，站著一個和奧蘿菈面容相同的少女。

帶著波浪捲的金髮及白皙肌膚，強化纖維製防護衣與肌膚服貼，進一步強調出她的纖弱體型。那模樣和奧蘿菈相像得幾乎無從分辨。

「妳認識她嗎？奧蘿菈？」

「在……在我記憶中，並無這般如鏡像的刻印……」

古城壓低聲音質疑，讓奧蘿菈無助地搖頭。名叫「第九號」的少女出現，也許受驚嚇的反而是她(奧蘿菈)。

「哎呀，她說不認識，表示還沒有完全覺醒嗎？」

札哈力亞斯看了奧蘿菈的反應，略顯意外地揚起眉毛。

呼嗯——他思索似的撫弄著下顎說：

「那好，我來說明吧——所謂『焰光夜伯』就是催生新真祖的計畫，以及透過計畫造出的所有第四真祖的基體總稱，是藉著三位真祖和『天部』的技術孕育出的極致弒神兵器。」

「……你說……兵器……？」

古城一臉愕然地望向札哈力亞斯。

奧蘿菈看似不安地貼到古城背後。就算聽人說這個懦弱的少女是兵器，照常理而言也無法置信才對。即使如此，札哈力亞斯的話裡卻有股奇妙的說服力。要斷言奧蘿菈只是普通的吸血鬼，讓人難以理解的部分實在太多了。

封印遺跡；冰棺；遺失的記憶；還有第九號的存在——假如奧蘿菈是人工量產的活體兵器，那些疑問就能消解掉一些。

「正是。在這裡的第九號，還有你的第十二號，都是基於相同目的、相同技術造出的兵器，不過這當中也有失算。人類不時就會犯錯，古代的超人類『天部』似乎亦不脫此限。」

札哈力亞斯說到這裡就像個歌劇歌手一樣張開雙臂，露出黯然悲嘆的表情。

「一言蔽之，做為第四真祖所完成的『焰光夜伯』太強了，強得脫離了兵器的規格。」

「…………」

古城無言地聽著他說話。

沒錯，第四真祖是世界最強吸血鬼的名號，不具任何血族同胞的災厄化身，超脫世理且冷酷無情的怪物——

對人工創造的兵器來說，應該再沒有比這更貼切的形容了。

「連最古老的吸血鬼真祖都能超越的世界最強吸血鬼就是第四真祖。其存在將打破世界的平衡，並且攪亂秩序。因此『焰光夜伯』被封印了。有的封印在風暴大作的沙漠中；有的則在冰棺中。」

「和奧蘿菈一樣……那個女生的封印也解開了嗎？」

古城望著被稱作第九號的少女問。

札哈力亞斯有些得意地瞇眼，搖頭否認：

「並不是自然解開，而是人為破除的。」

「為什麼……！」

「替兵器解封的目的只有一種，那就是用在戰爭上面。」

何必問那種理所當然的事呢——札哈力亞斯一副覺得奇怪的樣子微笑了。

由於他的口氣聽來太過自然，古城完全無法回嘴。

「過去也曾留下好幾次『焰光夜伯』封印被解開的紀錄，可說每當來到歷史上的巨大轉捩點必定會覺醒。」

「意思是……在不遠的將來會發生大規模戰爭？」

古城來回看著奧蘿菈和第九號——兩名少女做比較，並發出驚呼。

「那也有可能。因為世界上總是不乏紛爭的火種。」

札哈力亞斯難過地垂下視線。那是熟知戰爭的悲慘及殘虐，卻依舊打算利用戰爭的狡獪現實主義者的臉。

「你說過，那是第九號的『焰光夜伯』對吧？」

「確實沒錯。」

「除了在這裡的兩個人以外，還有其他第四真祖的候補者嗎？」

「是啊，除了這兩具以外，算來還有十具。」

札哈力亞斯說著便神情凝重地皺起臉。

「你應該也能想像那是多危險的事情吧？畢竟第四真祖具備和其他三位真祖同等以上的力量。那總共有十二具，雖然並不完美，但如果第四真祖的基體間發生鬥爭，到時候就沒有人能阻止了。」

札哈力亞斯彷彿由衷恐懼地顫抖著肩膀，隨後又笑了出來。

「——不過請放心，我的本職在於貿易生意，主要經手軍火。喜歡道人長短之輩常批評我是死亡商人，但關於處置軍火，我自負無人能出其右。」

「軍火……商……？」

古城終於察覺札哈力亞斯饒舌的理由了。他會針對第四真祖談上這麼一長串，並不是出於對古城的親切。札哈力亞斯是商人，而他所有的言詞都屬於交易過程。這不過是商談的一環罷了。

「好了，接下來才是正題，曉古城先生。」

「……正題？」

「是的。希望你能將在那裡的第十二號轉讓給我。」

到了此時，札哈力亞斯的視線才首度直直望向奧蘿菈。

好似被盯住的金髮少女吞了一口氣。

「你要我出賣奧蘿菈？」

古城壓低嗓音確認。札哈力亞斯大動作地點頭說：

「至於對價嘛，我想想，兩百億圓你覺得如何？」

「啥……！」

古城嚇得睜大眼睛。札哈力亞斯也許是將這反應解讀成不滿，苦笑著改口：

「呼嗯，還不夠嗎？不然再加碼一倍……不，我可以加碼到三倍，畢竟這項商品是世界最強的兵器。我想表示自己並不會計較金錢數目，但我的資產還是有限，不足的部分請多多寬待。」

「商品……嗎？」

古城重新玩味札哈力亞斯那句話，然後微微哼了一聲。為了讓害怕的奧蘿菈安心，古城對她露出笑容，接著向前袒護著她。

「很抱歉，這傢伙不是兵器，我也不會讓這傢伙跟著把她當兵器看待的傢伙走。」

「這樣啊──」

札哈力亞斯頓時目光變得銳利，在他左右的黑衣人則現出稍稍放低重心的動靜。他們擺好隨時能行動的架勢了。

慵懶地靠在船上的牙城手邊冒出了解除步槍保險裝置的聲音。

只有被稱為第九號的少女一個人眼睛眨也不眨地望著古城。結果──

「真是遺憾。不過要是你改變主意，請隨時跟我聯絡。在一切變得太遲以前，請你務必多多考慮。」

令人意外的是，札哈力亞斯並沒有強行要求交易，而是乾脆地退讓了。原本以為對方會硬搶的古城對這種反應感到有些洩氣。

然而，一觸即發的緊張感依舊不變。

古城有意反抗這股遲滯沉重的空氣，便望著札哈力亞斯背後的少女說：

「第九號小姐……這樣叫妳不知道對不對。與其被當成兵器對待，妳不如也來我家吧。雖然我付不出錢，還是可以請妳吃好吃的冰淇淋——」

身穿防護衣的金髮少女眼神略顯驚訝地動搖了。

瞬時間，驚人暴風環繞在第九號身邊。

暴風媲美小型龍捲風。

翻攪的大氣猛烈轟鳴，彷彿她對古城的憤怒或對不明事物的恐懼，在直接化為形體後所產生的強烈衝擊波。

散播開來的震動變成了破壞性的超音波，敵我不分地摧毀四周。

劇烈的耳鳴及頭痛使古城捂住耳朵。

海面狂浪四起，船隻搖晃。被沖到埠頭的棧板剝落碎散，變得一片狼藉。

而且最恐怖的是，這並非第九號的攻擊。她連本身的眷獸都沒有召喚，在情緒起伏下外洩的些微魔力餘波就引發了這等程度的破壞。

當她憤怒的矛頭指過來的瞬間，古城將被消滅得不留痕跡。用不著多說，古城自然能理解，那就是第四真祖的基體第九號「焰光夜伯」具備的力量。

然而，第九號的視線前方出現了一道阻擋的人影。

金髮翻騰如火的嬌小少女。是奧蘿菈。

奧蘿菈張開雙臂護著古城，站到了第九號面前。

「——第九號！」

札哈力亞斯開口喝斥暴風繞身的防護衣少女。

無法確定他的聲音是否傳到了少女耳裡。不過在那個瞬間，包圍在第九號周圍的震動及衝擊波屏障全如假像似的消滅了。

肆虐的大氣隨即恢復平靜。儘管海面仍波濤洶湧，繫於埠頭的船也還搖晃著，但至少免去了更進一步的致命損害。

呼——牙城疲倦地嘆氣。那些黑衣人同樣散發出某種安心的氣息。

像是腿軟地當場癱倒的奧蘿菈，被古城有驚無險地從背後扶穩。

「是我們冒犯了。不過，這樣你應該也理解基體們的危險性了吧？」

唯有札哈力亞斯一個人帶著從容臉色，恭敬地行了禮。

「我遲早會再過來向各位問候，到時候請務必讓我聽到理想的答覆。」

失陪了——札哈力亞斯轉身背對古城等人。

古城無言地目送那些人離去。由於街燈遭到破壞，周圍一片黑暗。軍火商那群人的身影立刻就隱沒於黑暗中。

只有第九號的輝亮髮色始終烙在古城眼底。

唯有那變得如虹彩般鮮豔的金髮光澤。

5

「呼……」

古城躺到牙城船裡的沙發上，精疲力盡地嘆氣，全身累得像鉛一樣重。對於名叫「第九號」的少女所懷的力量，他到現在還心有餘悸。

儘管古城並沒有挑釁之意，但他不經意的一句話動搖了對方的感情，導致魔力失控。事到如今，古城才反省起自己的疏忽。

具備那等力量，她仍只是一具基體。要是獲得身為第四真祖的完整力量，實在無法想像她會進化成什麼樣的怪物。軍火商札哈力亞斯會執著於她們的理由，感覺也是可以理解。

另一方面，理應屬於另一具基體的奧蘿菈則待在沮喪的古城旁邊，像隻家犬似的蹲著。

「誠……誠可嘉也！」

她緊張得全身僵硬，還拉高了音調這麼說道。

古城用納悶的視線望向滿臉通紅的奧蘿菈。

「……啥？」

「公主應該是高興吧。因為你沒有將她出讓給札哈力亞斯。」

牙城隨口替低頭不作聲的奧蘿菈解說。

「這樣啊，我還以為是什麼意思。」

古城慢吞吞地撐起身體，將手擱在奧蘿菈頭上表示：「不客氣。」

如今深刻體會到第四真祖基體的危險性，古城也沒有自信能斷言自己做的判斷是正確的。既然奧蘿菈本人覺得開心，光是這樣他就覺得欣慰了。不過——

牙城像是要打破古城那小小的安心感，深深嘆道：

「不過，你也真夠傻的。六百億圓耶，六百億圓。那豈止能吃喝玩樂一輩子，你居然回絕得那麼乾脆。」

「別說了，我也覺得有點捨不得。」

古城坦白承認。

話雖如此，札哈力亞斯開的價碼太高，倒也真的讓人覺得缺乏實際感。假如能再親民一點，比如獎券彩金等級的大數目，古城應該會煩惱得更認真。

「哎，就算把奧蘿菈交出去，札哈力亞斯那傢伙會不會真的付錢也很可疑。那應該是了事後交易對象就會被幹掉埋起來的套路吧。」

「唔……也對。」

「基本上，要是有自以為聰明的小鬼答應那種瞧不起人的交易，我也會從背後開槍斃了他，然後自己捲款開溜就是了……」

「你真的是我爸嗎！」

牙城那番亂逼真的台詞讓古城半瞇著眼叫了出來。剛才那副不像開玩笑的態度，就是曉牙城之所以為曉牙城的本色。

而牙城獨自在船上翻行李翻了一會，不久就拎著裝步槍的超大尺寸高爾夫球包起身說：

「好了……古城，這個你拿去。」

他說著就丟了某種東西過來。那是一串生鏽且看似廉價的鑰匙。

「啥玩意？」

「這艘船的鑰匙。設備的用法嘛，靠感覺就會懂了。或者說，不懂也得懂。」

牙城單方面交代完以後，便打算擱著古城等人自己下船。

「等一下，老爸，你想去哪？」

「我接下來有事要辦。先不管深森那傢伙，總之得先確保凪沙的安全才行……受不了，都是因為某個小鬼想都不想就和札哈力亞斯對嗆，沒必要的差事又增加了。」

牙城嫌麻煩似的做了說明。唔——古城將嘴巴閉成一字型。

這番話確實也有道理。牙城會讓奧蘿菈覺醒，原本的目的就是要治療凪沙。假如覬覦奧蘿菈的軍火商害凪沙遭受危險，那就本末倒置了。然而——

「那奧蘿菈要怎麼辦啦……？」

「交給你照顧。」

「啥！」

「這艘船借你一陣子。哎，札哈力亞斯會違背本性跑來談交易，從這一點來看，量他也不敢在這地方撒野。畢竟絃神島對他來說完全是敵陣（客場）。」

「呃，可是……」

父親不負責任的說詞難免讓古城心生不滿。再怎麼說，札哈力亞斯麾下的黑衣人幾小時前才差點要他的命。對方在島上沒辦法蠻幹的論調，能信任到什麼程度也很可疑。

然而，牙城卻毫無緊張感地嘻皮笑臉說：

「安啦。反正奧蘿菈和剛才的第九號小妹妹屬於同格的基體，札哈力亞斯那傢伙當然也清楚公主大人有多不好惹。既然她那麼黏你，對方就不敢輕舉妄動了。」

「是……是喔……」

古城不甘不願地聽了父親的意見。牙城會判斷兒子的處境安全，似乎也不是毫無根據。

懂了沒——牙城自信地挺胸說：

「重要的是記憶。與其煩惱東煩惱西的，先讓奧蘿菈恢復記憶會比較快。」

「哎，話是這麼說沒錯。」

古城望著一臉茫然的奧蘿菈，覺得有些進退維谷。

「不過想讓她恢復記憶，要怎麼做……？」

「誰知道。我是考古學者，不是醫生。你自己也要動動腦袋。」

「你未免太不負責任了吧！」

古城恨恨地咂嘴嘀咕。

當然憑牙城的能耐，古城也不會傻傻地期待將一切交給父親就能安心。奧蘿菈本身不取回記憶就解決不了問題，這也可以理解。不過，牙城對最要緊的恢復記憶毫無對策，實在是想得太粗糙了。

即使如此，牙城還是一點也不愧疚地說：

「沒人要求還提出派不上用場的建議，才更不負責任吧。盡量試著刺激她不就好了？比如多讓她見識各種事物，或者和其他人見面。」

「你那不算不負責任的建議嗎？」

「別計較小地方啦。反正札哈力亞斯要認真採取行動還是以後的事，在那之前，你盡量

和奧蘿菈好好相處吧。」

「……嗯。」

古城正色點頭。

聽父親的話讓他很不是滋味，但自己沒辦法放著奧蘿菈不管，這一點他剛才已經切身體會到了。並非單純因為古城實際上是奧蘿菈的血之隨從，或考慮到凪沙的關係。

重要的是，要對這個懦弱又喪失記憶的少女棄之不顧，古城肯定會寢寐不安，連作夢都要受良心譴責。

「啊，還有古城，你至少讓公主穿條內褲吧。就算這裡是常夏之島，一樣會感冒。」

牙城在離開船艙前一刻轉了頭，像是回想起來似的指著奧蘿菈的裙子。古城猛咳個不停，然後回答：

「你為什麼知道她沒穿！」

「呵……別小看中年男人的眼力。」

牙城一臉亂自豪地說完以後，這次便真的下船了。

古城則癱倒在沙發上嘆息說：

「受不了，久久碰一次面卻搞成這樣……臭老爸。」

「感……感受得到淫穢血脈的源頭。」

「我哪裡像那個變態了！」

古城側眼瞪向臉紅的奧蘿菈，煩躁地捧著腮幫子。

雖然之前並不是沒有聯絡，不過古城和父親已經三年沒有好好見面了。對於牙城依然說來就來說走就走的性子，他覺得火大也覺得懷念。

不管怎樣，那個男人為了救凪沙仍不停努力這一點是可以坦然稱許，讓人覺得縱有不滿也可以睜一隻眼閉一隻眼。

「哎……內衣褲的問題確實要想想辦法才行，還有衣服也不能老是穿凪沙的制服。總之明天再來想這些好了。」

「也……也好。」

奧蘿菈不安地按著裙襬表示同意。

「無論如何，有地方過夜真是太好了。再說這裡也有電，似乎也不用擔心洗澡或上廁所不方便。」

古城說著環顧「莉亞娜號」的船艙。

雖說是小型船隻，內部空間生活起來倒沒有什麼障礙。廚房和桌子，沙發與床鋪，連冰箱和微波爐等必需品都備齊了一整套。而且電力是由港口供給，也許比隨便找廉價旅館住還舒適。

奧蘿菈似乎也覺得滿意，看似開心地露出了生硬的微笑說：

「潔淨有序呢。」

「嗯，的確……以那個老爸過生活的地方來說，打掃得亂乾淨的。」

一瞬間差點由衷感到佩服的古城，心裡忽然冒出了疑念。

記憶中，曉牙城這個男人絲毫沒有愛乾淨的形象。他的房間和做為職場的辦公室，總地來說都是一團亂才對。女兒凪沙會變成病態整理狂的原因之一，據說有可能就是對邋遢父親產生的反動。

唯有在牙城身邊出現女人的時期，他的房間才會變整齊。這麼說來，在船艙裡感覺得到香水的幽幽餘香。

「算了……」

我什麼都沒發現——古城這麼告訴自己，然後閉上眼睛。

別看深森那樣，她的嫉妒心意外強烈。牙城要是不小心和其他女人變得要好，身為妻子的她就會不分青紅皂白地將憤怒的矛頭指向周遭。狀況本來就很麻煩了，要是再被夫妻吵架的颱風尾掃到可教人受不了。

「今天實在夠累的，我差不多也該回去睡了……」

古城確認過船裡的時鐘，慢吞吞地起身。於是，在船艙的床上玩耍的奧蘿菈嚇一跳似的抬起頭。

即使環境舒適，這裡終究是狹窄的船內。雖說對方是力量高於人類的吸血鬼，要和幾乎才剛認識的少女一起過夜還是會讓古城覺得排斥。假如信任牙城說的話，當下札哈力亞斯應該不會對奧蘿菈出手，就算沒有二十四小時顧著她也不至於出問題——古城是這麼想的。

可是奧蘿菈卻露出小貓遭到遺棄般的眼神，抬頭仰望著古城，還拚命揪住他的袖口。她那令人意想不到的過度反應讓古城有些疑惑地問：

「奧蘿菈？」

「……為……為了我靈魂的安寧，你應用手執起契約之軛。」

「呃……意思是要我牽著妳的手，直到妳睡著嗎？」

奧蘿菈點頭如搗蒜。古城看了那模樣才回想起來。

牙城給他看的剪貼簿照片上，有少女被封在冰棺中的姿態。

「對喔……妳以往都是孤孤單單一個人睡。」

古城一句咕噥讓吸血鬼少女軟弱地垂下視線。

即使沒記憶，那種絕望的孤獨感應該在奧蘿菈心裡刻下了創傷般的痕跡。她會害怕一個人睡也是無可厚非。

睡著的話是不是又會變孤單？是不是再也不會醒過來？古城覺得她心裡或許抱持著這樣

的不安。

「知道啦，今天晚上我會陪妳。不過睡前至少先洗臉刷牙吧。」

「……嗯！」

奧蘿菈聽了古城的話，立刻急著跑到浴室。船內設有迷你衛浴組，也可以在船上沖澡。

「呀啊……！」

打算洗臉的奧蘿菈此時卻無助地發出尖叫，跌坐在地上。能聽見擺在洗臉台的肥皂盒和牙刷全散落在地上的吵雜聲響。古城納悶地走向浴室，就看到了淋得濕漉漉的吸血鬼。

「奧蘿菈？」

「是……是水精(Undine)的詛咒……！」

「啊……水龍頭的旋塞被調成淋浴了……」

奧蘿菈似乎想從水龍頭開水，卻落得被冷水澆滿頭的下場。要是對衛浴設備不熟悉，連現代人都很容易犯這種失誤。

何況是長年被封印在遺跡裡的奧蘿菈，更不可能知道沐浴蓮蓬頭的構造。這是沒做說明的古城不好。

「好啦，這樣就沒問題了。」

古城關掉水流個不停的蓮蓬頭，然後對奧蘿菈伸出手問：「起得來嗎？」全身滴滴答答的奧蘿菈黯然地站了起來，古城連忙別開視線。被水淋濕的制服貼著肌膚，變得徹底透明。

「古城？」

奧蘿菈仰望動搖的古城，一臉不解地眨了眨眼睛。隨後，她的視線落到滿身濕的自己身上，臉蛋頓時沸騰般一路紅到耳根。

「慢……慢著，奧蘿菈……冷靜下來……！」

「嗚……嗚嗚……令人深惡痛絕的不淨之瞳！」

你當受詛咒——奧蘿菈恨恨地抬頭望著古城說。被可能成為吸血鬼真祖的她這麼咒了一句，感覺破壞力十足。

饒了我吧——古城歪嘴抱怨：

「還不是妳自己出糗……唔喔！」

「你在做什麼啦，臭平民！」

古城忽然被人從背後猛踹，整個人翻了跟斗撞在牆上。

映在他視野一隅的，是褐髮飄逸的女吸血鬼。莫名其妙穿著女僕裝的葳兒蒂亞娜正氣勢洶洶地站著俯望古城。

「唔……痛痛痛痛……葳兒小姐？妳怎麼會跑來這裡……？」

「牙城聯絡我的，他說奧蘿菈在這裡受到保護。基本上這艘船是我向牙城借的，你卻趁我不在對奧蘿菈做出這種禽獸不如的事！」

葳兒蒂亞娜一邊用毛巾擦著濕漉漉的奧蘿菈一邊發牢騷。奧蘿菈似乎被突然出現的女吸血鬼嚇到了，只會縮著身體任憑對方處置。

「喔……這樣啊。難怪……」

果然和女人脫不了關係——釐清船裡收拾整齊的原因以後，古城發出嘆息。

「話說，妳為什麼穿女僕裝？」

「煩死了！」

葳兒蒂亞娜看著一身女僕裝的自己，肩膀陣陣發抖。她大概是碰上了什麼不堪的遭遇。

「什麼對象不好找，十二號的血之隨從偏偏是你這種臭平民。這樣子卡爾雅納家再興的夢想不就……不，葳兒蒂亞娜，不可以灰心！為了姊姊，非得振作！奧蘿菈由我來保護！」

葳兒蒂亞娜沉浸在自己的世界，嘀嘀咕咕的開始自言自語些什麼。而頭上蓋著毛巾的奧蘿菈一面不安地望著她，一面朝古城這邊走近。

「……古城？」

奧蘿菈會不解地將頭偏到一邊，是因為古城笑了。

古城由衷開懷地捧著肚子笑個不停。

他不知道對方的身分是前伯爵千金還是什麼來著，不過葳兒蒂亞娜·卡爾雅納這個吸血鬼就是一副高姿態的樣子，卻好像沒什麼錢，精神方面也不成熟，戰鬥能力更高不到哪裡去。然而，她是真心重視奧蘿菈。仔細回想，葳兒蒂亞娜從第一次見面時就不惜讓自己遭遇危險，也想讓奧蘿菈平安逃跑。

「沒事。太好了，公主，看來想保護妳的並不只有我一個人。」

古城摸著奧蘿菈的頭，溫柔地笑了出來。

她已經不是一個人了，沒必要再懷著對孤獨的恐懼入睡。

古城的心意或許傳到了她的心裡，金髮吸血鬼少女羞赧地低下頭。

「嗯。」

用快要聽不見的細小聲音說完以後，她一臉幸福地露出微笑。

這就是名為奧蘿菈·弗洛雷斯緹納的少女，和曉古城相遇那天發生的事。

邁向終結的故事自此開始。

幕間ii

那裡是意識和無意識的分界。

無人能進入的心靈深處；彷若原初海洋的包容之地。

在瀰漫極光色霧靄的寂靜世界裡，有兩人露出微笑。

她們是身高相仿的嬌小女孩。有著烏黑長髮的少女，以及金髮翻騰如火的少女。

稚幼心靈畢露無遺，兩人晃蕩著。好似屈身漂在羊水中的雙胞胎，纖指交繞，不停漂浮於世。

「又見面了呢……」

不久，緩緩睜開眼睛的是烏黑長髮的少女。

她笑得像是被人呵癢的小貓咪，一臉懷念地瞇著眼。

「我會感謝能再度見到妳，年幼的巫女。」

金髮少女也睜開眼皮，用了生硬的語氣如此答覆。

燦爛的藍色眼眸漾著一絲愁色。

黑髮少女回望對方，看似有些困惱地苦笑。

「這樣啊……我又昏倒了。排球是不是輸掉了呢？傷腦筋。古城哥會為我擔心吧。雖然醫院的飯菜也很好吃，一個人吃就沒意思了。」

「……妳為我所付出的代價，令我憂心。」

金髮少女帶著泫然欲泣的表情垂下視線。

黑髮少女搖搖頭，長髮隨之搖曳。

「妳不用道歉啊。是妳救了我的嘛。」

「然而妳剩下的時刻已面臨大限。如今蘊於我亡骸的魔力殘滓也所剩無幾。」

「……說得也是，我明白。嗯……我明白喔。」

金髮少女的悲痛告白讓黑髮少女露出平靜的微笑。

「古城哥大概會生氣吧。假如他發現我們的事。」

「應受咒詛的是我，妳並無過錯。」

「我和妳是一樣的啊。」

交繞的手指傳來體溫。金髮少女肌膚冰冷，存在宛如失去棲木的孱弱幼雛，被黑髮少女輕輕擁入懷裡。

「不勝感激。」

金髮少女的聲音變遠了。她的存在逐漸溶於淡淡的霧靄中。

「又要暫時告別了呢。」

黑髮少女笑得落寞。有如海底冒出氣泡，有種意識緩緩上浮的感覺。她那仍為生者的肉體正要覺醒過來，之後她的人格並不會想起在這個世界的互動。

「高潔的巫女啊，願平穩與祝福與妳的生命恆久相伴。」

聽得見金髮少女的祈禱仿若遠處的反響。

「妳也是喔——」

逐漸覺醒的少女用了不成聲的音量細語。

妳也是喔，奧蘿菈。

第三章 血之隨從

Blood Servant

1

十一月第一週的教室被微溫的倦怠感包覆。

絃神市獨有的大型祭典「波朧院節慶」剛結束後的週一。化裝遊行加上舞台表演，還有在攤位叫賣及其他打工，怒濤般的高亢情緒一連持續好幾天，之後的反作用力便讓大多數的學生們得了燃燒殆盡症候群。

古城混在這樣的同學中入座，臉色格外正經地一個人沉思著。藍羽淺蔥察覺到古城那副模樣，就納悶地歪著頭走了過來。

「怎麼了嗎？難得看你表情這麼認真。」

「咦？淺蔥啊？」

「……古城？」

古城這種彷彿想破頭的態度，讓淺蔥警戒似的蹙了眉頭。

「還是只能靠妳了。我有點事想拜託妳，放學後有沒有空？」

「怎……怎樣啦？態度這麼鄭重。」

淺蔥打趣地笑著，並且在古城前面的座位坐下。臉色顯得有些緊張的她正準備聆聽古城的下一句話。古城正色將臉湊到她面前，壓低聲音說：

「我需要胸罩。當然費用我會出。」

「……啥？」

間隔一瞬的沉默，淺蔥的長睫毛隨著猛眨的眼睛翩翩起舞。

下一刻，「叩」的一聲沉沉響起，古城眼前天旋地轉。淺蔥無預備動作的直拳不偏不倚地命中了他的鼻骨。

古城忍不住捂著臉，痛得仰身抗議：

「痛耶！哪有忽然揮拳揍人的！」

「我幹嘛賣胸罩給你啦！你把我當成什麼了？」

淚水盈眶的淺蔥大罵。

班上男生聽到他們的對話，也同時鼓譟起來。

淺蔥粗枝大葉的言行常讓她被調侃沒有女人味，但由於那副亮麗臉孔，她還是有許多隱性死忠粉絲。「藍羽的胸罩？」「她願意賣嗎！」「要……要說的話，我比較想買內褲！」有幾個人不小心說出聲，就被淺蔥吼了一句：「誰會賣啊！」

「誰說要妳的胸罩了。有人託我帶她去買女性內衣，所以我才想找妳一起去。」

古城捂著鼻頭，聲音含糊地為自己辯解。

淺蔥用狐疑的眼光瞪著他問：

「什麼狀況？」

「抱歉，我一個人實在應付不了，凪沙又還沒辦法出門走動。求妳了。」

古城說著就深深低下頭。他需要的，當然是給奧蘿菈穿的內衣。

胸罩和在便利商店就能隨便買到的內褲不一樣，很難入手。古城不清楚胸圍怎麼量，要獨自帶著奧蘿菈到內衣店也有極高的門檻，更別提讓怕生又畏縮的奧蘿菈自己去買東西了。

因此，奧蘿菈有段時間都是不穿胸罩過日子。然而在常夏的絃神島，衣著必定單薄，那樣也有那樣的困擾。對於身為健全國中生的古城來說，各方面刺激都太強。況且葳兒蒂亞娜的服裝品味經證實是靠不住的，煩惱到最後，用消去法的古城才會拜託淺蔥。可是——

「不是凪沙拜託你的嗎？那是誰要穿的？」

「呃……算是我這陣子認識的吸血鬼吧。順便也要買幾套衣服給她才行。」

古城試著只隱瞞未登錄魔族的部分，其他情報則據實以告。

但淺蔥似乎立刻察覺另有隱情，又問了：

「表示是島外來的女生嘍？背後是不是有什麼因素？」

「是沒錯啦。有一些搞不清楚算複雜還是單純的因素。」

古城歪著臉答得很敷衍。其實她可能是第四真祖候補——要這樣說出口難免有所顧忌。

唔——淺蔥思索般將手指湊到唇邊。

「你最近看起來挺忙的，該不會就是因為那個女生的關係？」

「還好啦。我算是被迫幫忙照顧她。」

「她可愛嗎？」

「這個嘛……與其說可愛，她算挺搞笑的吧。」

淺蔥若無其事地追問，古城便老實說出感想。光從外表而論，奧蘿菈就像妖精，但即使剔除喪失記憶這點不談，她的內在還是只能用窩囊廢來形容。

「哎，妳不行的話，我再找別人好了，比如女籃社學妹之類的。抱歉，拿這種奇怪的事情拜託妳。」

「等一下！又沒人說不行！」

淺蔥牢牢抓住了準備起身的古城手臂。

「重要的是你把那個吸血鬼女生帶來就對了。」

「……不帶過來果然不行嗎？」

古城對淺蔥的要求猶豫了一下。要讓怕生的奧蘿菈直接和淺蔥見面，多少有些不安——

「這還用說，本人不在不就沒辦法量尺寸了。」

「啊，對喔。還有這點要考量。」

「受不了你……」

淺蔥一臉傻眼地嘆氣。

真麻煩——古城很快就變得興味索然了。實際上奧蘿菈的胸部可以說根本沒有起伏，但他總不能就這樣說出口。

「唷，你們聊的事情好像很有趣。古城要介紹女生給我們認識是吧？」

這時，話聽一半的矢瀨基樹硬是湊過來介入他們倆之間。

「我是不介意幫你們做介紹啦。」

古城說著慵懶地表示同意。要和內向的奧蘿菈聊開，他覺得讓這種厚臉皮的男生出面比較合適。

「咦？真的假的？」

或許矢瀨沒想到古城會答應得這麼乾脆，反而露出訝異的臉。

和矢瀨是青梅竹馬的淺蔥則對他笑咪咪地說：

「當然嘍，你會替對方出服裝費當作見面禮對不對？基樹？」

「……啥？」

「這樣啊，那真是幫了大忙。」

古城順著淺蔥的話，一臉認真地點點頭。

實際上，憑古城寥寥無幾的存款，他正愁付不付得起奧蘿菈的治裝費。坦白講預算能增加很值得慶幸。

不過，淺蔥卻用攻擊性眼神看了鬆懈的古城說：

「還講得一副和自己沒關係似的，你也一樣啦，古城。你可要好好答謝我，下……下次你也要陪我，一……一起去買東西……！」

聽到淺蔥笨拙地邀了古城，矢瀨發出「喔喔」一聲露出感佩的臉色。周圍的女生也屏息靜氣，眼睛發亮地守候著古城接下來的反應。

「真的假的……」

然而古城身為當事人，卻認真地擔心起這次又要到哪裡請客，臭著臉說：

「對喔，妳之前就吵著要我帶妳去東區的炸雞店對吧？」

「啊，就是那個！到這週末都還有舉辦桶裝炸雞增量百分之兩百的促銷活動喔！」

「好好好，下次我陪妳去。」

古城說著無力地趴到桌上。

以我來說算是挺努力了吧——淺蔥莫名顯得頗為滿意。全班女生則望著他們倆，在心裡吐槽：「結果是去吃炸雞喔！」矢瀨則深深嘆息認為：「這兩個人果真沒救了。」

這是發生在國中部三年級秋天的事。短暫的和平時光飛逝而去——

2

「主人，您回來了。」

在昏暗洋館入口優雅地低頭行禮的，是身穿哥德風全黑女僕裝的葳兒蒂亞娜。她揚起塗了紅色唇彩的嘴唇，威嚇似的亮出銳利犬齒。然而——

「錯了————！」

「噫！」

忽然被人大聲斥責，葳兒蒂亞娜頓時縮成一團。

站在她背後的，是個肩膀寬大健壯的中年男性。

男子穿著黑色晚禮服，高領披風飄揚生姿，左手腕有發亮的魔族登錄證。他是比葳兒蒂亞娜更高階的「舊世代」吸血鬼，紘神市內剛開幕的魔族咖啡廳——「獄魔館」的店長。

店長用深紅眼睛瞪著害怕的葳兒蒂亞娜，尖聲說道：

「錯了吧，卡爾雅納，我們這家店可不是女僕咖啡廳唷。取悅專程來到『魔族特區』的刁鑽客人就是妳的工作，懂不懂？」

「是……是的，對不起。不過具體而言，我不知道該怎麼做……」

葳兒蒂亞娜握緊托盤，擦掉了額頭上的汗。

對大小姐出身的她來說，服務業屬於未知領域。不過葳兒蒂亞娜沒學歷、沒資歷、沒特長，肯雇用她的職場免不了會是這類非主流的搞怪店家。

「像這樣喔。妳仔細看著。」

店長像是對疑惑的葳兒蒂亞娜看不過去，便親自秀起模範演技。他將漆黑斗篷一掀，如歌舞伎演員般亮相以後，就用狠勁十足的聲音高笑著說：

「『呼哈哈哈哈！可悲的羔羊，歡迎來到以恐怖增色的慘劇之館。將你們的生命血滴呈到偉大的黑暗之王面前吧！如此便能實現你的願望！』」

身為高階吸血鬼的店長表演完，店裡的客人就發出「噢噢」的聲音同時湧上。相機閃光燈四處閃個不停，歡呼及掌聲紛紛響起。

「呃……要用那種台詞請客人點餐嗎……？」

葳兒蒂亞娜臉色緊繃地反問。她聽說這是以中世紀黑暗時代的封建魔族領主為意象的一份工作，但內容超乎想像的不堪，比被人當成珍奇之物還慘。

「對呀，剩下的就交給妳了。妳看，又有新客人來嘍。」

店長莫名用娘娘腔語氣交代過後，就回到廚房了。

「……身為卡爾雅納之女……我為何要如此受辱……！」

葳兒蒂亞娜屈辱得陣陣發抖，並露出自暴自棄的笑容。貌似學生的四人組顧客正好打開洋館玄關的門，正要走進店裡。

隨他去吧——葳兒蒂亞娜一口氣從餐具區抓了四五把銀製餐刀，帥氣地亮在手上示人。她將裙襬一翻，迅速回頭朝著愣在原地的客人朗聲笑道：

「呼……呼哈哈哈哈，可悲的羔羊，歡……歡迎來到以恐怖增色的慘劇之館！」

「呀唔！」

這樣的她耳裡聽見的是少女怯懦害怕的驚呼。不知為何感覺很耳熟。

「……呀唔？」

僵住的葳兒蒂亞娜面前，站著雙手提著百貨公司紙袋的國中男生，以及嬌小的金髮吸血鬼少女。是曉古城和奧蘿菈。

「啊……妳好。」

尷尬的古城陪笑著向葳兒蒂亞娜打了招呼。奧蘿菈則渾身發顫，躲在古城背後。

「怎樣？古城，她是你認識的人嗎？」

疑似曉古城朋友的少女一臉覺得不可思議的表情，歪著頭望向葳兒蒂亞娜。她是個打扮時髦、外表亮麗的國中女生。

「……古城？你跑來這種地方做什麼……！」

葳兒蒂亞娜不禁驚慌得讓餐刀脫了手。古城則靈敏地在刀子掉到地上前一把接住，然後回答：

「呃……就那個嘛，我們逛街逛到一半，看衣服之類的。結果奧蘿菈就說，她想看葳兒小姐工作時的模樣。」

「什……什……」

為貧窮所苦的葳兒蒂亞娜開始打工是在兩週前；結束以洗盤子為主的實習期並領到制服，則是昨天的事。她忍不住在昨晚向奧蘿菈炫耀這件事，現在就成了弄巧成拙的局面。身為「焰光夜伯」擁有者之一的葳兒蒂亞娜，居然被人看到在基層打工的模樣。

「慘……慘劇之館……？」

奧蘿菈帶著一臉徹底害怕的表情，軟綿綿地發出驚呼。純真無邪的她似乎是將葳兒蒂亞娜那套待客詞當真了。

葳兒蒂亞娜拚命想安撫淚眼汪汪的金髮少女，連忙辯解：

「沒……沒有啦！這裡是用來吸引觀光客的『魔族咖啡廳』……簡單來說，所有東西全是假的，只是演戲而已！」

「……卡爾雅納？」

店長聽到葳兒蒂亞娜這番搞砸店內氣氛的話，陣陣靠了過來。他在散發殺氣同時仍不改笑容，反而讓人覺得恐怖。

「啊……」

葳兒蒂亞娜懾於店長的氣勢，整張臉僵住了。

「你……你誤會了，店長。這當中有複雜的因素……！」

「住口。快點將羔羊們領至獻祭的祭壇！」

「咦！啊，是的……各位這邊請！」

快哭出來的葳兒蒂亞娜說著就替古城等人帶位。店裡鬼影幢幢的氣氛讓奧蘿菈徹底嚇壞了，但在古城的安撫下勉強沒鬧出事來。

事情怎麼會變成這樣——葳兒蒂亞娜靠著牆壁嘆氣。

結果，有個脖子上掛著耳機的國中男生偷偷找她講話。是矢瀨基樹。

「哎，剛才葳兒小姐表演得真投入耶，不愧是道地的貴族。那套衣服也很適合妳。」

「基樹……你喔！」

葳兒蒂亞娜一臉嘔氣的表情瞪了笑著過來打哈哈的矢瀨。

從態度可以得知，矢瀨似乎從一開始就明白她的工作內容了。話雖如此，對於淪為打工店員的葳兒蒂亞娜，他應該也沒有瞧不起的意思。

前貴族出身的吸血鬼千金能適應在絃神島的生活，反而讓矢瀨覺得安心。

「好啦，有地方幹活不是很好嗎？這陣子要在『魔族特區』找工作不容易耶。再說妳也拿到正式的工作簽證了吧？」

「也對啦……」

葳兒蒂亞娜苦著臉認同矢瀨的話。

她本來覺得只要得到第十二號「焰光夜伯」——奧蘿菈，就可以為父親和姊姊報仇。然後覺醒為第四真祖的奧蘿菈會命她為家臣，統治新的夜之帝國並復興卡爾雅納伯爵家。這就是葳兒蒂亞娜為自己規劃的未來藍圖。

然而現實卻不是那麼回事。奧蘿菈並未覺醒成真正的第四真祖，獅子王機關也不肯承認她是正式選帝者。何止如此，她還落得為每日餐費困窘的地步，結果只好天天打工過日子。

葳兒蒂亞娜並沒有將這些視為不幸，她有自覺自己正慢慢習慣現在的生活。葳兒蒂亞娜對此有些許的罪惡感。

自己身為卡爾雅納伯爵家的唯一倖存者，正苟且偷安——

「可是，我並不是為了做這些才來到『魔族特區』喔。不是這樣的。」

葳兒蒂亞娜像是要告訴自己一樣咕噥著。

可以看見理應沒人會聽到的這句咕噥讓矢瀨基樹回過頭。對於他表示關心的視線，葳兒蒂亞娜刻意裝做沒發現，逃也似的離開了現場。

3

奧蘿菈點了取名為「禁忌聖骸布」的餐點。

名稱很隆重，但內容只是普通的烤薄餅。然而第一次看到這樣的餐點擺在眼前，奧蘿菈仍顯得困惑。當她正打算將薄餅上的切塊奶油整個塞進嘴時，就被古城阻止了。

「錯了，這不是那樣吃的。」

「……唔？」

「來。妳懂得刀叉的用法吧？」

「唔……唔嗯。」

古城就像照顧小朋友似的替奧蘿菈切起烤薄餅。他還將附贈的巧克力筆拆封，然後說：

「另外，這個要這樣用。」

「呼哦哦哦！」

奧蘿菈看到古城用巧克力醬畫在薄餅上的醜貓咪，興奮得眼睛發亮。她立刻從古城手裡搶走巧克力筆，有樣學樣地開始塗鴉。古城抱著家長的心情在旁守候，淺蔥則是望著古城他們要好的樣子，鼓起腮幫子往飲料裡噗嚕噗嚕地吹泡泡。

不久，玩累的奧蘿菈啜飲從飲料吧端來的熱咖啡，瞬時間妖精般的美麗臉孔彷彿陷入絕望，皺得慘兮兮地說：

「喔……喔喔喔……這是復仇魔女的漆黑詛咒……！」

奧蘿菈從唇縫間溢出咖啡，苦得哇哇叫。堅持說要和古城喝相同飲料的她，其實似乎並不明白咖啡是什麼玩意。

「沒事吧，奧蘿菈……受不了，都是妳硬要喝才會這樣。」

傷腦筋——古城擦掉濺出來的咖啡，然後走到旁邊的飲料區倒了一杯哈密瓜蘇打回來。

「來，妳喝這個吧。」

「唔……」

感覺活脫脫是經過人工添色的綠色液體，讓奧蘿菈警戒地盯著看了一會，最後戰戰兢兢地拿起玻璃杯就口，眼睛頓時睜得斗大。

「無上的美味！甘露(Amrta)降臨於世？」

被碳酸刺激得眼神蕩漾的奧蘿菈一口氣喝光哈密瓜蘇打。捨不得停嘴的她唏哩呼嚕地用吸管猛吸，還打了個可愛的嗝。那模樣實在讓人無法相信她會是世界最強吸血鬼的基體。

要求再來一杯的她又追著古城跑到飲料區，於是——

「哼。妳懂的太少了，奧蘿菈。我還可以讓它變成這樣！」

古城得意地挺胸，當著奧蘿菈的面將兩種飲料混在一起。

「混沌的漩渦迸發了……！」

奧蘿菈屏息看著純白的乳酸飲料和黑色可樂摻雜在一塊。淺蔥遠遠望著像幼稚園小孩一樣嬉鬧的兩人，不悅地發出嘆息。

「哎，她確實很可愛啦。」

即使淺蔥擺著一張鬧脾氣的臉，語氣依舊冷靜。

客觀判斷下，奧蘿菈應該算沒話說的美少女。雖然用詞有種擺架子的感覺，純真善良的個性仍頗得好感。還有她對社會常識陌生簡直不像現代人，但是有適應力，學習意願也高。古城會想為她照料大小事的心情很能讓人理解。

「她那種外表，以吸血鬼來說有點犯規耶。我還真的以為她是妖精。」

矢瀨說的話就像對焦慮的淺蔥落井下石。反射性感到不服的淺蔥反駁：

「不……不過她是吸血鬼的話，表示發育也很慢嘍。」

「那倒沒錯，可是古城有戀妹癖的素質嘛。」

「果……果然是喔？」

矢瀨隨口嘀咕，淺蔥就認真當回事了。儘管有父母常常不在的家庭因素，以及凪沙體弱多病這些理由，古城對妹妹呵護得不得了依舊是事實，要說是保護過度應該也不為過。

「我懂他的心情。誰叫凪沙可愛嘛。對喔，那個叫奧蘿菈的女生感覺也和凪沙有點像，比如身高的部分。」

矢瀨沒神經的發言讓淺蔥「唔」一聲眉頭抽搐。矢瀨或許是察覺到淺蔥散發出的負面氣息，連忙又改口：

「啊，沒有啦，我覺得妳也不差啊。總之比胸圍是妳贏吧。下次我會對古城灌輸觀念，讓他明白胸部大的女人有多好。」

「煩死了！我並沒有沮喪啦！」

淺蔥說著就拿濕紙巾砸在青梅竹馬臉上。和奧蘿菈相比，她在身材方面當然占優勢，不過終究是國中生程度罷了，倒不算巨乳。

「可是，那個女生給我一種不可思議的感覺耶。」

淺蔥懶散地托腮，望著奧蘿菈的臉龐這麼說。

嗯——矢瀨也表示同意。

「聽說她喪失記憶了。」

「嗯，大概是因為這樣吧，有種不搭的感覺。該說是內在和軀殼不一致嗎？就像用人工島管理公社的超級電腦玩三十年前的復古遊戲一樣。」

「……妳的比喻我一點也聽不懂。」

「反正就是很不可思議的意思嘛。」

淺蔥噘著唇回嘴。接著她像是忽然想起什麼似的，將視線轉回矢瀨身上問：

「這麼說來，以前我在本土的動物園抱過獅子生的小寶寶。」

「喔。」

「當時我的感想是果然和貓不一樣，腿也滿粗的。」

「大概也是。」

應聲的矢瀨顯得不太有興趣。嗯——淺蔥兀自點頭說：

「對嘛。簡單說就是這樣嘍。」

「哪樣啦！」

反問的矢瀨沒力得連姿勢都垮了。

「哎唷，算了。你忘掉吧。」

淺蔥連解釋都嫌麻煩，粗魯地揮了揮手。

「對了，古城那傢伙說過，那個女生有可能是第四真祖。」

「嗯……第十二號的『焔光夜伯』嘛。」

淺蔥說得不太關心。古城表示有一群人是那樣解讀奧蘿菈的身分——淺蔥的認知大約只到這種程度，似乎並沒有打從心裡相信。

儘管奧蘿菈確實和一般吸血鬼不太一樣。

「看起來不像耶。」

「……根本就不像。」

矢瀨和淺蔥各自嘀咕。

這時，成為話題焦點的奧蘿菈將碳酸飲料倒得太滿，正茫然看著氣泡冒出來。

「古……古城，泡沫無止盡地膨脹……！」

「笨蛋，妳裝太滿了啦！不要晃！不要搖杯子！」

奧蘿菈慌得露出一副快要哭出來的臉，望著從玻璃杯緣溢出來的氣泡。淺蔥面帶苦笑地望著她，又一次嘆了氣。

「不可能吧。」

4

「滅絕王朝」是支配廣大中東地區的魔族自治領地，屬於由第二真祖「滅絕之瞳(Forgazer)」統領的夜之帝國。

總人口約兩千五百萬。鍊金術及魔法在當地非常興盛，亦有人放牧魔獸，構築出獨特文明。其版圖位於東西貿易的要衝，商業也很繁榮。另一方面，帝國本身與暗黑大陸的各都市及中亞洲「十六大國」關係緊張，可說是軍事平衡並不穩定的地帶。

縱使夜之帝國名義上屬魔族自治領地，繼承魔族血脈者在總人口中仍不滿百分之二，若是提到純血的魔族就更加稀少。即使如此，他們會被認同為支配階級，乃因帝國大半的軍事力都得仰仗魔族擁有的高超戰鬥能力。

帝國領內的王族居城都兼具軍事設施之用，有配備最新銳裝備的陸戰隊常駐。「滅絕王朝」第九王子易卜利斯貝爾·亞吉茲的居城也是那樣的軍事要塞之一。

其守區為高加索地方，鄰近「戰王領域」的國境，屬極重要的戰略據點。由於地勢險峻，要出動大規模兵力有困難之處，但相對的集中布署了操練度高的頑強士兵。

而那座高加索城塞遭受突襲，是在冰雪紛飛的十二月夜晚發生的事。

「吵吵嚷嚷的。爺，發生何事？」

在臥室望著西洋棋盤的易卜利斯貝爾，將不悅的視線轉向匆忙趕來的老吸血鬼。不停發生的爆炸令巨大城塞沉沉震盪。

「敵人來襲，殿下。西側城門被攻破了。」

「戰王總不可能發兵侵略……莫非是王姊還沒學乖，又從哪裡雇了傭兵吧？」

「很抱歉，臣認為其他王族的動向都在掌握之中。」

老吸血鬼朝笑著捏碎西洋棋的易卜利斯貝爾低下頭。

對於身為王族的易卜利斯貝爾而言，最靠近的威脅並非他國軍隊，而是王族親屬。過去屢屢有人對他動用計謀，而每次他都能將對方擊潰。這次恐怕也是兄姊中的某人派了暗殺者過來——這麼想會比較妥當，然而——

「呼嗯。的確，這種草率的襲擊，想來並不像琪夏露王姊的手法……紅海方面的軍隊有無動作？」

「不，目前並沒有什麼行動。」

「是嗎？那好。人在卡拉庫姆的幾位王兄橫豎是沒有過來殺我的膽量。既然如此，我心裡另外有數。」

「殿下，您要去哪？」

「迎接來客。我可要好好招待對方才行。」

易卜利斯貝爾披著深紅披風，前往城主的房間。

槍聲和爆炸聲接連不斷，城內一片騷然。來者大概召喚了眷獸，流洩出的魔力令天色昏沉，當中有一股魔力的氣息格外強大。匹敵王族眷獸的強力個體正在作亂。

「——入侵到城裡了嗎！近衛部隊在做什麼！」

城內迴廊遭到破壞，被稱為「爺」的吸血鬼驚覺大喊。

支撐天花板的石柱倒榻，留下轟然巨響，瀰漫的煙塵湧入城主房間。在這般情況下，易卜利斯貝爾依舊昂然立於台座上，放眼睥睨周遭。

「爺，退下。」

易卜利斯貝爾眼發紅光，靜靜地宣告。

「殿下！可是——」

老吸血鬼困惑地回頭。

就在隨後，不速之客轟破厚實金屬門入侵了。

入侵者人數不到十名。幾個黑衣士兵戴著仿獸類頭骨的面具；由他們護衛的矮瘦男子；還有用斗篷遮著臉的嬌小少女——只有這些人而已。

「竟是匈鬼……！尼勒普西解放軍嗎！」

老吸血鬼瞪著那群黑衣人驚呼。

尼勒普西是在國際上連國家地位都沒有的新興匈鬼領地。儘管對方和「滅絕王朝」並未直接處於戰爭狀態，正統吸血鬼對於好戰而粗暴的匈鬼所懷抱的厭惡感可說是根深蒂固。被他們攻入城裡這樣不光彩的事實，大概會引起憤慨吧。老吸血鬼的額頭上浮現血管。

瘦弱男子從容應付掉老吸血鬼的怒氣，上前開口：

「請原諒我突然來訪，易卜利斯貝爾．亞吉茲王子殿下。今夜有幸謁見，我巴爾塔薩魯．札哈力亞斯，歡喜得不住顫抖。」

男子用了與襲擊者並不搭調的禮貌語氣說道。

站在台座上的易卜利斯貝爾則露出猙獰笑容俯望對方。

「果然是你，札哈力亞斯。敢帶骯髒的匈鬼到我面前，好膽量。你就這麼眷戀地獄嗎？軍火商？」

「關於這次的無禮，我願意用任何方式補償。不過在商言商，還請您先考慮我等稟上的提議。」

「下賤的小小軍火商也想和我談交易？」

札哈力亞斯無畏的話語讓易卜利斯貝爾「哈」地咧嘴笑了出來。

「有意思。看在你的蠻勇分上，我可以聽聽。給我說。」

「那就開門見山地談吧——我希望殿下將『滅絕王朝』託您管理的『焰光夜伯』讓給我們。換句話說，就是第七號(Hebdomos)和第十一號(Hendekatos)。」

「哼……你這暴發戶可真會調查。」

易卜利斯貝爾佩服似的嘀咕。「滅絕王朝」保有兩具「焰光夜伯」，而且管理那些的是易卜利斯貝爾。兩項情報都是只有真祖以及少數重臣才知道的機密事項。

「可是，超出本分的願望會讓你自取滅亡，軍火商。你最好立刻從我的領地消失，或者你想嘗試用蠻力搶走那些人偶？」

「若您那麼希望。」

札哈力亞斯揚起嘴角笑了。對那副桀驁態度大為光火的則是老吸血鬼。

「你這蠻族！」

甩亂一頭白髮的老吸血鬼發出怒號，打算召喚眷獸。易卜利斯貝爾察覺其意圖，馬上想制止。但是在那之前，老吸血鬼的身軀就四散得不留痕跡了。看不見的巨大魔力炮彈打穿了他的肉體。

「爺！」

攻擊的餘波使城壁碎散。札哈力亞斯平靜地望著那幕景象，表情看來彷彿責怪著打算先動手的老吸血鬼，透露出「這是正當防衛」的訊息。

易卜利斯貝爾撥開如雨般灑落的瓦礫，並且咆吼：

「你這麼急著尋死嗎！賤民！碾碎他，多姆泰夫（Duamutef）——！」

規模驚人的魔力從易卜利斯貝爾嬌小的身體噴湧而出。那股魔力扭曲了大氣，自虛空中喚來巨大眷獸——一頭露出獠牙的黃金胡狼。

易卜利斯貝爾身為王族，其眷獸具備能一擊轟沉巨大戰艦、讓這座城塞灰飛煙滅的破壞力。原本那並不是用於對付個人的眷獸，如今一被喚出，札哈力亞斯應該會連肉片都不剩，就此從世上消滅。眷獸具威嚴的巨大身軀化為煌煌閃光，要將札哈力亞斯等人掃滅。

然而黃金眷獸的攻擊並未傷到軍火商的身軀。

一道保護札哈力亞斯的不可視障壁出現了。強大震動及衝擊波構成的屏障隔絕了眷獸的攻擊。

「……第九號！你的自信就是據此而來嗎？札哈力亞斯！」

易卜利斯貝爾的臉色更加嚴肅了。

札哈力亞斯帶來的嬌小少女脫去斗篷，露出了臉龐。有著火焰翻騰般的金髮，以及焰光閃爍之瞳的少女。她穿的防護衣上面，用了宛如替兵器標號的死板字體寫著「IX」。

「蠢貨！你以為只憑區區基體就敵得過我嗎！連他傲慢的心一同搗碎吧，『哈琵（Hapy）』、『凱布山納夫（Qebehsenuef）』！」

易卜利斯貝爾另外召喚出兩匹眷獸。

據說身為「焰光夜伯」的第九號能召喚出和第四真祖同等的眷獸。若有那等力量，會妄以不到十人的兵力襲擊這座城塞也是難怪。

但身為第二真祖嫡系王子的易卜利斯貝爾，其眷獸同樣以超乎普通吸血鬼的強大魔力為豪。那樣的眷獸有三匹，如果是對付原本的第四真祖就另當別論，要壓倒不完美基體召喚的眷獸已經綽綽有餘。這是誤判易卜利斯貝爾力量的札哈力亞斯失策。

「呵呵，這不成，這話可不成，殿下。」

可是，札哈力亞斯反而一臉泰然地張開雙臂笑了。從他背後走來的，是長相與第九號相同的兩個女孩。她們的防護衣上標記的是「Ⅱ」和「Ⅷ」——

「商人不懂傲慢。既然所謂的商機，是時時刻刻都會變動的東西——」

「『焰光夜伯』？竟然是……第二號（Deutera）和第八號（Ogdoos）！」

易卜利斯貝爾訝異得臉皺在一起。原來札哈力亞斯保有的基體並不只有第九號。以往他應該花了幾十年的時間暗中蒐購、強搶「焰光夜伯」，正如過去他攻打卡爾雅納伯爵領地，奪走被封印的第九號那樣。

而現在，即使要與「滅絕王朝」為敵，他仍想得到新的基體。

「札哈力亞斯，你的目的該不會是——！」

第二號和第八號新召喚的眷獸將易卜利斯貝爾的三匹眷獸轟散了，驚人的魔力奔流直接連易卜利斯貝爾的嬌小身軀一起吞沒。他的居城有一半捲入其中，消失得無影無蹤。

巨大城塞開始崩毀。

熔毀的石壁發出惡臭，魔力餘波化為熱風狂作。

硬生生接下這樣的攻擊，想來不會有人倖存。即使如此，札哈力亞斯仍遺憾似的微微嘆息說：

「呼嗯，沒將他收拾掉嗎？不愧是『滅絕之瞳』的嫡系王子……不過，這樣總算有六具了。宴席似乎張羅得順利無阻呢。」

遭眷獸們攻擊而消滅的城塞地下，有兩名毫髮無傷躺著的少女。

和第九號長著相同臉孔的第四真祖基體——金髮少女吸血鬼。

札哈力亞斯命令匈鬼回收她們，然後靜靜地笑了出來。

身穿防護衣的三具「焰光夜伯」眼裡毫無感慨地望著那樣的他。

5

寒假中最後的星期日，古城和練完社團的凪沙約地方見面。

站前廣場還留著些許年節氣息，在夕陽照耀下的馬匹銅像前，有束起黑髮穿著便服的凪沙身影。

「古城哥，這邊這邊。喂～喂～！」

凪沙差點被下班尖峰時間的人潮沖走，便跳啊跳的叫了古城。大衣、圍巾還有黑色褲襪在亞熱帶氣候的絃神島上，即使在冬天也是罕見的重裝備。古城對著一身這種打扮的妹妹揮了揮手說：

「喔，抱歉，我晚了一點。」

「才不只一點！約好的時間明明是五點吧，都過了二十五分鐘耶。害我被當成離家出走的少女，還有兩次差點被人搭訕。」

「……搭訕？找妳嗎？」

古城盯著凪沙那副即使說是小學生也合理的嬌小身軀。凪沙用手裡的大尺寸波士頓包砸在露骨地露出吃驚模樣的古城背上。

「你那是什麼懷疑的眼神？哼！」

「是我不好啦。話說妳帶著那麼大包的東西，才會被當成離家出走吧。」

「誰叫古城哥叮嚀那麼多次，要我穿保暖一點。我才想問，你穿那麼單薄沒問題嗎？晚

上會很冷喔，特別是港口那邊。」

「喔，還好啦。總過得去吧。」

只披單薄連帽衣的古城說著對凪沙輕輕聳肩。

凪沙東張西望地看著周圍，不解地歪頭問：

「奇怪，淺蔥和矢瀨呢？今天他們也會來吧？」

「他們會直接去船塢，因為我拜託他們幫忙買吃的。」

「這樣啊。好期待喔，畢竟住院時根本不能夜遊。」

「我覺得觀星和夜遊不太一樣就是了。」

「咦？是喔？為什麼？」

凪沙說著便高興地笑了，古城也跟著微笑。和凪沙結伴出門感覺確實是睽違許久的事。

或許是因為奧蘿菈的封印解開了，這陣子的凪沙比平常都要有精神，也沒有出現身體狀況不好而臥床的情形。她還參加了啦啦隊的練習，雖說幾乎都只是在旁邊看而已。

基本上照遠山的說明聽來，凪沙的體力似乎並沒有徹底恢復。證據就是她身為巫女的能力尚未復原，奧蘿菈的人格依舊附在凪沙身上。

牙城和深森好像仍在尋找治療方法，卻沒有顯著的成果。

就算這樣，凪沙的身體狀況能變穩定，確實多少帶來了一些餘裕。

正因如此，古城才打算嘗試用蠻橫一點的治療方法。

「能在這個季節看到流星群，應該是睽違七十年的事對不對？」

「對啊。好像是什麼彗星橫越太陽系的影響，那是叫做厄……厄什麼……」

「厄里克妮亞彗星。」

「嗯，就是那個。」

古城靠著半生不熟的知識隨便回話，使得凪沙傻眼地抬頭瞟了他。實際上，古城對天文並沒有那麼熟，去看流星群單純是藉口，他另有真正的目的。

「那我們走吧。話說為什麼只有淺蔥他們要約在船塢碰面啊？」

「等一下，凪沙。在那之前我想讓妳見一個人。」

「咦？」

古城叫住了馬上想出發的凪沙，然後朝預先安排在遠處待命的金髮少女招了招手。躲在柱子後的奧蘿菈戰戰兢兢地露出臉，帶著不安的表情朝古城他們走來。

「她是誰？」

凪沙面無表情地望著奧蘿菈的身影咕噥，語氣死板得和平時親切的她判若兩人。奧蘿菈敏銳地察覺到排斥的氣息，忍不住停下腳步。

「聽我說，凪沙。她叫奧蘿菈。」

古城對兩人令人意外的反應感到不知所措，但還是拚命試著打圓場。

為了讓凪沙徹底康復，非得剝除奧蘿菈附在她身上的人格才行。為此，最確實的方法就是讓奧蘿菈本人將那一部分的人格接納到自己體內，連帶也能讓奧蘿菈取回身為吸血鬼的知識及能力，更可確保被札哈力亞斯盯上的她自身的安全。

直接要奧蘿菈和凪沙見面是一場伴隨著風險的賭注。順利的話，這次接觸或許會一口氣促進人格統合，但相反的也可能讓凪沙的身體狀況惡化。何況如果魔力失控，可不是鬧著玩的。

等凪沙身體狀況穩定下來才帶她們到戶外的空曠場所，是古城為了讓風險降到最低的考量。但他實在料不到，凪沙會拒絕和奧蘿菈接觸。

「…………吸血鬼……」

凪沙瞪著奧蘿菈，陣陣後退。她臉上浮現的並非憤怒或嫌惡，而是單純的恐懼。自從三年前的事故以後，凪沙對所有魔族都抱著根深蒂固的恐懼。她得了後天的魔族恐懼症。

「呃，是沒錯啦。不過，妳在之前也和這傢伙見過一次面──」

「不要過來！」

用不著凪沙大喊，奧蘿菈就停下腳步不動了。

古城深刻體會到自己的疏忽，氣得咬牙切齒。

原本古城以為奧蘿菈沒有魔族登錄證，不會那麼快被看穿真面目，但他想得太簡單了。縱使喪失了靈能力，凪沙仍是巫女。她似乎從常人不會注意的些微差異，瞬間就發覺奧蘿菈的真面目了。

就算不是這樣，奧蘿菈的外表看來就像妖精，要硬說她是普通人類原本就很勉強。

「妳不要靠近我！離遠一點！離開這座島，快點！」

「凪沙，妳也不必用那種口氣——」

古城將手伸向凪沙的手臂。凪沙粗魯地甩開他的手，將臉轉向車站那邊。

「我要回家了。」

「凪沙！」

古城急著想追跑走的妹妹，這樣的他背後傳來了其他人拔腿離去的腳步聲。是奧蘿菈。

凪沙無心的幾句話讓她驚惶失措，結果就在衝動下逃跑了。

「——喂，奧蘿菈！可惡，怎麼會這樣……等我，奧蘿菈！」

煩惱了短瞬的古城逼不得已，只好追向奧蘿菈。他認為奧蘿菈漫無目標地跑掉，比打算回家的凪沙更危險。要是放著對絃神島環境不熟的奧蘿菈不管，她肯定會迷路。

「…………」

凪沙看著古城他們離開，默默地捂住胸口。

心臟狂跳，呼吸變得急促，全身冷汗直流。她明白有一股連自已也無法壓抑的強大力量正在體內作亂。她會想遠離奧蘿菈，原因並不是只有對魔族的恐懼。

「不可以喔，古城哥。」

氣喘吁吁的凪沙嘀咕。

「讓我和那個女生見面，會讓一切走向終結喔……」

她的聲音混在黃昏的熙攘中，沒有傳到任何人耳裡。

6

住著許多夜行性魔族的絃神島上，有不少設施和餐飲店都會營業到深夜。

另一方面，這是一座浮在太平洋上的孤島，島嶼四周全無人工性質的照明，更沒有遮蔽視線的高聳建築。做為觀測星空的舞台，應該可說是得天獨厚。

被奧蘿菈等人當成大本營的船塢周圍更是格外幽暗，頭頂上可見滿天的星斗。即使讓天文外行的古城等人來看，也能清晰認出星座的形狀。

一道又一道的青白色流星劃過了深海般澄淨的夜空。

奧蘿菈仰望著那片氣派的景色，表情卻依然陰沉。被凪沙排斥大概意外地傷她的心。

「妳沒事吧，奧蘿菈？」

古城一邊準備碗裝泡麵當宵夜一邊叫了她。

「我說啊……凪沙的事妳就別在意了。那傢伙並不是討厭妳，而是害怕魔族。遭遇恐怖分子襲擊時的恐懼應該還無意識地留在她心裡，事前沒有先好好說明的我也有錯。」

「……帶給她苦痛是我的罪過。」

奧蘿菈陰沉沉地坐在船上的甲板，抱著大腿，嘴裡自虐地唸唸有詞。明明她自己也失去了記憶，卻好像妄自感覺有責任。

「都說不是妳的錯了嘛。來，反正吃就對了。」

古城說著就掀開了泡好的泡麵碗蓋，然後遞到奧蘿菈面前。

奧蘿菈儘管心裡沮喪，還是被香味吸引得緩緩抬起頭。她從古城的筷子上唏哩呼嚕地吸了冒出白煙的麵條，然後開口表示：

「美味。」

「對吧？」

古城看奧蘿菈總算露出微笑，自己也安心地呼了口氣。這時候有道怨靈般的人影，晃晃悠悠地從死角忽然冒出來。

「……你們兩個在做什麼啦？」

「喔哇！」

淺蔥不高興地皺著眉頭站在那裡。她使勁得像是要將觀星用的望遠鏡捏得粉碎，並且低頭看著緊緊貼在一塊的古城和奧蘿菈。

「居然還『啊～』地餵她吃麵，下流。自以為情侶啊！」

「怎樣啦，妳也想吃嗎？來。」

古城傻眼似的嘆氣，然後將泡麵端到了淺蔥面前。淺蔥或許是對他這種反應感到意外，有些驚慌地說：

「咦……好……好吧，假如你一定要餵，我也是可以賞臉啦……」

彷彿下定決心的淺蔥嘀咕完，就「啊～」地張著嘴等候。可是，古城和奧蘿菈卻抬頭看了星空，「噢」地讚嘆出聲。

「好大一顆閃過去了耶。剛才那是流星吧？應該不是飛機。」

「眾星飄渺逝去的光輝……！」

「喂，不要無視我！也注意一下我這邊啦，你們兩個！」

憤慨的淺蔥從古城手裡硬搶走泡麵，大口大口地吃了起來。眼看著麵越來越少，一口都還沒吃的古城哀聲大叫，只會慌張的奧蘿菈不知該怎麼辦。這幅光景真是吵鬧而愉快得不可思議。

「傷腦筋，全是小朋友。」

躺在埠頭一隅的矢瀨正抬頭看著船上鬧哄哄的古城等人苦笑。

接著他「唷」的一聲，靠腹肌撐起上半身並轉移視線。

埠頭邊緣的碼頭上站著年輕女性。那是在女僕裝外面披了大衣的褐髮女吸血鬼，她正咬唇望著無邪地玩鬧的奧蘿菈。

「嗨，葳兒小姐。妳回來啦，所以說打工下班嘍？」

嘿咻——矢瀨站了起來，看似輕浮地笑著走向葳兒蒂亞娜。

「嗯。」

葳兒蒂亞娜帶著無力的微笑，答得敷衍草率。哎呀——矢瀨挑了挑眉又問：

「妳怎麼啦？一臉疲倦的樣子。平時當女侍者明明很帶勁。」

「才沒有！我只是為了生活不得不那樣做！」

葳兒蒂亞娜露出獠牙瞪了回來。矢瀨看她總算恢復平時的調調，當場放聲大笑。

「奧蘿菈好像有點沒精神，發生什麼事了？」

葳兒蒂亞娜壓低聲音對矢瀨問道。想不到妳這麼敏銳耶——矢瀨佩服似的眨著眼回答：

「嗯，古城那傢伙試著讓小奧奧和凪沙見面了。」

「和牙城的女兒見面？」

葳兒蒂亞娜睜大眼睛，湊到矢瀨面前追問：

「結果呢？第十二號的記憶回來了嗎！」

「沒有。凪沙發脾氣叫她不要靠近，所以小奧奧很沮喪。」

矢瀨淡然搖頭。

葳兒蒂亞娜鬆開了揪住他胸口的手指。

「結果沒用嗎？怎麼會這樣……！」

「……欸，葳兒小姐，小奧奧的記憶是非得不顧一切取回來的東西嗎？」

深深嘆氣的矢瀨用了安撫小孩似的口氣發問。

「由於札哈力亞斯襲擊易卜利斯貝爾王子，目前尼勒普西自治領地和『破滅王朝』處於戰爭狀態。我看那些人也沒空管什麼『焰光之宴』了吧？而且『戰王領域』原本就和尼勒普西對立，還開出賞金要札哈力亞斯的人頭。那傢伙就算放著不管也會自取滅亡，妳的仇會有人幫忙報的。」

「所以……你要我什麼都不做，就留在這裡看……？」

眼裡漾著混濁凶光的葳兒蒂亞娜反問。

矢瀨不負責任地憨笑說：

「絃神島上的生活也沒那麼糟吧？再說小奧奧現在跟妳處得很好，妳的朋友也變多了不是嗎？有什麼好不滿的？」

「……」

葳兒蒂亞娜的聲音哽住了。這種反應表示她想反駁卻什麼也說不出來。矢瀨自顧自的又說下去：

「要說的話嘛，和妳住在城堡時相比，現在應該窮得連生活都很辛苦。不過光從我聽到的來判斷，妳的姊姊感覺並不像是希望報仇的類型就是了。」

「那種事……我當然知道……！」

葳兒蒂亞娜擠出顫抖的聲音。她這麼輕易鬆口，反而讓矢瀨一臉困惑。

「葳兒小姐？」

「不用你說我也知道。對呀，我並不討厭在『魔族特區』的生活。就算生活無法過得奢侈，我也一點都不在意。在我心裡，同樣是把奧蘿菈當成真正的家人，有時候我也覺得這樣很幸福！」

「既然這樣，妳就不要再——」

「這就是原因啊！」

葳兒蒂亞娜帶著年幼少女般的無助表情搖頭。

「所以我才不能忘掉仇恨！只有我一個人在這塊人生地不熟的土地上過得幸福，連被剝奪的家名和領地都忘得一乾二淨，這樣太對不起姊姊了。夠了，你閉嘴。你懂什麼！」

「……就是啊。妳說的也有道理。」

矢瀨說著便嘆了氣。儘管葳兒蒂亞娜並不知道，但矢瀨也明白她那種心情。矢瀨同樣受制於對家名和家族的情念，過著違背本心的生活。他何嘗樂意監視自己的好友。

「不過妳還是別碰毒品的好。那是最近在『魔族特區』出現一堆上癮者，已經造成大問題的玩意。即使是像妳這樣的高階吸血鬼，濫用的話還是會吃苦頭的。」

矢瀨隨口說著指向葳兒蒂亞娜藏在大衣袖子底下的手臂。

就像小孩挨罵似的，葳兒蒂亞娜一臉內疚地僵住了。

然而，矢瀨沒有再多說什麼。他背對著葳兒蒂亞娜揮了揮手，然後回到在船上嚷嚷的古城那群人當中。

「我知道啦。」

葳兒蒂亞娜看著那樣的他離開，嘴裡嘀咕一句。

繁星無聲無息地自冬天的夜空飛落。

7

尼勒普西自治政府，是在東歐統治部分色雷斯地方的匈鬼主要部族所構成的合議機關。

但那只是對外的名義。匈鬼部族間各有積怨已久的對立，要是沒有身為議長的巴爾塔薩魯・札哈力亞斯坐鎮，自治政府立刻就會瓦解。以結果而言，這是個全靠札哈力亞斯獨挑大樑的脆弱組織。

就連札哈力亞斯的立場都很難稱為穩固。

因為他是個外人而非匈鬼。

札哈力亞斯純粹是個軍火商。正因為認同他供應的武器有其價值，匈鬼才會聽命於他。即使如此，一直以來他仍算是操作得非常漂亮才對。

靠著札哈力亞斯的支援，匈鬼得到了足以對抗「戰王領域」的戰力。他們還占領了卡爾雅納伯爵領地，得到了久盼的領土。

然而，那脆弱不安的平衡正緩緩走向崩毀。

不假他人，正是札哈力亞斯本身的行動所導致——

「二十時十五分零秒——札哈力亞斯卿，約好的時間到了。」

一名匈鬼部族長來到札哈力亞斯的屋邸。

他穿的黑衣是匈鬼的戰鬥服。殺氣騰騰的他背後有一群同樣身穿黑衣的士兵。氣氛劍拔弩張，這些人隨時將槍口朝向札哈力亞斯都不奇怪。

「嗨，契凱爾上校。對了，你說過想直接見面一談。」

然而札哈力亞斯依然坐在辦公桌前，一個人悠然迎接他們。從他臉上感覺不到焦慮和畏懼之色。匈鬼族長對此感到不解，仍開口：

「我有事質問你，札哈力亞斯卿。」

「洗耳恭聽。是不是襲擊易卜利斯貝爾王子那件事？」

「沒錯。」

契凱爾嚴肅地點頭，然後瞪向札哈力亞斯。

「方才——在十八時四十二分二十七秒，聯合國安全保障理事會一致採納了對尼勒普西進行制裁的決議。各地的夜之帝國也有追隨其決議的動作。」

「呼嗯。」

「為何要對『滅絕王朝』開啟戰端？而且你未獲議會允許。在和『戰王領域』的國境衝突局勢趨緊的這個時期，要是孤立於國際，尼勒普西難保不會再次失去總算到手的領土。」

「原來如此。你擔憂的有道理。」

面對契凱爾這番透露出敵意的話，札哈力亞斯從容接納。他那看似狡猾的鳳眼，反而還是愉悅地瞇在一起。

「所以你要我怎麼做？」

「……交出你向易卜利斯貝爾搶來的『焰光夜伯』。」

「為什麼？」

「那對我們沒有必要。」

「你是要對『破滅王朝』低頭求饒？不過那樣的交易現在還能成立嗎？」

札哈力亞斯正色反問。這時，契凱爾嘴邊首度露出了笑意。那是同情將死之人的冷笑。

「會成立的。因為我們會連你的頭一起帶去交換。」

契凱爾話說完的同時，槍聲轟然大作。

從契凱爾手腕冒出的槍口穿透了有血有肉的肌膚。他是用埋藏在體內的槍，朝札哈力亞斯開火。

子彈直接命中札哈力亞斯的面門，將他的頭轟去一半。用不著確認，當場死亡。札哈力亞斯並非魔族，而是普通人類。縱使是魔族，受了這種傷也不可能活。

「二十時十九分八秒——將札哈力亞斯前議長處決。自此刻開始搜索札哈力亞斯藏匿的

『焰光夜伯』。」

契凱爾淡然向部下發令。穿黑衣的匈鬼井然有序地在屋邸內散開。札哈力亞斯的活動據點分布於世界各地，但他不可能讓寶貝的「焰光夜伯」離手，肯定就藏在屋內某處。

「我倒是很感謝你，札哈力亞斯。我們這群沒有眷獸的匈鬼能對抗『戰王領域』，也都是靠你供給的資金及武器。不過，狀況改變了。」

契凱爾輕蔑地望著札哈力亞斯的屍體嘀咕。

尼勒普西已經獲得領地，現在該是思考如何守成的時期，掠奪者的歷史告終。而身為軍火商的札哈力亞斯不能活在沒有戰爭的地方，他們遲早要走向分道揚鑣的命運。

「上校，確認到那些人偶的所在了。」

不久，一名部下就帶著發現基體的報告回到契凱爾身邊。我明白了——契凱爾點頭，然後直接擱下札哈力亞斯離去。

「焰光夜伯」的保管庫位於地下。札哈力亞斯對待她們的方式並沒有契凱爾預期的慎重，只是給予安眠藥，將她們放在棺材狀的容器裡而已。容器數目共有十二個，不過當中有一半是空的。

「二十時二十五分四十秒——得手休眠狀態中的『焰光夜伯』。總數六具……第十一號、第九號、第八號、第七號、第二號……還有這是第一號(Prote)？」

契凱爾微微蹙眉。札哈力亞斯收集的六具「焰光夜伯」當中，有五具配予了專用的防護衣。可是剩下的最後一具——「第一號」身上所穿的，只是一件被扯破的粗糙禮服。從禮服胸前的裂縫仍看得見新的淡紅色傷口。

彷彿硬挖出肋骨的大傷口。

「上校，請看看這邊！」

部下喚了感到困惑的契凱爾。他所指的方向有第七名少女的身影。

不過那並非「焰光夜伯」。

是個留著黯淡灰髮、服裝寒酸的年幼女孩。身上看不出明顯外傷，可是那骨瘦如柴的模樣，一眼就能看出是已絕命之人。大概是病死或衰弱而亡。

那具屍體能維持不腐，是因為浮在奇特的結晶之中。

屍體就在直徑達六七公尺，好似鑽石的寶石結晶裡。

「人類女性……怎麼會……？」

契凱爾毫不鬆懈地觀察四周，並走近透明結晶。在他伸出手打算觸碰結晶表面時——

「——別碰她！」

蘊含怒氣的男子聲音粗魯地制止了契凱爾。耳熟的那陣聲音讓契凱爾一臉驚訝地回頭。

是札哈力亞斯的聲音。

有個瘦弱男子穿著沾滿血的西裝，站在陰暗地下室的入口。

「讓你……看到了啊……」

男子用札哈力亞斯的聲音開口。契凱爾的部下們拔出埋藏在體內的刀，但他們沒有行動。因為他們在遲疑到底該不該發動攻擊。

「二十時二十八分十二秒——確認札哈力亞斯仍然生存……不對，你那張臉是……」

契凱爾瞪著瘦弱男子咕噥。

男子的身高和札哈力亞斯相同，所穿的衣服也屬於札哈力亞斯，可是長相卻完全不同。男子的臉看來頂多十幾歲，遠比札哈力亞斯年輕。但他臉上隱約留有札哈力亞斯的影子。

「啊，你問這個嗎？傷腦筋，被破壞到這種地步就得從整形重新做起了。因為用這張乳臭未乾的臉，難免會被做生意的對象看輕呢。」

瘦弱男子撫摸著沾滿血的臉苦笑，口氣活脫脫就是札哈力亞斯。他那被契凱爾轟爛的臉復原成青春面貌了。

「吸血鬼？不對，原來你是血之隨從——！」

總算發現對方真面目的契凱爾驚呼。札哈力亞斯並非普通人類，而是由吸血鬼賦予不死生命的血之隨從——假性吸血鬼。

「答得好，契凱爾上校。我借給你們匈鬼的武器，原本就是為了自己要使用才研發出來的喔。」

札哈力亞斯說著就亮出了埋藏於自己體內的眾多刀械。具備和吸血鬼相同再生能力的血之隨從，也能使用和匈鬼一樣的裝備。

而且札哈力亞斯這種被轟掉頭顱也還能再生的恢復力，顯示他的主子並不是普通吸血鬼。札哈力亞斯的主子要不是被眾神下了不死詛咒的真祖，就是力量匹敵真祖的人物，其戰鬥能力恐怕還凌駕於契凱爾這些匈鬼兵。

「二十時二十九分三十二秒——開始和札哈力亞斯交戰。哪怕裝備相同，既然有人數差距，那傢伙就毫無勝算。將他拿下！」

黑衣部下聽從契凱爾的命令，將札哈力亞斯團團包圍。

然而，札哈力亞斯卻晃著身體笑了。

「哎呀，我什麼時候說過自己的裝備和你們一樣了？」

「嘖——給我上！」

契凱爾朝札哈力亞斯狙擊，同時他的部下也舉刀砍向札哈力亞斯。那是帶著魔力之焰的灼熱斬擊，和他們之前對古城施展的一樣。

可是在接觸到札哈力亞斯之前，他們的攻擊就被透明的寶石結晶阻絕了。

從虛空中現身守護著札哈力亞斯的，是被賦予鑽石肉體、雄偉無比的大角羊（Bighorn）。是眷獸。

那驚人的魔力波動令大地如地鳴般搖動，密度暴增的大氣變得沉重，束縛住匈鬼們的行動。

「潔淨而絕對無謬的上帝羔羊(Agnus Dei)？第一號的眷獸？札哈力亞斯，難道你……！」

「你終於察覺了嗎？」

年輕的札哈力亞斯回望著愕然大喊的契凱爾，然後猙獰地笑了。撒下鑽石結晶的神羊發出咆吼，那抖身般的微微動作將黑衣士兵們轟散了。破壞力的次元不同，那已稱不上戰鬥，而是單方面的虐殺。

「沒錯。我是第四真祖的血之隨從。」

札哈力亞斯靜靜宣告。可是，已經沒人能聽到他的細語。

契凱爾還有他的部下們，都被巨大眷獸的攻擊消滅得不留原形了。留在地下室的，只剩札哈力亞斯和六具「焰光夜伯」，以及少女的屍體。

「那麼……雖然程序稍微顛倒了，不過似乎還在勉強能修正的範圍之內呢。」

札哈力亞斯解除召喚的眷獸，朝沉睡的第一號走近。

然後他恭敬地單膝跪下，帶著蘊含瘋狂光芒的眼睛宣誓。

「開始準備『宴席』的最後一道工夫吧——吾主。」

8

那一天，絃神島下著雨。

春雨綿柔如絲，是柔和溫暖的四月雨。

放學後來到船塢的曉古城發現埠頭上佇立著一道嬌小身影，便跑了過去。

穿著白色夏裝的吸血鬼少女連傘也沒撐，直望著古城。帶著神祕氣息的光景令人聯想到虔誠的修女。

「奧蘿菈！妳在做什麼！都淋得全身濕了不是嗎！」

古城急忙趕到奧蘿菈身邊，牽著她冷透的手走進船裡。

「你……你非要我無所作為地雌伏嗎？奴才？」

古城氣沖沖的模樣讓奧蘿菈縮著肩膀發抖。儘管如此，她難得會仰望著古城反駁。奧蘿菈的意思似乎是她已經等得望穿秋水了。而古城粗魯地用毛巾幫她擦拭那頭金髮。

「……難道妳一直在等我？」

「我……我是覺得……你今天說不定會來。」

奧蘿菈答話的音量小得幾乎聽不見。

她心裡大概相當不安，害怕自己是不是被拋棄了。萬一古城今天沒過來，她會變成什麼樣呢——連想像都讓她覺得恐怖。

古城和奧蘿菈認識將近半年，她這種個性到現在還是沒變。在其他方面，奧蘿菈倒是挺適應絃神島的生活就是了。

「我說過吧？新學期開始了。春假已經放完啦。」

古城一面要滿身濕的奧蘿菈去換衣服一面向她說明。

奧蘿菈走進船艙深處，並有些害怕地回過頭說：

「真……真餓鬼？」（註：日文中「新學期」音似「真餓鬼」）

「新學期。要上學的意思啦。升上高中部以後麻煩事可多了，又要模擬考又要接受出路指導……」

對了——古城牢騷發到一半又忽然想起其他事，就換了話題。

「這麼說來，矢瀨有問過我，妳會不會想上學啊？」

「……上學？」

正在換衣服的奧蘿菈從屏風另一邊探出頭。

嗯——古城點點頭說：

「好像還剩一些麻煩的手續，不過之前把妳的ＤＮＡ樣本交出去以後，據說快要認可妳是登錄魔族了。這樣妳就可以去上學嘍。雖然能不能和我讀同一間學校就不太清楚了。」

「——我……我想去！我要和你讀同一間學校！」

奧蘿菈一臉興奮十足的表情，只穿著內衣就衝了出來。唔喔——差點噴鼻血的古城則是努力將視線從她身上移開。

「那我試著拜託那月美眉好了。雖然我不太想欠她人情。」

「好……好啊！」

奧蘿菈滿臉喜色地回去繼續換衣服。照這麼看來，等她開始上學以後會有更多事要操心吧——古城想著便憂鬱起來。

「葳兒小姐今天要打工，會比較晚回來對吧？晚餐我陪妳一起，要不要吃什麼？」

古城問了總算換好衣服的奧蘿菈。感覺她的T恤似乎裡外穿反了，不過糾正也很麻煩，古城決定不提。

「那……那凪沙呢？」

奧蘿菈戰戰兢兢地用了關心凪沙的語氣確認。

說起來也是理所當然，平常古城都在家裡吃凪沙做的料理，所以很少陪奧蘿菈吃晚餐。

假如她們倆能變得要好，應該也可以一起吃飯，但看過凪沙的那種態度以後，古城並不打算再讓她和奧蘿菈見面。

從凪沙的立場來想，就算她討厭古城和奧蘿菈見面也不奇怪。但是凪沙並沒有那樣表示，就這點而言，古城認為她或許對奧蘿菈也抱著一股內疚。

「那傢伙今天人在醫院，據說是例行的住院檢查。」

為了不讓奧蘿菈操心，古城隨口回答。

即使如此，奧蘿菈仍沮喪地垂下視線。奧蘿菈認為凪沙無法康復是自己的記憶沒有恢復害的，無論如何都會自責。

「妳不用在意啦。重要的是妳有沒有什麼想吃的東西？」

古城笑著問。奧蘿菈回過神似的挺出身子，眼裡閃閃發亮，露出讓人直視都覺得炫目的燦爛笑容。

「我……我想吃凍結的醍醐凝露！」

「吃冰淇淋喔……哎，好吧，反正離晚餐還有點早。吃露露家可以嗎？」

「可……可也。」

呼呼——奧蘿菈興沖沖地起身，古城苦笑著下船。看來奧蘿菈對於在這座島上的生活，果然已經變得挺熟了。

露露家是在絃神島各處擴點的連鎖店，部分商品在便利商店也買得到，而且船塢附近同樣有他們的小店。從奧蘿菈身上幾乎感受不到欲求及執著，但只有甜食例外。她對冰淇淋尤其執著。

光是普通走在路上，她因為冰淇淋而感到雀躍的模樣就很明顯。

不過，在那間冰淇淋店的招牌來到眼前時，奧蘿菈忽然停住了。

「……奧蘿菈？」

古城訝異地看著她。平時總是怕東怕西的奧蘿菈眼裡正清楚地浮現出敵對心。那雙藍眼睛所望之處站著一道嬌小的身影。

是個穿灰色防護衣的金髮少女，防護衣的肩膀上印有「Ⅸ」的標記。

「妳是……第九號……！」

「你仍記得我的名字嗎？曉古城？誠可嘉也。」

和奧蘿菈面貌相同的金髮少女用高壓語氣叫了古城。她和奧蘿菈不一樣，沒有畏畏縮縮的感覺，顯得真的很有架子。

「妳一個人嗎？突然來找我們是為什麼？」

古城有些慭火地反問。但他同時也不忘警戒周圍，注意是否有札哈力亞斯和其黨羽。第九號本身應該並不是奧蘿菈的敵人，即使如此她依然具有危險性。古城並沒有忘記第一次遇見第九號那晚，她在失控時所造成的損害。

「——我要求你履行契約。」

她望著古城開了口。古城一臉納悶地回望她問：

「……契約？」

「你發誓過會奉上美味的冰品給我，對吧？」

「啊，那件事嗎？對喔，我跟妳講好了。」

古城循著模糊的記憶點頭。雖然那之後的騷動使他把事情忘了，但他似乎確實提過要請第九號吃冰淇淋。

第九號聽見古城的回答，滿意似的微笑了。

「盡快完成你的義務吧。」

她指著露露家的展示櫃傲然下令。

在旁邊聽著的奧蘿菈哼了一聲，冒似不悅地鼓起腮幫子。你為什麼要聽這種傢伙的命令——公主似乎鳳顏大怒了。

「……那麼，妳想吃哪個？」

之前姑且算是約好了，這也沒辦法——古城語帶嘆息地問了。嗯——第九號點頭回答：

「將至高的一品奉上。」

「可以照我的喜好選啊？那就挑不會出差錯的香草口味嘍。奧蘿菈妳呢？」

「我……我要三球搭配草莓、焦糖、生巧克力口味！」

對抗意識畢露的奧蘿菈向店員點了三球冰淇淋。不愧是熟門熟道。

但就在這時，有意見的第九號要古城等等。

「古城，為何你只讓第十二號做三次選擇？」

「菜單就是這樣定的。不滿意的話，妳要不要也選三球口味？」

古城厭煩地說明。這麼一來，價格當然也會變成三倍左右就是了——

「我要四球。」

「啥？」

「既然第十二號點三球，那我就要四球。」

第九號搬出莫名其妙的道理，向古城胡亂要求。古城一臉傻眼地搖頭說：

「沒有一次疊四球的啦。菜單上只有寫到三球為止！」

「唔！」

或許是古城的說服奏效，第九號露出就要放棄的表情。可是聽見他們交談的店員卻多嘴插上一句：

「啊，也可以幫妳疊到四球喔。」

「咦？可以喔？」

結果吃驚的人是古城。年輕的女店員則帶著俏皮的表情，將手指湊到嘴唇前說：

「對呀。這是官方沒有對外宣傳的祕密菜單，最多可以疊到七球喔。」

「啥！」

「七……七球！我要七球！」

奧蘿菈推開繃著臉的古城如此主張，而第九號擠到了她的前面。

「我當然也要！」

「咦——！等一下，妳們以為那樣要多少錢啊！」

「我……我還要配料！加花生和馬卡龍！」

「呼嗯，我要全部。所有東西都加！」

「喔喔喔喔喔喔喔喔喔喔！妳……妳們是惡魔嗎！」

古城算了算越疊越高的冰淇淋費用，整張臉失去血色。就味道而言，露露家的冰淇淋是以定價合理見稱，但是料加得這麼豐盛，必然要付出相應的價格。

不過，兩位「焰光夜伯」聽了絕望的古城責難，都愣愣地歪著頭說：

「我……我不是惡魔。」

「何須贅言，我們是吸血鬼。」

「嗯，就是啊！我當然知道啦！」

古城自暴自棄地大叫。

店員被古城等人的互動逗得噗哧笑了出來，同時也將做好的冰淇淋交給他們。結帳時算得比定價要便宜一點，大概是她表示的同情和關心吧。

「……味道不錯呢。」

第九號吃了一口冰淇淋，訝異似的嘀咕。

「是嗎？那太好了。」

她那句頗有人味的話讓古城安心地笑了。畢竟點了那麼胡來的玩意，要是一點都沒有取悅到她也太不合算。

接著第九號似乎想到了什麼，將山一般高的特大號冰淇淋遞到古城面前說：

「古城，你要不要也嚐嚐？」

「那就來一口好了。」

古城沒抱持任何疑問，就咬了第九號的冰淇淋。畢竟量這麼多，第九號就算判斷自己吃不完也不奇怪——古城是這麼想的。

「……！」

奧蘿菈看到古城這樣的舉動，睜大了眼睛。她擠到古城和第九號之間，然後將冰淇淋往前舉起。

「奧……奧蘿菈？」

「……哼～～！哼～～！」

「要我也吃妳的冰淇淋嗎！先等一下，要是一口氣吃那麼多冰的東西……」

奧蘿菈硬是把冰淇淋塞到推辭的古城嘴裡。古城被她餵了整球冰淇淋，冰得悶聲叫了出來。湧上太陽穴的劇痛讓他眼裡泛淚，當然也吃不出冰淇淋的滋味。

「……多謝，曉古城。你確實完成契約了。」

當古城凍得死去活來時，第九號似乎已經將冰淇淋吃完了。她舔了舔嘴邊，狀甚滿意地露出笑容。

「感覺札哈力亞斯會讓妳吃更好的東西就是了。」

單純有疑問而不是謙虛的古城這麼回話。

第九號什麼也沒說，只是默默搖頭。接著她從防護衣的腰包中拿出了一張卡片。那是比明信片小一號的金屬片。

「收下，第十二號。」

第九號說著將卡片一丟。奧蘿菈勉強接住卡片，沒有掉到地上。

卡片表面以古城不認得的文字寫了短短幾行。奧蘿菈似乎看得懂那些。

「那是札哈力亞斯寄的邀請函。」

第九號望著古城，靜靜說道。

這句話讓古城深深了解到，她只是奉札哈力亞斯的命令行事而已。

札哈力亞斯不過是派她來當傳聲筒。會選上第九號做這項差事，理由單純在於她認得出古城等人的臉。

第九號並沒有逃離札哈力亞斯的支配。這一刻，她仍被札哈力亞斯當成私有兵器對待。

「在下一個滿月之夜，讓我們於『焰光之宴』再會。」

第九號說完便離去了。

古城和奧蘿菈杵在原地，茫然目送她走。

春雨又起，將兩人淋得濕冷。

宴席即將開始。那代表安穩甜蜜的日子告終。

水滴掉在奧蘿菈臉上，靜靜地滑落。

靜得無聲無息，彷若淚珠。

幕間iii

學生們入睡了。

曉古城被鎖鏈五花大綁，藍羽淺蔥同樣被綁在椅子上。握著銀槍的姬柊雪菜則是跪坐在地毯上，冥想似的閉著眼。

鐵格窗外一片赤紅。

充斥鐵鏽及乾燥血味的這個空間，正是監獄結界。

構築於南宮那月夢中的異世界。

「……唔！」

持續沉睡的曉古城不時會看似痛苦地將臉皺在一起。

他正以「夢」的形式重新體驗自己經歷過的時間。這是操控固有堆積時間的魔導書《No.014》的應用術式。

可奪取他人經驗時間的魔導書——這樣一聽會覺得十分方便，但要付出的代價亦成正比。因為體驗他人的時光，也會將對方受過的心靈創傷及苦痛接納成自己的經驗，更遑論體

驗自己過去的心靈創傷。

「…………」

或許那月是看膩了在夢中呻吟的學生們，就將視線挪到腳邊的魔法陣。畫在深緋色地毯上的圖案帶著一股幽幽的魔力光輝，脈動似的詭異閃爍著。這是在古城的魔力失控時，用來保護他們的魔法陣。那月對雪菜是這麼說明，然而實際上，其效果類似副產物。

那月構築這道魔法陣另有其他目的。

在曉古城的時間當中，他未能體驗到最後的記憶——

他所不知道的關於「奧蘿菈」的知識。那月的真正目的就是將之納入手裡。

那月運用記載於魔導書上的睿智組出高階術式，驅動那道術式的是曉古城——第四真祖的龐大魔力。和使用巨大的粒子加速器分析微量元素原理相同，這能強行逼出「她」沉澱於時間中的些微痕跡。

不久，一道朦朧的少女身影浮現於那月眼前。

或許是情報劣化的關係，其形貌無法徹底穩定。即使如此，還是能認出她的輪廓。火焰翻騰般的金髮，以及散發青白色光輝的焰光之瞳，容貌宛如妖精的嬌小少女。

「……汝……是誰？」

只有模糊輪廓的少女開口，嗓音帶雜訊而不容易聽明白。

「直接和妳碰面是頭一次吧，『原初(Root)的奧蘿菈』——」

那月的呼喚讓少女緩緩露出了微笑。看似愉快的那張臉，彷彿透露著她終於想起自己是誰了。

「魔女嗎？和黃金惡魔立下契約的空隙魔女……」

呼嗯——金髮少女望著自己模糊的雙手嘀咕。

「這副身軀是？」

「我賦予了殘留意念形體。現在的妳就像幽靈。」

「汝要和死者對話嗎？魔女？」

少女用嘲弄般的口氣問了。

「這裡是我的夢中，多少有轉圜餘地。」

那月不帶感慨地回答以後，就對少女打開了拿在右手的扇子。隨後，從虛空中冒出的無數鎖鏈掠過了少女的肌膚並將她包圍。

現在，她就是一隻無力地困在蜘蛛網裡的蝴蝶，或是被鎖鏈吊起的傀儡。

「汝對我所求為何？」

金髮少女行動受到限制，發問時仍帶著某種愉悅。

「我有事問妳。」

「何事？」

「關於妳的事。人工真祖，妳是為何而造的？」

「我是兵器，不多不少就是如此。汝會對從戰場撿來的子彈，一顆一顆地問被製造出來的目的嗎？『空隙魔女』？」

少女像是在搪塞那月的問題，搖晃著模糊的輪廓笑了。

「那我換個問題吧。『原初的奧蘿菈』——『聖殲』是什麼？」

那月靜靜問道。這句話好似成了鑰匙，金髮少女散發出來的氣氛變了。她腳邊的魔法陣亮度變強，金髮搖曳生姿。

「呵……呵呵……呵呵呵呵呵呵……呼哈哈哈哈哈哈哈哈哈哈哈哈哈哈！」

少女揚起朱唇笑了出來，彷彿在同情、輕蔑、詛咒世界的一切。

「這樣嗎？『原初』……原來妳是……！」

那月皺起如人偶般端正的臉呻呼。

圍繞少女的鎖鏈陸續迸開。魔法陣亮得讓人無法直視，流洩出的魔力開始令世界扭曲。

少女滿懷嗟怨的笑聲在監獄結界響起。

亡靈的笑聲持續著，永不止歇——

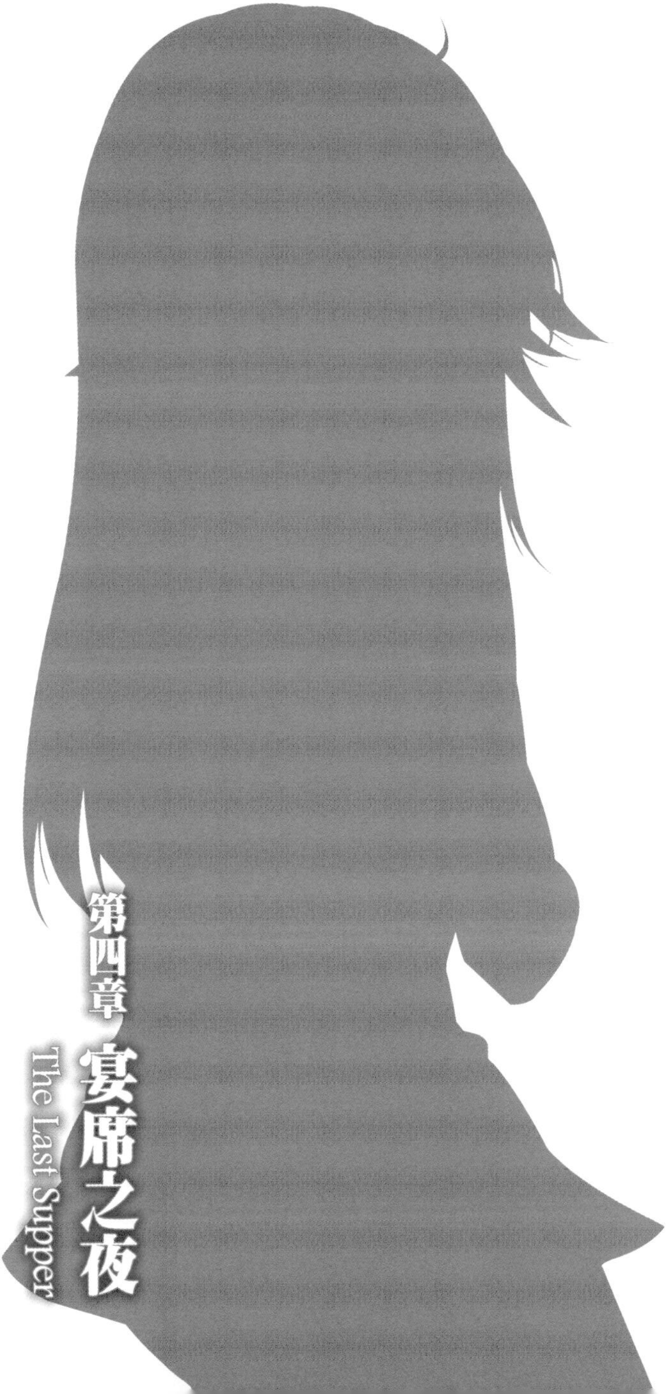

第四章 宴席之夜

The Last Supper

1

匈鬼部族聯盟發表自治獨立宣言並自稱「尼勒普西」，僅僅是十幾年前的事。

日本和他們之間仍無邦交，不知道尼勒普西存在的人還很多。即使在「魔族特區」絃神島，也幾乎沒有人注意到那條難以理解的新聞。

除了過去曾與尼勒普西接觸的一小部分人以外——

「尼勒普西自治區……爆發大規模感染……？」

忘記關的電視秀出奇特的跑馬燈，碰巧讓古城瞧見。

早上的曉家客廳，奶油塗抹在吐司上的香味瀰漫屋內。

晨間八卦節目所播的是一段畫質粗糙的私人拍攝影片。異國街道上湧現大群暴徒，正不分對象地襲擊四周人們，畫面驚悚得像是殭屍紀錄片。

「聽說是新種的吸血鬼感染症，好恐怖耶。」

穿制服圍圍裙的凪沙啃著番茄，向古城應聲。

儘管凪沙應該心裡也覺得不安，從語氣倒還聽得出從容。雖說有傳染病流行，不過事情發生在距離日本遙遠的國外，對她來說大概缺乏真實感吧。

假如古城沒聽過尼勒普西這個詞，鐵定也會有相同反應。

「……妳說感染成吸血鬼，這是什麼意思？被吸血鬼吸了血就會變成吸血鬼，這不是迷信嗎？」

「世界衛生組織好像也還不清楚喔。尼勒普西最近到處在打仗，好像也有說法懷疑是生化兵器外流。希望感染的人不要再增加就是了。」

凪沙為古城解釋疑惑。情報大概並不多，八卦節目的播報員大致上也只重複提到了相同的內容。

照電視上所說，至今仍未鎖定感染源。無論是人類或魔族都會受到感染，發病患者會失去理性，不分對象地攻擊周遭的人，而且感染者正一味地增加。

症狀本身接近於被稱作「G種（Ghoul）」的吸血鬼，感染者大多可見肌力、嗅覺提升的變化。另一方面，感染者的記憶隨時間經過將有明顯缺漏，最後會徹底失去理性，據說連維持生命都有困難。

是單純的傳染病或者出現了未確認的魔族，細節同樣不明。由於無法找出原因，治療法也還不能確定。這樣下去甚至有在全球流行開來的疑慮——

說明到這裡，八卦節目進了一段廣告，結果廣告過後就變成體育單元了。古城啃著吐司，茫然望著昨晚職棒的比賽提要。

「那古城哥，我先走了喔。」

在這段期間整裝完畢的凪沙一手拎著運動包包，朝古城說道。雖然這時間上學還嫌太早就是了——

「啊……啦啦隊要晨練嗎？別太逞強喔。」

「沒問題沒問題，我最近身體狀況變好了。古城哥也別遲到喔。」

喔——隨口應聲的古城看著妹妹出門，自己則懶懶地靠在沙發上。

他舔了舔沾在手指上的奶油，玩味著播報員剛才說的話。

「不屬於第一、第二、第三任何一名真祖形貌的吸血鬼嗎……？」

朝陽燦爛，凪沙瞇著眼來到公寓外頭。

時間是早上六點半。在這種時段，通往單軌列車車站的道路還相當空曠。晨風吹過人影稀疏的坡道，令人心曠神怡。

凪沙一邊哼著走調的歌一邊朝車站走去。

除了與某對遛狗的夫妻錯身而過，她並沒遇見其他人，徒步十分鐘的路程走到一半就來到了交叉路口。

凪沙穿越路口以後，隨即被陌生女性叫住。

「曉凪沙小姐？」

「啊，我是。」

被叫到名字的她馬上脫口回答，站在眼前的卻是一群奇特的人。

有四個穿著樸素不起眼套裝的男男女女，外表形象和年齡層都不相同，是個讓人摸不著頭緒的團體。而毫無迷惘的目光格外一致，感覺有點恐怖。

「請問……你們幾位是？」

凪沙發現自己不知不覺中已經被人從前後左右包圍，發問時拉高了音調。

對方的氣質既不像警察，想來也不是和她父母熟識的人。儘管深森和牙城的朋友盡是怪人，不過他們都會散發出某種讓凪沙安心的氣息。

然而，在這裡的四個男女並非如此。就算外表正常，給她的印象卻像是失去了某些生而為人最重要的東西。不贊同他們意見的人最好去死——氣氛緊繃得讓凪沙覺得，他們難保不會口出這樣的狂言。

「別擔心，我們是人類救濟機構『樂園守護者』的鬥士。為了保護善良市民的生活，正致力於根絕魔族的活動。」

女性皮笑肉不笑地說了，態度輕鬆得像在表示：「去除油漬一點也不費事。」提到要根絕魔族的她，讓凪沙冒出生理上的恐懼及反感。

「歧視……主義者……？」

「也有人會用那種詞批評我們。不過老實說呢，妳對魔族是怎麼想的？不覺得他們很恐怖嗎？」

「我……我覺得……」

很恐怖——這句話被凪沙吞了回去。凪沙確實患有魔族恐懼症，但那種觀感是扎根於過去的個人體驗，她不認為光是自己害怕就能構成壓迫對方的理由。

接著，女性彷彿從一開始就不打算聽凪沙回話，又單方面提出主張：

「締結聖域條約後，據說魔族犯下的凶惡刑案變少了，但那是政府操縱輿論編造出來的騙局喔。他們隱匿了真正的數據，只會發表捏造的資料。」

「呃……我不去學校不行，所以……」

凪沙打斷女性的話，想逃離現場。

對方卻張開雙臂擋住她的去路並露出微笑。

「對不起。但不要緊的，我們不會耽誤妳的時間。」

她從套裝懷裡拿出某種東西。那是一把小號的手槍。電影裡常看到那種小道具，短槍身的左輪手槍。

「我們的事立刻能辦妥。為了阻止第四真祖復活，拜託妳了。死吧。」

女性笑著將槍口指向凪沙。猛一看，其他三個人也都握槍瞄準凪沙。他們眼裡沒有對她的同情或憐憫，只顯露出自以為是地盲信自身正義者所特有的高亢情緒。

「人類自己……要互相殘殺嗎？」

凪沙聲音顫抖地反問。在這個瞬間，女性的臉上首度冒出敵意。

「想靠演技博取同情也沒用。異於常人的巫女也敢自稱人類，妳太厚臉皮了！」

忽然被人發洩強烈惡意，讓凪沙感受到無所適從的絕望。

對女性來說，凪沙是否和魔族站在同一邊恐怕都無所謂。他們追求的只是滿足本身的自尊心而已。儘管現在剛好對魔族抱有敵意，但他們的矛頭不知什麼時候又會轉到其他地方。

這些人從一開始就不是能講理的對象。

「誰……誰來救救我……古城哥……！」

凪沙捧著運動包包虛弱地嘀咕。

「只要妳不反抗，就讓妳死得痛快。」

女性的語氣像是在處理形式化手續，不帶感情地說完以後就扣下扳機。

巨響傳進凪沙耳裡，炫目閃光染白了視野。

光芒更化為衝擊，將歧視主義者們打垮。

「——愚不可及。」

閃光的真面目並非槍擊，而是雷電。身上環繞著雷光的，是個十四五歲左右的嬌小少女。她將金髮理得像男生一樣短，還穿著鑲有金邊的白金鎧甲。

鎧甲少女睥睨著那群倒地的歧視主義者，自己則站在路旁的街燈上。

風範有如嬌小的女騎士，但她手裡沒有劍。相對的，她握著一柄青白輝亮的雷光之槍。

「第……第五號……！」

其中一名歧視主義者倒在路邊，「噫」地慘叫出來。

那聲慘叫讓穿套裝的女性回過神，朝凪沙開槍。

然而發射的子彈並沒有觸及凪沙的身體。有第二名少女出現在凪沙眼前，周遭的空間好似被她挖去，子彈因而消失。

美麗的少女面容扭曲地笑了。

她端在左右手掌上的，是挖鑿空間的漆黑球體——

綁成雙馬尾的長髮如蜷蛇般扭動搖曳著，眼球是左右不同色澤的金銀雙瞳（Heterochromia）。

「……第三號（Tritos）……！」

站著的少女似乎要保護凪沙，仰望著她的套裝女性手槍掉到地上。女性領悟到，靠那種威力棉薄的武器已經不可能傷到凪沙了。

一班歧視主義者在起身時腳步打結，爭先恐後地想逃離現場。

擋在他們面前的，是從虛空中帶著霧氣現身的第三個少女。體型嬌小的她一身厚重鎧甲，美麗臉龐也被頭盔遮去一半以上。

「……連第四號（Tetartos）都來了？怎麼會……！」

被獨自留下的女性連滾帶爬地想要逃走。

但她的身體被霧氣追上，不出聲響地即刻瓦解了。

霧氣的真面目就是她自己。女性的肉體失去實體，變成了霧。

不久，霧氣被風吹散，再也找不到那些歧視主義者的蹤影了。他們全被霧所吞噬，消失得不留痕跡。

「您沒事吧？」

身穿白金鎧甲的少女來到地面問了凪沙。

另外兩名少女也單膝跪下，抬頭看著凪沙。

「妳們幾個……是誰……？剛才那些人怎麼了？」

凪沙茫然問道。

不可思議的是，她並不害怕，但也不覺得這是發生於現實的事情。要說少女們救了凪沙，她們動用的力量顯得太具壓倒性。其存在就像天災，即使有罪犯遭地震或龍捲風波及而死，一般人也不會出現感謝災害的念頭。

這些堪稱天災化身的少女，正恭恭敬敬地跪在凪沙面前。

宛如一群對公主宣誓忠誠的騎士——

「這樣啊……妳們幾個是……」

凪沙突然像理解一切似的嘀咕。

瞳孔放大的她眼裡已無情緒的光彩。

「妳們一直……守候著我們兩個……」

少女們對凪沙的話頷首。

身穿白金鎧甲的少女拘謹地低著頭開口：

「第十二號的『棺材』會遭到開啟，是我們的錯。請您原諒。」

懊悔口氣聽來彷彿在報告自身過失，同時卻也感受得到對凪沙的慈愛及敬畏。身為天災化身的少女們對凪沙的存在感到恐懼。

於是凪沙低頭望著她們，悠然宣告：

「赦妳們無罪——」

她若無其事地繼續朝車站走去。

金髮少女們一語不發地目送她。

「魔族特區」的炫目朝陽在街道上拖出濃濃影子。

某些事正慢慢脫序。

2

曉牙城的研究室是一棟蓋在絃神市立大學用地上，瀕臨拆除的老舊樓房。

牙城在大學擁有客座教授的頭銜。儘管待遇算教授級，實際上卻是兼任保鑣的裝飾性職缺，薪水也少。不過大學教授的頭銜對常常旅居異國的牙城仍然助益良多，就與家人分居的狀況來說，有一間可以過夜的研究室也滿值得慶幸。

類似公寓套房的小小研究室裡被古老書籍和文獻堆得滿滿的，沙發則擺在當中的些微空隙裡，而牙城正邋遢地趴在上頭。

凹陷的臉頰上長了薄薄的鬍渣，持續熬夜過後的雙眼底下浮現黑眼圈。

牙城擺在手邊的，是一部內容有關第四真祖的異國古老文獻。

他不停尋找拯救女兒凪沙的方法，才總算追查到這份貴重資料。

然而，記載於裡面的情報只讓牙城的絕望變得更深。「焰光之宴」的謎團幾乎解開了。奧蘿菈被封印在戈佐島遺跡的理由，還有附於凪沙體內的東西是什麼也查明白了。其中的真相讓牙城陷入了絕望。

牙城將文獻甩在桌上，懶散地閉上眼。當他想補充睽違三天的睡眠時，研究室的門就被猛力打開。

「——牙城！」

門敲都不敲就直接衝進來的，是身穿黑色女僕裝的葳兒蒂亞娜。一頭亂髮的她手裡抓著一份變得皺巴巴的英文報紙。

「唷，葳兒蒂亞娜。怎麼啦，臉色變得那麼糟？今天不用打工？」

牙城煩躁地撥了撥留長的劉海，慢慢撐起身體。葳兒蒂亞娜則將報紙推到他胸口。

「這是怎麼回事？牙城？尼勒普西自治區發生什麼狀況了！」

「啊……這個嗎？」

牙城瞥了報導內容，然後瞇起眼。

關於尼勒普西發生的吸血鬼感染症一事，只刊在版面的小角落。報導方並非不明白事態有多嚴重，只是情報太少。

然而，也有人已經明白爆發大規模感染的原因了。牙城也是其中之一。

「表示札哈力亞斯那傢伙終於認真起來了吧。」

牙城說得一副興味索然的調調。從札哈力亞斯占領了前卡爾雅納伯爵領地，得手「焰光夜伯」以後，牙城就知道狀況遲早會變成這樣。反倒可以說札哈力亞斯動作太慢了。

「這種吸血鬼感染症……該不會和『焰光之宴』有關係？」

葳兒蒂亞娜聲音沙啞地問。原來妳不知道嗎——牙城感到意外地挑眉。

「妳沒聽定奪者提過嗎？成為『宴席』的選帝者資格，就是要治理一定規模的領地——進而統有人數充足的領民。」

「那跟感染症有什麼關係？我確實聽說過，只要第四真祖完全覺醒，選帝者的領地就會成為新的夜之帝國——」

葳兒蒂亞娜說到一半，就忽然驚訝得停下了。她大概想到了什麼，臉色頓時變得蒼白。

「難道說……剛好相反……！」

「對啊。並不是第四真祖覺醒，選帝者的領地就能夠變成夜之帝國。所謂的選帝者，就是要讓第四真祖覺醒的魔法儀式執行者。那是一場將住在自己領地的數十萬人民當成祭品的儀式。」

「祭……品！」

牙城提到的無情字眼讓葳兒蒂亞娜聽得肩膀顫抖。

目前被稱為尼勒普西自治區的地方，就是卡爾雅納家過去治理的土地。在那裡生活的，是幾百年來世世代代都聽命於葳兒蒂亞娜老家的忠實領民，他們當中自然也會有葳兒蒂亞娜熟識的人。

而那些人的性命正暴露於新型感染症帶來的危機下。

安排出這種局面的就是札哈力亞斯。

「尼勒普西自治區裡布了魔法陣？你的意思是說，札哈力亞斯利用那些匈鬼侵略卡爾雅納伯爵領地，就是為了獲得魔法儀式所需的土地？而我父親非得為了那種勾當喪命……！牙城，這些事你早就知情了嗎！」

「……告訴我這些的，是妳的姊姊。」

牙城只用一句話就讓氣急敗壞地責怪他的葳兒蒂亞娜沉默了。

他粗魯地碰倒堆得像山的書籍，從中拿出一本資料。那是葳兒蒂亞娜的姊姊——莉亞娜．卡爾雅納整理的報告，裡面記載著關於「焰光之宴」這項魔法儀式的真相。牙城粗魯地將資料丟到葳兒蒂亞娜面前。

葳兒蒂亞娜無法置信地搖頭，踩著不穩的腳步一路退到牆邊。

「莉亞娜姊姊她……那麼，我姊姊會想得到第十二號就是為了……」

「她大概是想反過來利用札哈力亞斯布下的魔法陣，讓第四真祖覺醒吧。原本莉亞娜是打算由自己成為選帝者。」

「你說我姊姊……原本就想拿卡爾雅納伯爵領地的領民們當祭品……？」

眼睛無法對焦的葳兒蒂亞娜目光蕩漾，低聲呢喃。

「焰光之宴」的真面目，是一場用來讓第四真祖完全覺醒的魔法儀式，成為觸媒的則是數量龐大得超過幾十萬人的活祭品。要說那是與世界最強吸血鬼相襯的壯闊覺醒儀式，應該也不至於言過其實。

莉亞娜知道這些，仍希望讓第四真祖復活。

換句話說，她已有覺悟要犧牲眾多領民。

「莉亞娜沒有其他方法能向札哈力亞斯討回領地。再說就算放著不管，札哈力亞斯也會強行舉辦儀式，無論如何都避不了犧牲。」

牙城為莉亞娜說話。

葳兒蒂亞娜卻帶著被逼上絕路般的表情，用力地搖頭。

「……我可以……阻止。假如我知道事情會變成這樣，更早以前我就會阻止！」

「靠著把札哈力亞斯幹掉嗎？」

「對啊！」

葳兒蒂亞娜含淚瞪向牙城。在她眼裡蘊藏著近似瘋狂的強烈使命感。這徵兆不妙——牙城在內心咂嘴。葳兒蒂亞娜目前並不冷靜，對以往領民的責任心和焦急，讓她的視野變得狹隘了。

「不可能。明明妳自己也很清楚……」

牙城用了嚴厲無比的口氣指正。他希望能讓葳兒蒂亞娜多少冷靜下來一些，但是這句話只讓對方更加賭氣。

「我就算同歸於盡也會宰了他……！」

葳兒蒂亞娜唸咒似的低喃。牙城不悅地歪了嘴。

「就是因為妳會這樣說，莉亞娜才和我一樣沒將事情告訴妳吧。」

「只要第十二號——」

「……啥？」

「只要第十二號取回記憶，就殺得了札哈力亞斯……用第四真祖的眷獸！」

葳兒蒂亞娜露出開朗的笑容，表情看來彷彿被什麼東西附了身。

「喂，葳兒蒂亞娜！」

「我懂。她是叫凪沙吧。你家的女兒奪走了第十二號的記憶，只要讓第十二號直接和她見面，肯定就能連力量一起取回來！」

「我們之前也這麼認為。我在奧蘿菈醒來前都是這樣想的啊！」

牙城將手放在葳兒蒂亞娜的肩上，像是為了讓不懂事的小孩聽話而大吼。

「但是不對，我們搞錯了。從一開始就錯了！」

「煩死了，閉嘴！」

葳兒蒂亞娜激動得伸手猛揮，纖細手指扒開了牙城的肉，豁出蠻力的一擊使高大的他被打飛。即使葳兒蒂亞娜外表像纖弱女性，仍具有吸血鬼的臂力，哪怕是牙城也抵擋不了。

牙城想站起來卻雙腿發軟，扭曲的嘴角冒出鮮血。葳兒蒂亞娜那一擊撕開了牙城的胸口，傷勢似乎深達內臟。

「啊……」

看到牙城那模樣，心生動搖的反而是葳兒蒂亞娜。她望著自己沾了牙城鮮血的手指，貌似恍惚地嘆氣。

留在她手臂上的，是靠著吸血鬼痊癒力也無法癒合的許多注射針筒的痕跡。由於濫用毒品，她變得無法收斂力道了。

「我不會再相信你的話……」

為了正當化走上絕路的自己，葳兒蒂亞娜朝牙城如此斷言。她粗魯地撥開成堆書籍，直接走向外頭。

「葳兒蒂亞娜……！」

牙城想阻止她，卻精疲力盡地倒在地上。從傷口流出的鮮血在他周圍淌成一片血泊。

他直接躺下來，癱軟地望著研究室的天花板。

出血沒有停止的跡象，這樣下去會有危險，但身體動不了也沒辦法——牙城思考得好像事不關己。想到自己過去好幾次死裡逃生，結果卻在發飆的吸血鬼千金手下喪命，實在蠢得只能苦笑而已。

牙城掛念的是沒能拯救凪沙，不過他的職責實際上早已完了。牙城已經沒有任何能為女兒做的事，剩下的只好託付給其他有能者。

至少留個有幫助的血字好了——當牙城望著沾滿血的指頭開始思索時，忽然傳來有人站到身邊的動靜。

「哼哼……你真是活該，牙城。」

站著俯望牙城的，是個披了皺巴巴白衣的女性。睡覺時壓壞的髮型，加上半睜的眼睛，還長著一副會讓人誤認為十幾歲少女的娃娃臉。可是她胸圍傲人。

她望著倒地且滿身是血的牙城，笑得莫名愉悅。

「唷，深森。妳該不會都聽到了吧？」

牙城自嘲似的繃著嘴，跟著對方笑了起來。曉深森則蹲到他身邊說：

「這樣不行喔。就是因為你對那種正經又容易想不開的女生隨便出手，才會落到這種下場。這樣子你是不是多少會反省了？」

「我沒有對她出手！妳聽到我們的對話，也該解開那些誤會了吧？」

牙城難得卯起脾氣反駁，深森卻只是冷冷地瞇了眼。

「不過，你有利用她吧？」

「……也是啦。」

牙城一臉不悅地點頭。為了拯救身體衰落的瓜沙，無論如何都需要卡爾雅納伯爵家代代相傳的「棺材」之鑰。知道東西在哪裡的，只有伯爵家唯一的倖存者葳兒蒂亞娜。所以牙城才會和她接觸，並帶她來絃神島。

牙城並沒有欺騙葳兒蒂亞娜的意思，但他無法否認自己有拿著「復興卡爾雅納家」當餌並藉此利用她的感覺。想成是那樣所換來的代價，即使死在她手裡倒也可以認命。

「會來找你的全是麻煩的女生呢。希望古城不要像你就好了。」

真令人不安——深森說得相當認真。

「古城嗎……事情到了最後，沒想到居然得靠那傢伙。」

牙城想起兒子那張還不太可靠的臉，愉快似的格格笑了。

他的責任已了，如今有可能救凪沙的只剩古城而已。變成第四真祖隨從的古城，是「宴席」中唯一的不確定要素。

古城並非札哈力亞斯觀點中的不確定要素，而是暗地牽線的那群人——獅子王機關觀點中的不確定要素。

在最糟的情況下，牙城將一併失去兩個孩子。即使如此，他現在也只能冀望古城，再說他也不是沒有替古城準備禮物。

「深森……我想那邊的文件裡應該埋了一個紙箱……」

「嗯？」

「紙箱裡的東西說不定會派上用場。到時候妳再幫我交給古城。」

「你說的紙箱，是這個嗎？寄件人是……阿爾迪基亞王宮？」

深森瞪著國際郵件的單據，露出滿面微笑。

「這麼說來，那個國家的王妃是個大美人對不對？」

「嗯，是啊。之前久違和她見了面，外表都沒變吶。不過內在奔放到極點又黑心就是了。哎，算是好女人這一點倒不會錯……唔！」

「哦～～」

依然笑容滿面的深森開始用鞋尖在牙城的傷口一帶蹭。儘管劇痛讓牙城泛黃的臉皺在一起，他仍無力地笑著說：

「啊……話說深森小姐，這個傷口如果再繼續出血，感覺實在不是鬧著玩的。如果能請妳幫忙治療一下，那就不勝感激了。」

「呵呵呵。」

深森從冰盒裡拿出冰棒舔了起來。牙城望著妻子嗜虐的微笑，深深嘆息。

「饒了我吧……」

3

通話孔傳來的，是客氣卻死板的人工智慧語音。

「出差中？」

『是的。研究主任曉深森本日赴島外出差中。若有事情，我可以代為轉達。』

「啊……沒關係，我明白了。請叫她盡快和我……和兒子聯絡。」

拜託你了——古城說完就切掉通話。或許是他在無意識間用力的關係，握緊的手機正在掌心裡吱嘎作響。

「可惡，怎麼搞的啊！在這種要緊的時候，父母兩個人居然都聯絡不上！」

古城不吐不快地咕噥，然後粗暴地踹了走廊的牆壁。走過旁邊的老教師瞪了他，但是他沒空介意這些。

第九號過來通知的什麼鬼「宴席」，指定的日子恐怕就是今晚——四月最後的滿月之夜。這件事古城也已經轉達牙城他們了。

別理對方就好——牙城這樣回答，古城對此也有同感。

他們沒有理由傻傻答應札哈力亞斯的邀約。既然對方行事會被月齡因素左右，他們反而應該積極迴避。只要奧蘿菈正式成為登錄魔族，還能受特區警備隊保護。那樣一來，札哈力亞斯對奧蘿菈應該也就不敢輕舉妄動。換句話說，只要撐過今晚，她的安全就有保障了。

可是到了這個關頭，古城卻開始感到不安。

原因在於今天早上的新聞。尼勒普西自治區發生的神祕吸血鬼感染症——

要當做巧合看待，感覺時機也未免太巧了。

假如那場大規模感染是札哈力亞斯策畫的花樣，「宴席」就不只是古城他們自己的問題了。沒人能斷言同樣的災害不會發生在絃神島。

「也許這不是賭氣的時候，只能向那月美眉求救了嗎……」

古城想起目中無人的犀利班導師，就無意識地皺起臉。

隨便向那月拜託，之後可不知道會被她要求用什麼方式回報。然而那月仍是學校專屬的攻魔顧問，在警察和特區警備隊面前也吃得開。現在古城沒辦法靠父母，在熟人當中有能力對抗札哈力亞斯的人選，除了她之外再也想不到別人。

而且奧蘿菈在不遠的將來，也可能成為彩海學園的學生。只要他跪下來拜託，那月出力相助的可能性就很高。

「呃……對喔……」

古城在下跪之前又想到了值得一試的方法，便收斂起表情。

有希望對抗札哈力亞斯的人選，還有一個。無非就是奧蘿菈自己。

假如奧蘿菈能駕馭和第九號同等的力量，札哈力亞斯應該就無法用野蠻手段危害到她。

但是要達成這一點，前提在於她必須取回記憶。為此關鍵就是——

「凪沙……嗎？」

結果問題還是會回到那一環啊——古城嘆了氣，朝國中部的方向走去。午休時間就快結束，不過應該足夠和凪沙談話。

古城決定拜託凪沙再和奧蘿菈見一次面。只要不是像上次那樣突然面對面，先跟凪沙說清楚，她應該也會諒解。至少這值得古城試著去說服她。

「古城？你要去哪？」

先回到教室的古城開始收拾東西，準備離開學校，淺蔥便朝他問了一聲。

來得正好——古城雙手合十向淺蔥拜託：

「抱歉，淺蔥，下午的課我不上了，幫我想個好理由混過去。」

「等等……你想去哪裡啊！」

古城甩掉打算制止他的淺蔥，朝教室出口走去。淺蔥似乎從他那種態度察覺到什麼，臉色變得嚴肅起來。

「奧蘿菈發生什麼事了嗎？」

淺蔥用靜靜的口氣問道，讓古城停下腳步，一回頭就和看似不安的淺蔥對上視線。

奧蘿菈是未登錄魔族這件事，淺蔥也知道。她似乎在擔心奧蘿菈是不是因為這樣而被牽扯進麻煩了。說來說去，淺蔥還是挺關心奧蘿菈的。

「呃，不要緊，沒事的啦。怎麼可以有事……！」

古城堅定地笑著搖搖頭。我懂了——淺蔥聳了聳肩。那表示儘管淺蔥並沒有釋懷，但她並不會進一步追究。

「有沒有什麼我能幫忙的？」

相對的，她這麼問了。這個嘛——古城想了一下便說：

「來辦個派對吧。」

「啥？」

古城那前言不搭後語的提議，讓淺蔥嚇著似的睜大眼睛。

「啊，這麼說來，我的生日快到了，幫我慶祝吧。熱熱鬧鬧地瘋一下。」

「你生日不是在五月嗎？」

「虧妳記得。」

古城覺得有些不可思議地反問。他的生日在五月初，黃金週假期中間。因為這樣，他以往並沒有留下什麼和朋友一起慶祝的印象。

「我……我剛好想起來而已，剛好的啦！」

「所以嘍，拜託妳了。」

「真是的，什麼叫『所以』啦。」

驚慌的情緒似乎還留在淺蔥臉上，她揮揮手，面紅耳赤地趕古城走。

古城直接朝國中部校舍走去。

幸運的是，他在聯絡走廊上遇到了熟面孔。

是個留黑髮戴眼鏡、一看便覺得像班長的女學生。當她來探望住院的凪沙時，古城也和她說過幾次話。

對方察覺古城走近，就看似不解地停下腳步。

「曉學長？」

「妳是叫甲島吧？我記得妳今年也和凪沙同班對不對？」

「是的。」

甲島櫻並不顯膽怯，公事公辦般回答了問題。那大概是當班長所養成的架勢，似乎也很習慣面對學長姊。

「不好意思，能不能幫我叫一下凪沙？我要進國中部校舍實在不太方便。」

古城說著低了頭。

幾個星期前，他還每天到那棟校舍上課，不過一旦升上高中部，要踏進那裡就會猶豫起來。他總覺得自己不適合出現在那裡。

櫻卻面無表情地仰望著他，搖了搖頭。

「學長沒有聽說嗎？」

「咦？」

「凪沙早退了喔。剛才醫院的人來接她了。」

「……醫院？」

古城傻眼地反問。

他沒聽說凪沙被醫院找去這檔事。假如凪沙身體不舒服被送去醫院，古城應該會頭一個接到聯絡，可是也沒有。假如是被抬上救護車那倒不提，不過醫院的人會過來接凪沙也顯得很奇怪。

「到底是什麼人……來接凪沙……？」

古城忽然有種失足般的不安感，嘴裡不禁嘀咕。

甲島櫻用讓人聯想到人工生命體的平板語氣淡然回答：

「對方自稱是ＭＡＲ的人員。記得她是叫……遠山小姐。」

4

葳兒蒂亞娜一邊舔著指頭沾上的鮮血一邊回到船塢。在路上注射的毒品或許還留有效果，她被一股異常亢奮的情緒支配。

午後的陽光開始西斜，感到煩悶的她搖搖晃晃地走過埠頭。

唇間還不停冒出乾笑聲。

「啊哈哈……哈哈……哈哈哈哈！」

葳兒蒂亞娜的腳步不穩得像是酩酊大醉。

失手傷害牙城時，她便自覺心中有某個部分已經毀了。即使牙城被稱為「冥府歸人」，終究也只是普通的人類，受了那麼重的傷勢，想來絕對活不到現在。

縱使葳兒蒂亞娜過去只是受了利用，牙城仍是唯一一個賦予她生存目的的男人。身為不名譽的前領主女兒，飽受虐待的她也是被牙城所救，她卻不自覺地企圖殺害恩人。現在沒有任何人會護著她了。

魔族登錄證已經在半路上丟了。這是因為假如有人發現牙城的屍體，並向特區警備隊通報，登錄證的定位資訊會讓警方鎖定她的行蹤。

葳兒蒂亞娜不能繼續留在紘神島。話雖如此，她也沒有其他去處。現在的她只剩下對札哈力亞斯的復仇心而已。

「我要殺了你，札哈力亞斯……我要殺了你我要殺了你我要殺了你……」

葳兒蒂亞娜詛咒似的在口中不停叨唸，並且走上遊艇。

這艘船原本就是牙城的財產，葳兒蒂亞娜不能再留在這裡。但是在離開以前，她有東西非得先回收。第十二號——第十二號的「焰光夜伯」，是她的私有物。

「……葳兒蒂亞娜？」

奧蘿菈正在打掃船裡。這是葳兒蒂亞娜離開前交代她的工作。奧蘿菈喪失記憶又笨手笨腳的，但是她接到命令就會規規矩矩地完成。被別人需要，對她來說應該是一件開心得不得了的事情。

然而，她那股純真卻讓現在的葳兒蒂亞娜生厭。那就像看著小時候無知的自己，葳兒蒂亞娜甚至感到憎恨。

「這是什麼東西？」

葳兒蒂亞娜發現桌上的金屬片，便問了奧蘿菈。刻在上頭的是古代魔法符文。她無法完全解讀，但是從眼熟的幾個單字就能推敲出大概的文意。

「『宴席』的邀請函……？寄信人是札哈力亞斯？」

「啊……」

奧蘿菈看到葳兒蒂亞娜驚訝的反應，害怕得縮起身體。好比一名修女因為藏匿異教徒而受到怪罪，她露出內疚和真摯交雜的表情。

「妳為什麼要瞞我？」

葳兒蒂亞娜低聲責問。

「是……是古城建議我，無須理會對方的召喚。」

「妳說什麼？」

「我也……不願意赴約。我不想去……」

儘管奧蘿菈無助得聲音顫抖，仍明確地如此表達。葳兒蒂亞娜得知她反抗自己的瞬間，意識就像沸騰似的變成空白一片。

「別開玩笑了！」

葳兒蒂亞娜激動得大吼，還強拉奧蘿菈的手。她硬是讓抵抗的奧蘿菈站起來，打算帶著她到船外。

「那種話我不能接受！我不接受！妳和我一起來！我要殺了札哈力亞斯！」

「……不……不要……！」

「囉嗦！妳只要照我的話做就好了！」

札哈力亞斯主辦的「宴席」——這對葳兒蒂亞娜來說，是千載難逢的報仇機會。既然他表明了自己在哪裡，應該就會不加防範地接納她們。

當然在札哈力亞斯的周圍八成仍會有匈鬼護衛，但是那不會構成任何阻礙。葳兒蒂亞娜從最初就打算同歸於盡，只要能報仇雪恨，其他的都無所謂。

奧蘿菈被粗魯地推去撞牆，失去了意識。葳兒蒂亞娜拖著昏倒的她來到船外。

「——葳兒小姐！」

葳兒蒂亞娜一下到埠頭，就有人吃驚似的叫了她。滿臉愕然望著她的，是穿著學校制服的曉古城。

「妳在做什麼……妳對奧蘿菈做了什麼事！」

古城發現奧蘿菈不省人事，臉色頓時變得嚴肅。

他大概是一路拚命跑過來的，一看就能知道呼吸相當急促。他那邊似乎也發生了什麼問題，可是對葳兒蒂亞娜來說，那些事如今都不重要了。

「和你沒有關係，閉嘴。」

葳兒蒂亞娜冷冷斷言。那副不甩人的口氣讓古城不知所措。

「葳兒小姐？妳在說什麼……！」

「你應該也知道吧？古城。尼勒普西自治區現在發生了什麼事？那塊土地是我的故鄉，住在那裡的人原本都是卡爾雅納的領民！」

古城看到葳兒蒂亞娜含淚大叫，就杵在原地說不出話了。葳兒蒂亞娜用滿懷憎惡的眼神瞪著他，並且露出犬齒。

「我不能原諒札哈力亞斯。那個男的奪走了我的父親和姊姊，還打算連領民都奪走。我要殺了他……我絕對會殺了他！」

「……為了那個，妳就要利用奧蘿菈嗎！」

古城沒有折服於葳兒蒂亞娜的憎惡，冷靜地反駁。

瞬時間，葳兒蒂亞娜「唔」地吞了氣，隨即又嫣然微笑說：

「你在問什麼傻問題？」

她抓住昏迷的奧蘿菈的頭髮，像對待道具一樣隨手拎起。

「當然啦，誰叫這東西是兵器。她就是被造來用於殺戮和破壞的吧？」

「——妳少鬼扯！」

狂吼的古城猛蹬碼頭，揮拳朝葳兒蒂亞娜招呼過去。那意外的速度讓葳兒蒂亞娜感到戰慄。人類的肌力並無法激發出那種速度，古城的體能顯然凌駕於尋常吸血鬼。

可以深切體會到，他果然是第四真祖的血之隨從。

即使如此，古城仍不配和屬於正統吸血鬼的葳兒蒂亞娜為敵——！

「——『Ganglot』！」

出現在古城面前的，是火焰環繞周身的魔犬。巨大前腳抓住了古城，直接將他撕開。噴灑出鮮血、碎肉及內臟的古城飛得老遠，然後重重砸在地上，動也動不了。

「哈哈……啊哈哈哈哈……是你不好，曉古城。因為你礙了我的好事……！啊哈哈哈……啊哈哈哈哈哈哈哈！」

葳兒蒂亞娜拭去流到臉頰上的淚，高聲笑了出來。她感覺不到恐懼、後悔、憐憫或任何情緒，胸口只有開出空虛大洞似的奇特感覺。

她又拖著金髮少女踏出腳步。

「宴席」之夜已近——

5

古城被耀眼的夕陽照得難受，呻吟著醒了過來。

懸於海面的太陽將躺著的他染得滿臉朱紅。

回想自己身上發生過什麼事費了古城一些時間。他聽說凪沙被遠山帶走而前往ＭＡＲ附屬醫院，是幾個小時前的事。然而遠山卻已經失蹤，ＭＡＲ也表示不知她的去向。

古城不得已就去了船塢，並在那裡撞見葳兒蒂亞娜想將昏迷的奧蘿菈帶走。後來古城被葳兒蒂亞娜的眷獸撕裂身軀，意識就此中斷。

「我……還活著……？」

古城確認手腳能動，硬是撐起了身體。傷勢沒有預料中的痛。

沾滿血的制服從右肩到左側腹，還留著被巨爪撕爛的痕跡，可是古城的身體卻沒有傷口。相對的，就像結痂剛被剝下來一樣，他渾身都長著全新的肌膚，彷彿證明了一度被破壞的肉體已再生復原——

「這就是血之隨從的力量啊……傷腦筋……」

饒了我吧——古城搖搖頭。自己真的不是人類了。事到如今，他心裡才湧上實際感。

不可思議的是他並沒有動搖，恐怕是因為知道自己該做什麼。要是死了，就救不了凪沙和奧蘿菈——想到這裡，不死之軀倒也不算壞。

問題在於，古城不知道這副「不死之軀」有多管用。畢竟肉體再生需要花一些時間，對付吸血鬼的眷獸時會被瞬殺也已得到證實，能力似乎沒有期待的方便。

葳兒蒂亞娜恐怕帶著奧蘿菈去見札哈力亞斯了。

而且考慮到凪沙和奧蘿菈的關係，遠山很可能也在同一個地方。

設有兵器研發部門的MAR的員工遠山，以及軍火商札哈力亞斯——他們之間就算有聯繫，感覺也沒什麼好奇怪的。不僅如此，其實遠山十分有可能是受雇於札哈力亞斯的奸細。

「『焰光之宴』嗎……只能去一趟了。」

古城朝著位於東區邊陲的聯絡橋走去。

札哈力亞斯選定的「焰光之宴」舉行地，是絃神島的舊東南地區。如字面所示，那是漂浮在絃神島東南方海上的一處人工島區塊。

那塊地帶原本是實驗性構築出的試作人工島，之後主要被用為建造絃神島本島的建設基地，居民大多是直接參與建設絃神島的都市設計者、建設工程人員及其家屬。舊東南地區以前曾是絃神島的中心，不過東西南北四座人工島完成後便功成身退，至今人口仍持續減少。

此外和絃神島本島相比，它較為小型，設備也差了一級，而且人工島本體的耐用年限即將到期，目前已經被定為廢棄地帶，幾年內就會被拆除。

走向衰退的人工島——

身為死亡商人的札哈力亞斯要舉辦「宴席」，應該沒有比這更適合的場地了。

要到舊東南地區，一般是利用該區和絃神島連接的兩座聯絡橋，或者渡船。

不過古城目前穿著沾滿血的衣服，想來渡船並不會願意載他。所以古城的腳必然得就近走向聯絡橋那邊。

當古城看見聯絡橋的入口時，就察覺狀況不對而停下腳步。

「特區警備隊……？前面到底在搞什麼？」

聯絡橋下發生了小規模的騷動。裝甲車架起路障，將橋面徹底圍堵。而且還能看到武裝機動隊員，更有許多人穿了對生化兵器用的防護衣，有如看著內戰都市的聳動畫面。

『人工島管理公社要告訴絃神島的各位居民——』

像是要回答古城的疑問，從上空盤旋接近的是特區警備隊的無人宣傳直升機。小型無線電遙控載具裝設的擴音器正不停播放死板的人工語音。

『本日，在人工島舊東南地區發現了疑似新型感染病的患者。由於有擴大感染的疑慮，在確保安全以前，我們會禁止人員往來舊東南地區做為預防措施，現在將封鎖聯絡橋。』

「什……」

古城仰望著飛過去的無線電遙控直升機，感到一股目眩般的焦躁。

在這種時候出現新型感染症——判斷那是和尼勒普西自治區同類型的病症，八成不會有錯。而且，兩邊都和札哈力亞斯的存在有關。

『目前禁止一切人員渡航至舊東南地區。此外，航經舊東南地區的船舶切勿靠港，請留在洋上等候檢疫官指示，違反者將科以罰則。在此重複——』

「可惡……搭船也不行嗎？」

古城茫然杵在路上，咬牙切齒。

問題不只感染症，葳兒蒂亞娜應該已經帶著奧蘿菈到了舊東南地區。聯絡橋被封鎖，古城就無法帶回奧蘿菈了。

絕望受挫的古城搖搖晃晃地踏出腳步。隨後，有一輛腳踏車出現在他眼前——華麗螢光色的越野公路車。

「唔喔！」

剎車聲猛烈響起，腳踏車在撞上前停下來，和愣住的古城距離不到五公分。真的是千鈞一髮。

「……曉……曉學長！」

騎在腳踏車上的是個穿運動服的少女。她看到古城沾滿血的模樣，訝異地睜大眼睛。對方手腳修長，曬黑的肌膚和短髮十分搭配，是個眼熟的國中女生。

「唔，妳是女籃社的……進藤對吧？」

腳踏車少女的身分是進藤美波——古城在國中時的籃球社學妹，比他小一個年級，不過算是在社團處理雜務時會順便聊幾句的熟人。

「學長，發生什麼事了嗎？你的傷……！」

「啊，這妳別在意，傷勢沒有外表看到的嚴重。」

「呃，可是——」

進藤實在沒那麼容易釋懷。古城本來以為可以靠夕色蒙混過去，但他的外表似乎比預想的還血腥。

「進藤，妳怎麼會在這裡？妳家不是在這邊吧？」

古城無視於動搖的學妹，硬是轉移話題。

進藤有些害羞似的微笑著指了指揹著的背包。

「學長有聽說絃神島出現吸血鬼感染症的患者了嗎？我爸……家父是檢疫調查局的技師。他接下來要去舊東南地區調查，所以叫我帶更換的衣物到船上給他。」

「……船？」

「就是停靠在那邊的檢疫船『阿須雲』。」

「哦……妳爸爸也好辛苦耶，發生這種狀況。」

古城一邊關心學妹的家人一邊仍思考著其他主意。禁止渡航至舊東南地區——然而，載著專家的檢疫船例外。

忽然趕著研討感染症對策的檢疫船乘員會警戒偷渡客的可能性很低。只要設法溜進船裡，應該就去得了舊東南地區。

「抱歉，進藤，耽誤到妳了。」

古城朝學妹揮了揮手，朝港口跑去。

「啊……學長……！」

「嗯？」

叫住古城的進藤欲言又止，嘴唇發著抖。結果她什麼也沒說，只是禮貌地低下頭。

「不，沒什麼。那個……學校見。」

6

石英之門是位於舊東南地區中央的巨大建築物。建築物的主要結構為六層樓，以往紘神市就是將市政廳及人工島管理公社的總公司設在這裡。

外牆大舉採用了以魔法強化的透明鑽石玻璃，建築物整體好比巨大的寶石宮殿。位於宮殿中央的，則是酷似六角水晶的巨大鐘塔。

曾將遠東「魔法特區」紘神島的技術昭告全球，具歷史性的魔法建築物。

然而在決定拆除舊東南地區後，那座石英之門也將遭到廢棄。

目前的石英之門是禁止一般人進入的無人廢墟。

美麗而空虛的玻璃城堡——

札哈力亞斯選為「宴席」舞台的地點，就是石英之門的中央廣場。

為玻璃天花板所覆的廣場中央，有十二具棺材呈扇狀排列。

相當於半數的六具棺材裡，躺著六名少女。

第十一號、第九號、第八號、第七號、第二號，以及第一號——

札哈力亞斯所擁有的六具「焰光夜伯」。

擺放於她們中心的，是個包在寶石結晶裡的灰髮少女。札哈力亞斯一語不發地望著她那乾瘦的遺體。

鐘塔敲響夜晚九點的鐘。

那就像信號似的，有陣女性嗓音靜靜傳來。

「讓你久等了，札哈力亞斯卿——」

札哈力亞斯緩緩回頭。穿西裝的他面容年輕，外表是個長著灰髮的十幾歲少年，只有那雙感覺狡猾的鳳眼還留著軍火商之前的影子。

「感謝妳的協助，Miss遠山。還有曉凪沙小姐，歡迎來到我召開的『焰光之宴』——」

札哈力亞斯的視線前方，有MAR的遠山美和以及穿著制服的曉凪沙身影。

凪沙的臉色很難用「配合」來形容，但她並沒有遭到綑綁。遠山恐怕是拿凪沙家人的安全來要脅，才帶她到這裡的吧。證據在於，凪沙仰望遠山的眼裡含有明顯敵意。

「你是誰？」

凪沙望著札哈力亞斯，口氣尖銳地問了。

札哈力亞斯將手湊到胸口，對她深深行禮。

「我都忘了先報上名字。我是巴爾塔薩魯・札哈力亞斯，第四真祖的血之隨從。」

「真祖的……隨從……？」

原本表現得堅強的凪沙眼裡蒙上一層懼色。

凪沙患有魔族恐懼症的情報早已傳到札哈力亞斯耳裡。為了讓她安心，札哈力亞斯微笑著當場單膝跪下。

「我無意加害於妳，請別害怕，曉凪沙。我呢，只是希望妳能重現過去行使的奇蹟。」

「奇……蹟？」

「然也。就是令死者復活。」

札哈力亞斯深深頷首，然後抬起臉。凪沙只是搖著頭，無法理解自己聽到了什麼。呼嗯——札哈力亞斯瞇著眼睛說：

「這個嘛，先從我的故鄉開始談起好了。我的故鄉，是目前已經不存在的巴爾幹半島小鎮。它在過去被捲入了『戰王領域』、『破滅王朝』以及西歐教會三方爭戰而消滅，離現在是七十年前的事了。」

札哈力亞斯說著便看向擺在左側的棺材。

睡在棺材裡的，是個胸前被挖出一道傷口的金髮少女。

「……那些發動戰爭的人所求的就是她。被封印在我的故鄉的第一號——第一號『焰光夜伯』。」

「……！」

關於世界最強吸血鬼——「焰光夜伯」的傳言，凪沙當然也有耳聞。她年幼的臉龐因驚訝而緊繃。

札哈力亞斯望向凪沙那種反應，眼裡帶了一絲懷念，隨後又轉開視線。接著他指向浮在寶石中的灰髮少女。

「她叫朴樂絲妲，是我的妹妹，也是守護第一號的巫女。」

保持笑容的札哈力亞斯眼底泛上了淡淡的憎恨光芒，嘴唇微微扭曲。

「後來她被吸血鬼殺了，想保護她的我也在同一個地方遭到殺害。後來只有我死而復生。是朴樂絲妲讓我復活的，復活成第一號的血之隨從——就像妳為了兄長所做的一樣！」

「……兄長？古城哥？」

凪沙訝異地反問。這時候提到古城的名字，讓她明顯動搖。札哈力亞斯用了蛇一般城府很深的目光觀察她的反應，然後微微苦笑。

「妳果然不記得啊。那就是妳做的。妳讓自己的兄長變成了血之隨從，變成了不老不死的怪物！」

「你亂說……沒有那種事……！」

猛搖頭的凪沙大叫。對她來說，這是理所當然的反應。札哈力亞斯將她哥哥講成怪物，講成她畏懼的魔族隨從。

「我才沒有……那樣的力量！」

「是啊，那是應該的，我明白。再出色的巫女都無法讓死者復生，辦得到那種事的，只有自穢土甦醒的死者之王，超脫世理的弒神兵器，操馭無限『負之生命力』的人造吸血鬼——第四真祖！」

札哈力亞斯張開雙臂，仰首向天。

「請用妳的力量讓完美的第四真祖醒來。所幸這裡就有六具『焰光夜伯』——第四真祖的基體已經備妥一半。她們身上都充填了從尼勒普西自治區的祭品吸取而來的魔力，覺醒用的催化劑理應足夠了！」

「……那種事……你休想稱心如意……！札哈力亞斯！」

身穿染血女僕裝的女吸血鬼現身於廣場，並且打斷滔滔不絕的札哈力亞斯。絹絲般的褐髮凌亂不堪，蘊含怒氣的雙眼冒出赤紅血絲。

而且，還有一個被她拖來的金髮嬌小少女站在那裡。

第十二號「焰光夜伯」——奧蘿菈。

「……奧蘿菈……小姐……」

凪沙望著畏怯的金髮少女，茫然開口咕噥。

她以前見過奧蘿菈。當時是古城把奧蘿菈叫到身邊，想介紹給她認識。而札哈力亞斯才剛說過，古城是真祖的血之隨從。

胍沙彷彿輕微貧血發作，上半身一陣搖晃。
札哈力亞斯命她讓第四真祖覺醒的身影，和之前哥哥想引見奧蘿菈讓她認識的身影，兩者重疊在一起。為什麼——胍沙在嘴裡嘀咕。
到底發生了什麼事？
自己到底是誰？
在自己體內的她，到底是——
「這可來得好，我恭候已久了——」
久候多時的嘉賓出現，讓札哈力亞斯的嘴角綻現笑意。
那是商人對談判進行得正如計算所露出的喜色。
他知道葳兒蒂亞娜想來向自己索命。正因如此，他才將邀請函交付給奧蘿菈。只要知道那張邀請函的存在，葳兒蒂亞娜絕對會帶奧蘿菈過來，就算要和那個棘手的「冥府歸人」反目，她也會過來。
葳兒蒂亞娜的想法和情緒全掌握在札哈力亞斯的手掌心。
包括她的憤怒及憎恨——
「歡迎來到我召開的『焰光之宴』會場，葳兒蒂亞娜．卡爾雅納。妳能將第七具基體帶來，真令人不勝欣喜。誠摯恭迎妳的光臨。」

「住口！」

葳兒蒂亞娜在怒吼的同時召喚了兩匹眷獸——火焰繞身的三頭魔犬，還有口吐寒氣的雙頭犬。這是她現在能動用的最強戰力。在這種距離下，要收拾沒有護衛的札哈力亞斯根本就是小事一樁。

「死吧，札哈力亞斯！好好體會我父親的憾恨和領民的痛苦——！」

葳兒蒂亞娜帶著勝券在握的痛快臉色大喊。

結果，札哈力亞斯的聲音打斷了她。那是和動搖無緣的刻薄聲音。札哈力亞斯牽起躺在棺材中的第一號的手，靜靜下令：

「迅即到來，『神羊之金剛（Mesarthim Adamas）』——」

剎那間，好似要守護札哈力亞斯那般，巨大眷獸從虛空中現身了。一頭強大得無可理喻的怪物——

那是具備金剛石（Diamond）之軀的大角羊。眷獸周圍浮現幾千幾萬顆寶石結晶，成為保護札哈力亞斯的護盾。

「第四真祖的……眷獸？怎麼會……！」

葳兒蒂亞娜的臉染上絕望之色。她那兩匹眷獸的攻擊，連飄浮在半空的寶石障壁都傷不了。發射如彈丸的寶石暴雨更將她的眷獸衝散，消滅得不留痕跡。

勝負從一開始就擺在眼前，葳兒蒂亞娜的眷獸敵不過真祖之力。她宰不了受「焰光夜伯」保護的札哈力亞斯。

「奧蘿菈！拜託妳，借給我力量！」

被逼上絕路的葳兒蒂亞娜硬把奧蘿菈拖到面前。奧蘿菈畏縮得動彈不了，只是茫然杵在原地。

「是妳就能對抗那匹眷獸！殺了那傢伙！把札哈力亞斯殺掉！」

葳兒蒂亞娜放聲尖叫。

這樣的她胸口開出了大朵薔薇。

薔薇其實是飛濺的鮮血。血與肉的花瓣散落，葳兒蒂亞娜的身軀搖晃不支。

「……噫……！」

被溫熱血液濺了一身的奧蘿菈面色緊繃。由於葳兒蒂亞娜放了手，反作用力使她嬌小的身軀倒向地面。

「札哈力亞斯……！」

葳兒蒂亞娜嘔著血，瞪視軍火商。

札哈力亞斯手握著的是手槍。會特地用槍，應該是他判斷「神羊之金剛」的威力也會傷到奧蘿菈。雖說是護身用的左輪手槍，裡頭裝的銀鉈合金彈頭，破壞力仍足以對吸血鬼造成致命打擊。既然札哈力亞斯是軍火商，要弄到貴重的對魔族特殊彈也是易如反掌。

槍聲接連響起，發射的五發槍彈不偏不倚地貫入葳兒蒂亞娜的胸口。她當場跪地，緩緩倒下了。

「奧……蘿菈…………妳為什麼……」

葳兒蒂亞娜眼神空洞地仰望著金髮少女咕噥。

她吐出隻字片語後就不動了。濺到鮮血的奧蘿菈只是茫然望著這一幕。

「啊……啊啊……」

少女口中冒出聲音，淒厲叫聲分不出是哀號還是怒吼。

不過發出那聲音的並非奧蘿菈。

是凪沙。

雙手抱頭的她發出了感覺並非出自人類的尖叫。

「啊啊啊啊啊啊啊啊啊啊啊啊啊！」

大氣震盪劈里作響，石英之門的建築物隨之搖晃。

奧蘿菈自是不提，連札哈力亞斯都愕然望著那異樣的光景。

「這是……所有『焰光夜伯』正在共鳴……？」

唯一保有冷靜的遠山環顧四周，如此低語。

六具躺在棺材中的「焰光夜伯」——除了奧蘿菈以外的所有基體，都像是呼應著凪沙的情緒睜開眼睛了。

噢噢——札哈力亞斯感動不已地讚嘆。

「真正的第四真祖終於要醒了嗎！太美妙了！太美……！」

興奮得大呼小叫的他，聲音像斷線似的忽然停了。

血塊從他口中湧出。

軍火商的胴體彷彿被巨斧掃過，呈橫向一字斷開。

他低頭看了被自己的鮮血染成深紅的雙臂，目瞪口呆地搖頭。

「……為……！」

為什麼——連話都說不出口，札哈力亞斯就應聲倒下了。

攻擊他的是翅膀。

具備刀刃般鋒利的鉤爪，紅黑色血管外露的——吸血鬼翅膀。

那翅膀襲向札哈力亞斯，將他的肉體腰斬。

「凪沙……小姐……」

遠山沙啞地叫了對方的名字。眼裡一向不流露情緒的她，如今毫無疑問地帶有懼色。

曉凪沙在背後展開了由魔力交織成的黑色翅膀。

她解開原本束起的長髮，露出笑容。

眼裡綻放著如青白色火焰燃燒般的焰光輝芒。

7

從舊東南地區的港口到石英之門這段路，原本徒步也不需走上一小時。唯獨在今晚，連成為血之隨從的古城也得花三倍以上的時間才能走完。

這是大規模感染所導致。

發生在舊東南地區的吸血鬼感染症，不到半天就有數萬名患者發病，感染的規模一路擴大。感染者靠著遠勝人類的體能陸續攻擊群眾，非感染者倉皇逃離他們。特區警備隊則是將感染者隔離開來，打算阻止感染擴大——各方人馬同時湧來，港口周遭變得一片混亂，古城要從中抽身就耗掉了意外多的時間。

於是等他抵達石英之門時，在那裡的一切都已經結束了。

或者說，一切正要從那裡開始。

在古城伸手不可及的地方，一切正要開始——

被玻璃天花板罩住的廣場中央，有兩名少女站在滿月的光芒下。

烏黑長髮的少女以及金髮閃著七彩光芒的少女——曉凪沙和奧蘿菈。

「奧蘿菈！」

衝向吸血鬼少女的古城沒有先趕到妹妹身邊，單純是因為奧蘿菈比較近。這是理由之一，另一個理由則是凪沙散發的氣息顯然不尋常，壓倒性的威迫感不允許他人隨便靠近。

「古城……」

奧蘿菈認出古城趕來的身影，嘴唇無助地顫抖。

那表情看來好比在滑落山崖時，拚了命想抓緊途中搆到的小樹枝。

「發生什麼事了？薇兒小姐呢！」

古城用雙手扶穩奧蘿菈的纖弱肩膀問了。噫——奧蘿菈低聲咕噥，視線落在地面。

於是古城看見了。中彈的薇兒蒂亞娜渾身是血倒在地上。

蹲在薇兒蒂亞娜身邊的是遠山。她應該也是ＭＡＲ的醫師，卻不發一語地搖頭，像是表示薇兒蒂亞娜已回天乏術。

「遠山小姐……到底發生了什麼事？」

古城壓抑地問道。他沒忘記遠山擅自帶走凪沙這件事，現在的遠山無法信任。即使如此，能說明這個狀況的恐怕只有她了。

「『焰光之宴』。」

而遠山望著十二具排成扇形的棺材說道。

成群棺材的中央，擺著包覆住灰髮少女的巨大結晶。畫面令人聯想到過去沉睡在「冰棺」裡的奧蘿菈。

「這是札哈力亞斯卿安排讓第四真祖覺醒的儀式。居住在尼勒普西自治區的普通市民約為兩百六十萬人，當中據說有百分之十五左右已經因為大規模感染而變成假性吸血鬼。他們所供給的魔力讓第四真祖覺醒了。」

「那麼，在絃神島發生的感染症也是……」

「大概是魔法儀式的餘波。雖然目前看來，災區還勉強控制在舊東南地區這裡而已。」

遠山回答得像是對一切了然於心。這個人究竟是什麼來歷——古城頭一次深刻感到疑問。她能帶凪沙遊走於舊東南地區，同時還掌握了島外的情資。古城本來懷疑她和札哈力亞斯是同夥，但似乎也不是那麼回事。

「……妳為什麼要將凪沙牽連進來？她和『焰光夜伯』無關吧！」

古城指著笑得冷酷、跟平常判若兩人的凪沙，逼問遠山。

遠山一副覺得奇怪的樣子回望他。

「你沒有發現嗎？」

「發現什麼……？」

「凪沙小姐就是第四真祖。她並非基體，而是正牌的第四真祖。」

「妳在說什麼……！」

意外的話語讓古城聲音變調。凪沙在月光下任黑髮飄揚的笑容，感覺似乎添了些陰狠。

「封印於世界最古老的『魔族特區』戈佐島上面的，並不是你認識的奧蘿菈——第十二號。她不過是監視者罷了。」

遠山無視於古城的動搖繼續說道。

「……監視者？」

「封印在遺跡裡的是『魂魄』。那才是第四真祖的本尊。由三位真祖和『天部』的人們合力催生出的人工『受詛魂魄』——我們暫且稱為『原初』，也就是原初的奧蘿菈。」

「附在凪沙身上的，是那傢伙嗎……原初的奧蘿菈……！」

古城感覺到事情總算說得通了。

同時他也發現自己抱有誤解。

古城一直都搞錯了。他帶著錯誤的認知，恐怕牙城和葳兒蒂亞娜也都沒有正確理解。

奧蘿菈並沒有喪失記憶，她從最初就什麼也不知道，因為她是被製造來護衛並監視「原初的奧蘿菈」，本身內在空空如也的人偶。

十二具「焰光夜伯」中，為什麼只有奧蘿菈會被封印於世界最古老的「魔族特區」——

那是因為，她負責監視。

為第四真祖的真正魂魄所準備，用來守護「原初的奧蘿菈」沉眠，且擁有人類形體的道具。這就是第十二號的真面目。

附在凪沙身上的，根本不是奧蘿菈的部分人格，而是第四真祖的魂魄本身。接納那道魂魄的凪沙才是第四真祖。

「果然……是這麼一回事嗎……」

從古城的視野死角——擺放於廣場的棺材後頭，札哈力亞斯渾身是血地起身。

他的腹部有一道彷彿被腰斬過的深深傷痕。

換成正常人就不可能活得了的重傷。然而那道傷口卻像慢動作倒帶一樣正慢慢地癒合，宛如受了不死詛咒的吸血鬼真祖。

「你是……札哈力亞斯？那模樣……怎麼搞的……」

古城察覺札哈力亞斯變年輕而驚呼。

札哈力亞斯痛苦地捂著傷口，嘲弄似的笑了。

「你驚訝些什麼？曉古城？你和我不是同類嗎……」

「……同類？這樣啊……札哈力亞斯……原來，你也是……血之隨從？」

古城想起被葳兒蒂亞娜殺害過一次的自己，嘴裡咬牙切齒。

呵——札哈力亞斯愉快地笑著站了起來。他擦掉嘴角流出的血，腳步踉蹌地走向凪沙。

「既然妳已經醒來，事情就好談了。來吧，『原初的奧蘿菈』，請讓朴樂絲姐復生，讓我這個為妳擔任巫女的妹妹活過來吧——」

「汝是愚蠢之輩，札哈力亞斯。」

凪沙口中冒出了不屬於她的聲音，而是被取名為「原初」的魂魄聲音。

她那輕蔑的語氣讓軍火商表情緊繃。

「……唔！」

「我乃世界最強吸血鬼，為了『聖殲』所造的弒神兵器，不死且不滅，不具任何血族同胞，不求支配，僅率災厄化身之十二眷獸，啜飲人血，行殺戮及破壞。我不屈於任何人，亦不受任何支配。」

「妳不肯……聽我的願望？妳不接受我這血之隨從的懇求？做為選帝者，向妳獻上祭品的可是我啊！」

札哈力亞斯一副拚命的模樣訴說。

然而，凪沙卻露出像在看著汙穢毒蟲的冷笑。

「愚蠢之輩。殺了那女孩的，不正是汝自己嗎？」

「我……我怎麼會……妳在說些什麼……！」

「為了獲得永恆的生命，汝以祖國和妹妹的性命為代價，從第一號身上篡奪了肋骨，又為何要求我讓汝的妹妹復生？汝所求的並非妹妹，而是我吧？難道汝以為，我沒發現名喚朴樂絲妲的這個女孩體內已被安設捕獲魂魄的術式？」

「唔……！」

札哈力亞斯無力地把話吞了回去，大概是因為「原初」將他的籌謀道破。「原初」將青白輝亮的眼睛一轉，包覆著朴樂絲妲的寶石之「棺」立刻碎散。灰髮少女的遺體被光芒籠罩，化作塵埃消失了。

這也代表札哈力亞斯的野心毀了。對於身為軍火商的他來說，連妹妹的亡骸都只是區區道具——用來獲得更有價值的商品的交易材料。

「低賤的俗夫。得知曉凪沙的存在，汝肯定是羨妒交加。是故，汝才打算讓名喚朴樂絲妲——擁有和曉凪沙同等力量的這個女孩復活，讓我附在她身上，好任意操控第四真祖的力量吧——？」

「不……不對。不是的，我只不過是自負能讓妳的價值更上層樓……」

札哈力亞斯充滿欺瞞的語句已不如之前有力。失去靠山的軍火商畏懼地後退了。

「原初」朝著他伸出手——

「不具戰鬥意志的汝，沒有資格成為我這弒神兵器的隨從。我要收回汝的那股力量，札哈力亞斯。」

「噫！」

札哈力亞斯發現出現在自己身後的另一道身影，臉色頓時僵凝。

站著擋住他退路的，是個胸前留有深深傷口的金髮少女——被眾人喚為「第一號」的「焰光夜伯」。

她那白皙瘦弱的手臂一動，猶如利刃探入札哈力亞斯的左胸。軍火商體內傳出骨頭吱嘎作響的聲音。

第一號正要挖出札哈力亞斯的肋骨。

「別……別這樣……住手……第一號……住手啊啊啊啊啊啊啊啊！」

「札哈力亞斯——！」

少女抽出了沾滿鮮血的手臂。

當著古城等人面前被奪走肋骨的軍火商，身體如木屑般朽壞崩解了。那是固有堆積時間逆流所致。

札哈力亞斯的「肋骨」，之前應該發揮著接收第四真祖魔力的觸媒效用。由於「肋骨」

被奪走，札哈力亞斯的不死詛咒也就解開了。過去體驗的時間重量一口氣流入他體內，造成身軀崩潰。

不久，札哈力亞斯的身體就完全瓦解，只剩下些許黑灰。

哼——「原初的奧蘿菈」毫無感慨地吐氣，然後朝留在廣場上的棺材走去。原本沉睡的「焰光夜伯」陸續起身，好似要迎接她的到來。

連對魔法生疏的古城，也憑直覺理解到她們的接觸帶有什麼意義。

「原初的奧蘿菈」既已覺醒，恐怕就會將那些「焰光夜伯」納入體內，取回原本的力量——世界最強吸血鬼的力量。

「——慢著，『原初』！」

而古城攔住了「原初的奧蘿菈」的腳步。他上前擋住黑髮少女的去路，面對面瞪向她。

「將凪沙還來。」

「……呼嗯？」

化為「原初的奧蘿菈」的凪沙用冷峻的眼神看了古城——光是看著就能令人靈魂凍結的焰光之瞳。即使如此，古城仍不退縮。假如錯過這個瞬間，曉凪沙的存在就會永遠消失。這股預感促使古城採取行動。

「妳是什麼人，為了什麼目的才被創造出來，我都無所謂。可是，那副身體是屬於凪沙

的，對妳來說應該不需要吧！」

「原來如此，汝似乎和札哈力亞斯不同……雖然兩邊都一樣愚蠢。」

「原初」揚起朱唇，快意似的笑了。

為了取得第四真祖之力而不惜將妹妹亡骸當道具利用的札哈力亞斯，以及為了救妹妹而斷言不需要「原初」存在的古城。大概是這樣的對比讓她感到愉快吧。

「無論如何，我不能答應汝所求。我的魂魄需要容器。」

「為什麼要搶走凪沙的身體？那邊那些「焰光夜伯」不是妳的身體嗎！」

「『焰光夜伯』……？」

「原初」像是聽了掃興的玩笑，不快地蹙起眉頭。

「沒人告訴汝嗎？『焰光夜伯』是計畫的名稱。那些不過是做為計畫的一環才創造出來的我的分身。」

「……分身？」

「神照著本身創造出來的人類有十二對肋骨。正如祂由男人（亞當）的肋骨造出女人（夏娃），由我的十二對肋骨也造出了十二具基體──供眷獸寄生的基體。」

「供眷獸……寄生？」

「沒錯。來自異界的召喚獸亦即眷獸，需要用她們來做為留在這世界的須臾之器。她們都是人偶，身負監視我之職的第十二號亦不例外。」

長著凪沙面孔的少女朝默默杵在原地的奧蘿菈一瞥，然後殘酷地微笑。

古城只能咬著嘴唇，吭不出聲音。

他並不是沒有想到這種可能性。由於太過危險而遭到封印的第四真祖，為什麼非得分割成十二具？

這是因為「天部」的人們害怕她復活。

所以他們才將「原初」的力量之源分藏各地。為了讓她無法隨意召喚第四真祖統率的十二匹眷獸，還分別賦予十二具人類的假軀，將眷獸繫留於這個世界。

「焰光夜伯」會被創造成人造吸血鬼的理由很簡單。因為除了吸血鬼的軀殼以外，沒有其他物體能封印吸血鬼的眷獸。第九號和第一號並沒有操縱第四真祖的眷獸，她們本身就是眷獸。

「所以說，奧蘿菈她們的真面目……是被眷獸操縱的人偶？」

「沒錯……正是如此。換言之，如今我已覺醒，她們全都成了不必要的存在。」

長成凪沙模樣的少女大幅張開雙臂。

烏黑長髮飄颺翻飛，背後長出巨大的翅膀——生有銳利鉤爪的吸血鬼翅膀——

翅膀數目為三對六片。那些翅膀各自扭動如具備意識的蛇，穿進了六具「焰光夜伯」的胸口。翅膀表面浮出的紅黑色血管正強而有力地搏動著。

第十一號、第九號、第八號、第七號、第二號，以及第一號——六具「焰光夜伯」全身被光芒籠罩，緩緩消失於翅膀當中。

「原初」吞噬了被拆散的自我分身，準備取回眷獸的支配權。做為基體的「焰光夜伯」一消滅，真正的第四真祖就能藉此覺醒——

「翅膀的……顏色……」

古城貌似恍惚地望著那驚人的景象。凪沙原本漆黑的翅膀被鮮亮光芒裹覆，轉變成彩虹一般的色彩，淡淡的美麗光輝看上去有如極光。

極光之翼(Aurora)像刀刃一樣伸向古城。

「原初」並不打算吞噬古城，她看準的是古城背後的奧蘿菈。為了取回第七匹眷獸的力量，得將礙眼的障礙物掃到一旁。從「原初」的觀點而言，應該只有這樣的用意。

可是她卻沒有達成目的。

保護古城的無數冰柱從地面冒出，將極光之翼彈開了。

操控冰柱的是奧蘿菈。她身為第四真祖的十二號眷獸，頭一次在自己的意志之下動用力量。她違抗「原初」的意志，就為保護古城。

「……這是什麼把戲，第十二號？」

長成凪沙模樣的少女不悅地瞪向奧蘿菈。
眼睛閃爍如火的奧蘿菈怕得雙腳發抖，卻還是站向前。
然後她張開雙臂，保護古城。
對於奧蘿菈令人意想不到的行動，連古城都難掩訝異。
「憑汝這眷獸操控的人偶，也敢違逆身為宿主的我——」
「原初」散發的鬼氣壓力加劇，解放的魔力化為暴風，令石英之門的玻璃牆喀喀作響。
奧蘿菈沒有退讓。理應是眷獸傀儡的她，違逆了身為宿主的第四真祖之意，拒絕順從對方。
「那好。汝就盡量取悅我吧。」
「原初」像個得到新玩具的孩童，面帶喜色地撂下一句。
極光之翼大舉肆虐，變成巨鞭狂掃周圍一帶。龐大魔力催生出龍捲風，颳裂玻璃天花板，令碎片如雨灑下。
純白的閃光化為火焰，吞沒了古城以及保護他的奧蘿菈。
「————唔！」
古城的意識就此中斷。
最後，他聽見長成凪沙模樣的少女高聲大笑。
還有鐘塔沉沉敲響的鐘聲。

幕間 iv

鎖鏈迸開了。

只具模糊輪廓的金髮少女瞪向南宮那月，猙獰地笑著。

長在她背後的，是魔力交織成的漆黑翅膀。

翅膀數目為五對十片。一片片翅膀化為巨鐮，斬斷了困住她的鎖鏈。

「呼哈哈哈哈哈哈哈哈哈哈哈哈哈……哈哈！」

火焰般的金髮搖曳生姿，輪廓模糊的少女笑了。

燃燒般的青白眼瞳直瞪著那月。背後的翅膀如鞭子一抽，打算將手拿魔導書的嬌小魔女大卸八塊。空間蕩漾如漣漪，那月縱身躍起。那是操控空間的魔法所造成的瞬間移動。漆黑翅膀殺向那月前一刻所站的地方，只貫穿了她的殘像。

「原來是這樣啊，『原初的奧蘿菈』——」

那月再次令空間生波，然後現身於金髮少女的左側。

她操縱的金色鎖鏈從虛空中出現，像長槍一樣飛射向少女。少女讓漆黑翅膀轉向，打落

那道鎖鏈。驚人的過招方式超脫常軌，兩人在攻防間露出的表情卻顯冷靜，彼此嘴邊都浮現冷冷的笑意。

「不，不對……妳是『邏輯炸彈』吧。埋藏在『原初的奧蘿菈』內部，用來維護機密的保險裝置──有意探究第四真祖祕密的人一律得死，妳就是為此設計出的詭雷程式。」

那月望著輪廓模糊的少女說道。

少女的真正身分，並不是「原初的奧蘿菈」藉魔導書再現出來的亡靈。她是安裝在第四真祖「受詛魂魄」中的魔法病毒。扮成「原初的奧蘿菈」的她大概是在祕密遭到刺探時，用來消滅敵人的自爆裝置。

「『邏輯炸彈』，多虧妳我才明白──第四真祖身上有我們不知道的祕密。即使得防範到這種地步，『天部』那些人也想掩蓋這個祕密。」

「哈哈哈哈哈哈……破壞破壞破壞破壞破壞破壞……消除消除消除消除消除……執行執行執行執行！」

少女聽到那月嘀咕，攻勢又變得更加猛烈。

挾帶濃密魔力的翅膀斬擊劈開厚實的石牆，更砍碎天花板。撒落的魔力餘波令構成監獄結界的異空間隨之搖盪。她再繼續攻擊，空間本身遭到破壞也只是遲早的事。

然而奇怪的是，「邏輯炸彈」背後的魔法陣內部絲毫無損。在陣中，古城和淺蔥渾然未覺地沉睡著。

並不是魔法陣保護了他們。少女攻擊時慎重地避開那塊地帶。因為她用於攻擊的魔力，就是從那道魔法陣供給的。「邏輯炸彈」的魔力來源無非就是第四真祖——曉古城。

「寄生在曉身上讓他供給魔力嗎……真是個容易被怪女人糾纏的男人。」

那月一臉傻眼地嘀咕。

「邏輯炸彈」藉世界最強吸血鬼的無窮魔力發揮出的強勁攻勢，即使說得保守也還是極具壓倒性，每一片漆黑翅膀都蘊藏幾乎和真祖眷獸同等的威力。

不過，那月應付那些攻擊卻遊刃有餘。

並非那月的魔力勝過第四真祖，而是「邏輯炸彈」的力量被削弱了。彷彿朝深海發射的子彈，其魔力大幅衰減，「邏輯炸彈」目前的攻擊力和她原本的形貌相距甚遠。

「我應該說過了……這裡是我的夢中。所以，多少可以轉圜。」

那月背後的空間被撕裂，巨大臂膀出現——身披黃金甲冑、以機械構成的惡魔臂膀。它抓住「邏輯炸彈」的翅膀，像是拔去路邊雜草般隨手扯斷。

「消除消除消除消除！執行！執行……！」

失去多片翅膀的「邏輯炸彈」後退了。她躲進魔法陣，並且繞到睡得毫無防備的淺蔥身後，將淺蔥當成肉盾。

「原來如此。想將藍羽當成人質嗎？在敗退的狀態下，還能做出這樣的戰術性判斷，不愧是『天部』的遺產。」

那月佩服似的挑眉。「空隙魔女」望著耀武揚威的「邏輯炸彈」，有些失望地搖頭說：

「不過，妳太大意了，『邏輯炸彈』──獅子王機關的小丫頭和以往的曉古城並無關聯，妳覺得我為什麼會專程帶她來？」

「唔……！」

「邏輯炸彈」彷彿無法解讀那月話裡的含意，動作慢了一瞬。

而她背後，有道身影──手持銀槍的嬌小身影悠悠站起。

「狻猊之神子暨高神劍巫於此祀求──」

姬柊雪菜起舞般耍起槍花，同時口中吟詠禱詞。

龐大靈力流入銀槍，使銀槍籠罩一層幽亮的光芒──能令魔力失效，並斬除萬般結界的神格振動波光輝。

「破魔的曙光、雪霞的神狼，速以鋼之神威助我伐滅惡神百鬼！」

「…………！」

漆黑翅膀有意迎戰，卻像軟化的果凍般任憑銀槍斬斷。槍尖順勢探出，不發聲響地貫穿了輪廓模糊的少女，將純白光輝灌入其中。

有著金髮少女形貌的亡靈不消一瞬就雲消霧散了。

只剩下監獄結界裡滿目瘡痍的建築物，還有失去光輝的魔法陣。

「學長，你真是個讓人操心操不完的吸血鬼呢……」

雪菜望著古城依舊沉睡的臉，看似疲倦地嘆了氣。

古城失去記憶這一點，她倒不介意；魔力會失控，她也可以諒解。畢竟雪菜從最初就知道體驗過去是帶有危險性的術式，所以她才會跟著在旁待命。

可是，連記憶中的女孩子都能附在古城身上，還予取予求地利用他的魔力，到了這種地步，雪菜也只能傻眼了。對女生好總該有個限度吧。

不盯著這個少年果然很危險，以後要監視得更嚴格才行——雪菜重新下了決心。

「鬧得真誇張。這本魔導書也撐到極限了嗎？」

那月望著監獄結界裡遭破壞的建築物，不悅地出聲置評。她拿在手裡的魔導書已經像負荷不了魔力似的微微冒煙，封皮鬆脫，褪色的紙張紛紛散落。為了讓「邏輯炸彈」維持實體化而逆流的真祖魔力，魔導書實在承受不住。一本能操縱固有堆積時間的珍貴魔導書將因此徹底佚失。

「不過也罷。至少我們已經將必要的情報弄到手了。」

「是啊。」

雪菜對那月說的話點點頭。由三位真祖和「天部」製造出的第四真祖果然藏有祕密——連古城本身都還不了解的祕密。

解開祕密的關鍵，在於「聖殲」。

「——差不多是從夢中醒來的時候了。給我起來，學生們，現實等候你們已久。」

那月低頭看著相親相愛睡在一塊的古城和淺蔥，高傲地朝他們撂話。

失去魔導書，古城他們作的夢也結束了。

中斷得並不完整的過去記憶，恐怕會變成扭曲的片段，大多會再次沉入無法回想起來的潛意識領域。

知道這一點的雪菜發現自己有種安心感，不免有些吃驚。

雪菜不認識的古城曾和別人一同度過以往的時光，如今她實際體會到這種理所當然的事，胸口便微微作痛。恐怕只是心理作用吧——雪菜裝做沒發現那股疼痛，靜靜閉上眼。

監獄結界的門開了。

喪失的過去宣告完結，覺醒的時刻到來——

第五章 愚者和暴君

Tyrant and The Fool

1

視野微幅搖晃，每次經過道路的接縫就會傳來震動，呻吟似的低頻噪音大概是來自驅動車輪的電動馬達聲。

「這裡是……？」

察覺到自己在車廂裡的古城緩緩睜開眼。

迷濛視野裡映著車窗狹縫外一閃即逝的景色。

被厚實鋼板包覆的車體內部；坐起來感覺不舒服的平坦座椅；電擊棒之類的危險裝備。看來這裡是特區警備隊編制下的裝甲車內。

古城猛一抬頭，就和不安地望著他的金髮吸血鬼對上眼。明明已經見過好幾個相同容貌的少女，唯有她一眼就能辨別出來。是奧蘿菈。

「唷，妳沒事吧……？」

「我……我無大礙。」

古城用沙啞的聲音問了，金髮少女便慌慌張張地回答。安心地微笑的她一身衣服破破爛爛，還沾著乾掉的血跡。基本上古城自己也一樣。

看來他們是受「原初的奧蘿菈」發動的攻擊波及，彼此都受了重傷，大難過後傷勢又痊癒了。假如古城是普通人，肯定早就喪命。

不對——縱使傷勢能痊癒，照當時的情況，他們不可能全身而退。就算沒有被崩落的瓦礫活埋，也會遭到感染者襲擊，說不定連意識都沒恢復就被生吞活剝了。恐怕有人救出了負傷的古城和奧蘿菈，還將他們帶離舊東南地區。

「你醒了嗎？」

有人察覺到古城恢復意識，就出聲向他搭話。是遠山美和的聲音。

遠山缺乏人味的事務性口吻一如往常，聽起來卻有換不過氣的感覺。

「……遠山小姐，這是為什麼？是妳救我們的嗎？」

起身的古城將視線轉往聲音傳來的方向，結果他吞了一口氣。

那是因為遠山遍體鱗傷。

嚴重燒傷和無數創傷，傷口多得要找沒有包繃帶的部位還比較困難。而且繃帶到處都被滲出的血染成了紅色。

「遠山小姐……妳的傷，該不會是為了救我們才……」

「我包紮過了，沒有問題。」

遠山打斷聲音顫抖的古城回話。在她眼裡有著信念堅定的光芒。

她並不是基於像札哈力亞斯那樣的欲望，或者個人得失而行動。古城可以篤定，她難以理解的行動背後有某種理由。

「妳到底……是什麼人！」

古城望著全身是傷的遠山質問。他已經明白，遠山不是單純的醫生或研究者。不具戰鬥技能的普通人類，不可能帶著失去意識的古城和奧蘿菈，從擠滿吸血鬼感染者的舊東南地區生還。

「我本身，是獅子王機關的攻魔師。」

或許遠山判斷沒有必要再隱瞞，就乾脆地表明自己的身分。

陌生的組織名稱讓古城和奧蘿菈面面相覷。

「獅子王……機關？」

「那是設立於國家公安委員會的特務機關。請將我當成防止大規模魔導恐怖攻擊或魔導災害的探員。」

「探員……嗎？」

對古城而言，遠山的說明很好理解。臥底探員這樣的頭銜感覺和遠山的氣質十分相稱，而且她能張羅到特區警備隊裝甲車的原因也釐清了。

「ＭＡＲ那邊……我母親也從一開始就知道嗎？」

「是的，我們之間有契約關係。獅子王機關認同ＭＡＲ對封印的第十二號具占有權，相對的也要求他們接受監視人員監督和提供情報——因為關於這次事件，曉深森和我們的利害關係幾乎是一致的。」

遠山淡然回答。她提到的監視人員，應該就是自己。

「既然利害關係一致，妳為什麼要協助像札哈力亞斯那樣的傢伙？」

古城加強語氣追問。只要遠山沒有硬是將凪沙帶到「宴席」上，凪沙應該就不會覺醒成第四真祖。

「那樣做的目的當然是要讓第四真祖覺醒。」

遠山不改面色地繼續說明。

「所以我才要問，為什麼？」

「我說過，我們的目的在於防止魔導災害。」

「這不算答案吧！你們自己搞出災害是要幹嘛！」

遠山間隔一瞬的沉默才帶著嘆息搖頭，表情看起來也像在慨歎自己這群人的無力。

「我們這次的任務，類似地震防制對策。」

「地震防制對策？」

「靠人類的科學技術並無法阻止地震發生。既然如此，就只能將災害抑制到最小，是這樣的意思。」

「妳敢說那叫抑制到最小！」

古城想起「原初的奧蘿菈」所引發的破壞，不禁吼了出來。而且透過札哈力亞斯的儀式魔法，還造成了數十萬人的大規模感染。即使如此，獅子王機關依然要堅稱災害規模已經抑制到最小嗎——？

「我們最優先的目標，是阻止覺醒的第四真祖從日本出境。」

遠山用了冷峻的語氣回答眼裡浮現責難之色的古城。

「正如札哈力亞斯所說，第四真祖是兵器。任何國家得到手，都會讓世界的軍事實力失衡。若要勉強妥協，就得由標榜專守防禦的我國——讓『魔族特區』得到她。除此之外，別無他法。」

遠山堅定不移的目光讓古城差點折服。

古城只有一瞬窺見「原初」的力量，但第四真祖的恐怖已經讓他體會得不想再體會了。光是解放壓抑住的魔力，其壓倒性暴威就足以令巨大的石英之門半毀。只取回原本的一半力量，破壞力已如此驚人。

哪怕由頂尖攻魔師合力挑戰，她八成也不屑一顧。那不是人類奈何得了的存在，而是匹敵戰略兵器或一國軍隊的怪物。

第四真祖的存在肯定會成為爭端。連尼勒普西那樣的新興勢力，光是招攬到第四真祖就能獲得新興夜之帝國的地位。事情若變成那樣，就算將「戰王領域」及「破滅王朝」捲入而引發世界大戰也不奇怪。

由任何國家或勢力得手，第四真祖都肯定會讓世界陷入不幸。

而絃神島則是例外的安全地帶。

基於聖域條約，明文規定可接納所有魔族且禁止政治利用的「魔族特區」，就能將第四真祖安全地「隔離」開來。

而且也不用擔心第四真祖會親自支配絃神島，然後對他國發動戰爭。因為絃神島是蓋在太平洋上的人工島，一旦食物及生活物資斷了供給，立刻就會彈盡糧絕。那樣一來——至少從表面上而言，要拿來說服採信於其他畏懼第四真祖的國家，應該已經足夠。這種程度的事，古城也能夠理解。

話雖如此，為了實現那幅遠景，並不是所有手段都可以被正當化。

「舊東南地區的人，就是因為那種理由才犧牲的嗎？」

古城靜靜的一句反駁讓遠山稍稍別開視線。

「已經決定廢棄的舊東南地區，白天人口為兩萬八千人，占絃神島全人口百分之五以

下。和尼勒普西自治區的災情相比，損害應該堪稱微乎其微。」

「那種事情……怎麼可以用數字去比較。」

對於遠山費盡心思的遁辭，古城一口否定了。遠山煎熬似的垂下視線，即使如此，她仍虛弱地繼續解釋：

「變成假性吸血鬼的人並不是一定會死，感染症恐怕在幾天內就會停緩。因為『原初的奧蘿菈』所求的並非那些人的命，而是記憶。」

「……記憶？」

遠山提到的意外字眼，讓古城有些疑惑。

第四真祖復活需要祭品，這能理解。但聽到她求的是記憶而非性命，就不太能明白了。

「在魔法的世界中，東西光是經過長久的歲月就會具備強大力量——這項論調你是否耳聞過？」

「……沒有。是這樣嗎？」

「是的。吸血鬼真祖們能以強大力量為豪，是因為他們屬於最古老的吸血鬼。不老不死的他們蓄積了龐大的固有堆積時間，做為力量的泉源。不過……」

「這樣啊……第四真祖並沒有那種優勢……」

「沒錯。第四真祖身為人造真祖，並沒有累積的回憶……也就是過去的歷練。所以她是藉著吞噬他人記憶，來籌措覺醒所需的魔力。」

古城無意識地望向奧蘿菈的臉龐。「原初」和奧蘿菈一起被封印了幾百年——或者幾千年。如同奧蘿菈沒有過去的記憶，「原初」也缺乏做為魔力泉源的固有堆積時間。

對於被造為世界最強吸血鬼的第四真祖來說，這是致命性弱點。

正因如此，「原初」才想要祭品。藉著取得他人的記憶，來代替自己所需的記憶。

「那就是『焰光之宴』的真相嗎……那麼，變成祭品的那些人……」

「他們應該會喪失記憶，而且是對本人來說意義重大的許多記憶。我們也不例外。」

「咦……？」

「即使沒有變成假性吸血鬼，和『原初』接觸過的人，其回憶會成為開端，使記憶被剝奪。意思就是，關於第四真祖的記憶幾乎都會喪失。第四真祖能一直保有夢幻吸血鬼之名，原因正是出在這種搾取記憶的能力。」

「所以說……大家都會忘記凪沙嗎？跟奧蘿菈有關的記憶也會消失……？」

古城恐懼得背脊發冷。

和第四真祖接觸過的人將會忘記第四真祖——

既然如此，變成第四真祖的凪沙，還有身為「焰光夜伯」的奧蘿菈，應該就是最先被遺忘的對象。而古城一直以來和她們共度的時光實在太久了，難道那些回憶全都會喪失？

「是的。依照預測，從此刻起的兩三天以內就會出現變化。」

遠山的回答毫不留情地將古城打垮。

「令尊和令堂——曉牙城博士和深森主任都慎重地避免和凪沙小姐接觸，不知道這一點你有沒有發現？他們兩位想拯救凪沙小姐，就絕對不能失去和凪沙小姐之間的回憶。正因如此，他們才會選擇住在其他地方。」

「……別開玩笑了……妳那是……什麼鬼話……！」

父親一年有大半時間旅居海外，母親常住在職場而鮮少回家。古城和凪沙對這些已經習慣，也認命地接受了這對令人傷腦筋的父母。可是，實情並非如此。

關於凪沙的記憶有可能被奪走一事，他們從最初就知情。

唯獨古城一個人被蒙在鼓裡——

「請不要責怪令尊及令堂。他們是認為就算你的記憶被奪走，那樣也比較不會讓你痛苦。那是為了讓一直以來自責無法保護好妹妹的你，不用再繼續背負重荷。」

「那種說詞，我哪有可能接受！」

古城粗暴地朝裝甲車內壁掄拳。奧蘿菈被巨響嚇到，「唔」的一聲受驚似的縮起身子。

遠山望著古城盛怒而令人心痛的模樣，靜靜地嘆了氣。

「……深森主任在這三年間用盡了所有手段，想阻遏凪沙小姐身體狀況繼續衰退。直到最近，她發現讓『原初』的魂魄移轉到第十二號的肉體，凪沙小姐就能得救。但那項嘗試並未成功。」

那是當然了，事到如今連古城都明白。

因為第十二號是「原初」的監視者。為了阻止「原初」復活，才會造出第十二號這具用於封印的基體。透過和凪沙接觸，「原初」才總算擺脫封印，自然不會希望再次入眠。

「替沉睡於『妖精之棺』的第十二號解開封印，是最後一場賭注。凪沙小姐所剩的時間已經不多了。我們認為第十二號在覺醒後，說不定就能接納『原初』的魂魄。不過那最後還是以失敗告終。」

「所以，你們才讓凪沙變成第四真祖……？」

是的——遠山點頭。

「只要覺醒成完美的第四真祖，她肯定就能得救。哪怕變得不再是人類，又從眾人的記憶裡消失……況且，由凪沙小姐的靈魂將『原初』驅離身體的可能性也並非為零。」

「……『同族相噬』……靠覆寫的方式嗎？」

「沒錯。存在遭到吞噬的吸血鬼也可以反過來剝奪吞噬者的存在。原本這是只會出現在吸血鬼之間的現象，但她們共用同一具身體，或許也可能發生……儘管機率幾近於絕望。」

遠山冷冷地據實以告。

要凪沙不被「原初」支配，並反過來奪取其能力，進而保有自己的意識成為第四真祖。到了現在，這大概是古城等人所能希求的最佳結果。

然而，除非發生奇蹟，否則那樣的未來絕不會實現。就算凪沙身為巫女再優秀，只憑一己之力不可能勝過第四真祖的「受詛魂魄」。

「……奧蘿菈之後會怎麼樣？」

古城忽然抬起頭，將視線轉向自己身旁的金髮少女。

奧蘿菈抓起衣服下襬，咬著嘴唇，彷彿自己受了斥責。也許她是對自己沒盡到監視「原初」的責任而感到自責苦惱。

「第四真祖納入體內的『焰光夜伯』是札哈力亞斯擁有的第一號、第二號、第七號、第八號、第九號及第十一號共六具。完全掌握支配權以後，她應該會立刻過來回收第七具基體——也就是第十二號。」

「所以奧蘿菈也會被她納入體內嗎？像第九號她們那樣……」

遠山的推斷讓古城釋疑，並不悅地咂嘴。

既然自己已經變成血之隨從，是不是就不會忘掉凪沙的事——古城心裡原本抱持著淡淡的期待，不過看來他想得太簡單了。

就像「原初」輕易處分掉身為第一號隨從的札哈力亞斯那樣，她恐怕也會將古城視為不需要的存在。無論如何，一旦奧蘿菈被「原初」納入體內，古城就會失去血之隨從的資格。

「你也可以這樣想，第十二號本來就是第四真祖的一部分。不過以我們的立場，是希望將她當成交易的籌碼。」

「……交易？」

古城稍微起了戒心，並瞪向遠山。獅子王機關到了這個節骨眼還想利用奧蘿菈嗎——他心裡湧上不信任及焦躁感。

可是另一方面，古城也能夠理解。如今「原初」已經取回力量，會讓她感興趣的談判籌碼，大概只剩屬於她分身的「焰光夜伯」而已。

「——我們打算和第四真祖締結和平條約。來自『戰王領域』和『混沌境域』的使者已經抵達絃神島，他們擁有的剩下五具『焰光夜伯』也一併到了。」

「和平條約……嗎……」

這算是理所當然吧——古城心想。

從遠山在政府特務機關工作的立場來想，確保日本這個國家的安全是最優先事項。假如犧牲奧蘿菈一人就能如願，他們八成會毫不猶豫地將她交出去。可是——

「假如談判決裂呢？」

「我們會誅滅第四真祖。」

遠山毫不遲疑地斷言。她那滿是傷痕的臉變得扭曲，自信地笑了。

「獅子王機關備有能誅滅吸血鬼真祖的王牌。正因如此，我們才會被選為定奪者。」

2

抵達絃神島本島前，遠山就失去意識了。儘管她靠著驚人的精神力展現出毅然風範，肉體仍然到了極限。特區警備隊隊員在忙亂間將遠山送往醫院，古城和奧蘿菈則趁機溜下車，然後直接前往古城的家。

關於奧蘿菈的身分，特區警備隊大概什麼也沒有聽說。否則他們絕不會連監視的人手都忘記安排，還放古城他們逃走。

由於感染症風波，大多數的絃神市民都避免外出，這對古城他們來說，同樣是一件幸運的事。

衣服上都是血的古城和奧蘿菈設法躲過所有盤問的眼光，平安到達曉家公寓。於是——

「……此地就是你的住處啊！」

被帶到客廳的奧蘿菈好奇得眼睛發亮，不停環顧屋內。那令人懷念的模樣讓古城想起剛與她認識的時候。

「對喔。我第一次帶妳到家裡來。」

古城擔心會和凪沙或深森碰個正著，所以之前都沒有邀奧蘿菈來這棟公寓。事到如今他有點後悔。既然這點事能讓奧蘿菈開心，早知道就多帶她來幾次了。

「能……能感受到你的氣味。」

「那當然吧。」

古城望向把臉埋在床上的奧蘿菈，苦笑想著「這傢伙真像狗」。看她並不排斥，聞到的大概不是讓她反感的味道。

「彼端的是？」

「啊，那邊是凪沙的房間。妳別擅自跑進去，會惹她生氣。」

古城回答了指著旁邊房間的奧蘿菈，然後輕輕咬住嘴唇。或許凪沙再也不會回到這裡了——他想到了這一點。

奧蘿菈望著古城那張臉龐，露出了一抹短暫的微笑。

「你們曾經共度長久的歲月。」

「哎，畢竟我們是兄妹啊。」

「古城。」

坐在床上的奧蘿菈用力挺直背脊，看著古城。
「……我……我問你。我……我是什麼人？」
「嗯？」
古城沒能理解問題的意思，便默默地回看奧蘿菈一眼。
奧蘿菈帶著缺乏自信的表情，膽顫心驚地說：
「我並非真祖，亦非眷獸，不具記憶，亦無靈魂，是被稱作人偶的須臾容器。」
「……妳是奧蘿菈．弗洛雷斯緹納才對吧。妳自己不就這麼說過嗎？」
古城答得輕鬆，讓奧蘿菈愣住了。彷彿隨時會哭出來的她擺了張笑臉並別開視線。
於是古城將自己的手疊在她的手背上，緊緊握住她那冰涼的手。奧蘿菈像是嚇了一跳，睜大碧藍的雙眸和古城對上眼。
缺乏現實感的美麗面容仍宛如妖精。不過──
「妳看，妳不是好好地待在這裡嗎？和我一樣，沒什麼不同。基本上，現在包括人工生命體都被認同擁有準魔族的權利。不管是人工吸血鬼也好，眷獸也罷，只要光明正大地過活就行啦。」
「古城……」
奧蘿菈似乎感動得哽住喉嚨，小小聲打了嗝。

我不配講這種大道理啦——古城難為情地皺著臉，搔了搔頭以後又轉向衣櫥那邊。他拿出之前隨手塞在裡面的紙袋，然後拋到奧蘿菈胸前。

「差點忘了。這個給妳。」

「……我的……衣裳？」

奧蘿菈伸出手在紙袋裡摸索，將東西掏了出來。那是用塑膠袋包好的全新水手服——彩海學園的女生制服。

和古城初次跟奧蘿菈見面時交給她的那套制服一樣。與當時不同在於，這套並不是借來的，是貨真價實專為奧蘿菈準備的制服。

「我請淺蔥幫忙訂的。妳實在不太可能和我們讀相同學年，所以那件是國中部的。之後妳要是正式編入我們學校，就穿那套制服吧。」

古城脫掉沾滿血的制服，在T恤外面罩上一件連帽衣。接下來他必須渡海，加件外套會比較好。

「在我回來以前，妳就在這個房間等。老爸那邊我會聯絡，不過相對的，我要借一下妳住的那艘船。」

「……你要前往……凪沙的身邊？」

「我總不能呆呆等著把那傢伙的事忘掉。再說，要把妳交給『原初』也讓人很不爽。

哎，我會盡可能試著反抗啦。」

古城說著就輕輕將手放在奧蘿菈頭上。

遠山說過，古城會忘掉凪沙的事。或者在那之前，「原初」就會來回收奧蘿菈。不管怎樣，古城都將失去重要的血親或朋友。要是他就這麼坐以待斃，肯定會面臨那樣的命運。

所以在變成那樣之前，應該主動出擊。

古城參加過籃球社，快速反攻是他最拿手的。他現在就要立刻回舊東南地區一趟，而且這一次肯定要將凪沙帶回來。

問題在於，他想不到任何可致勝的攻擊手段。畢竟對手就算不完美，也還是世界最強吸血鬼，硬碰硬不可能有勝算。然而——

「……奧蘿菈？」

古城看到奧蘿菈突然拆起制服的塑膠包裝，心裡有些納悶。難道制服這麼讓她開心嗎——古城冒出了呆呆的感想。

「欸，妳做什麼！」

奧蘿菈的下一個舉動讓古城有點嚇傻了。因為她不顧眼前的古城，忽然就脫起衣服。

無視於驚慌的古城，奧蘿菈將手穿過全新制服的袖子，然後因為扣不好前面的釦子，「唔唔」地冒出無助的聲音。接著她莫名挺起胸——

「……我……我允許你替我扣上規戒之釦！」

奧蘿菈怯生生地叫了古城。古城則愣著回望她。

「妳該不會……是想跟我一起去吧？」

他的話裡，困惑的成分比驚訝更多。古城要去見「原初」。對奧蘿菈來說，「原初」相當於捕食者，想取回沉睡在奧蘿菈體內的眷獸。下次和「原初」對峙時，奧蘿菈大有可能會和第九號她們一樣遭到吞噬。可是──

「我……我要為你實現……拯救凪沙的願望……！」

「這樣嗎……奧蘿菈……」

從她的話裡，古城也察覺了。

他們有攻擊的方法。只有一個──僅剩下一個方法，可以拯救凪沙，也不會讓奧蘿菈消滅的方法。

那會讓奧蘿菈面臨危險，成功的可能性不高。可是，比起毫無作為地祈求奇蹟要像樣一些，有值得一試的價值。

「走吧。」

「唔……嗯！」

兩人同時牽起彼此的手，古城拉著奧蘿菈起身，幫她整理儀容，然後直接帶她到玄關。

古城隨即停下腳步。不知不覺間，玄關前被人擺了一個破舊的紙箱。古城他們到家時，應該還沒有那種東西。

儘管覺得詭異，古城還是朝箱子伸出手。詭異紙箱上貼著大量國際郵件的單據，因此他認為裡面總不可能裝著炸彈，就粗手粗腳地拆開封口看內容。

「……這是什麼玩意？」

結果古城更摸不著頭緒了。

箱子裡有一根表面刻著奇特符文的銀色細椿——

以及附有三片安定翼的金屬箭管。

3

支撐吊橋的橋墩上站著一群奇怪的人。

其中一個是翡翠色眼睛的綠髮少女，另一個則是穿著白色大衣的高挑青年，還有三個身穿鎧甲的少女——她們全都留著一頭火焰翻騰般的金髮。

「札哈力亞斯命絕，而第四真祖覺醒——」

翡翠色眼睛的少女不悅地咕噥。第三真祖，嘉妲・庫寇坎——以「混沌皇女」別號為人所知的夜之帝國盟主。

她望著絃神島的舊東南地區。透過魔法儀式「焰光之宴」，近兩萬人變成假性吸血鬼，區內仍陷於恐慌及狂亂狀態。

另一方面，人工島中央的鐘塔周遭卻安靜得令人難以理解。

彷彿布了莊嚴的結界，無人靠近那裡。

連狂暴化而失去理智的假性吸血鬼都靠本能察覺了。

他們的「王」降臨在那裡——

「真令人不耐呢。一切都在定奪者的掌握之中。」

和充滿威嚴的口氣恰好相反，嘉妲那張臉就好比被人搶走心愛玩具的孩童，有副鬧脾氣的可愛表情。

「原初的奧蘿菈」覺醒、眾眷獸被她納入體內，還有札哈力亞斯會死在她手下，全都是事前就能料到的。大規模感染的犧牲者數目則在預估的最糟狀況一半以下。就絃神市內來說，算是不滿總人口一成的些微數字。

嘉妲並非對此不滿。但是，乏味的感覺抹滅不去。對於被下了不老不死詛咒的真祖而言，第四真祖覺醒好比花了數千年釀成的極品美酒。那該是於遙遠過去滅亡的古代超人類──「天部」留給他們的最佳娛樂。
札哈力亞斯攻打「破滅王朝」時，嘉妲原本期待事情多少會有趣一些，不過等結果揭曉後，局面卻穩當得讓她不太過癮。
嘉妲為此感到失望。
不過，高眺的青年貴族像是要安撫她似的，忽然笑了。
「好像還不用那麼悲觀──」
「什麼意思，瓦特拉？」
嘉妲不快地蹙眉瞪向青年貴族。迪米特列．瓦特拉做作地聳肩，迴避問題般對她微笑。
「獅子王機關算漏的不確定要素，似乎有動作了。」
「呼嗯……第十二號的血之隨從嗎……」
嘉妲望著停泊在港口的小遊艇，也露出了像是感興趣的笑容。
若是冷靜思考，光憑一具眷獸的容器和其隨從，無論做什麼都不可能打倒第四真祖。他們應該也不是不明白自己的行為有多愚蠢。
不過，如果他們仍執意要挑戰不可能打倒的「原初的奧蘿菈」，就值得見證那樣的選擇到最後一刻。
因為那愚蠢的行為，正是第四真祖的本質。

第四真祖是弒神兵器，為了弒殺絕對殺不死的「神」才被創造出來的特異者。假如有人能打倒那世界最強的吸血鬼，非得也是超脫世理的特異分子。

「先不提那些，妳們幾個打算去哪裡呢……？」

瓦特拉站在心情轉好而竊笑的嘉妲身邊，轉頭看了後面。

那裡有三個身穿鎧甲的少女。打算朝舊東南地區動身的她們，在瓦特拉質疑下留步了。

「第三號、第四號、第五號——妳們就是『戰王領域』放養在絃神島這裡的『焰光夜伯』嗎……」

呵——嘉妲愉快似的呼氣。瓦特拉瞪著金髮少女們，露出猙獰笑容。他散發出的強烈殺氣讓三個少女全身僵住。

「妳們是用來和第四真祖談判的籌碼。要同情曉凪沙可以，不過也該節制一下出外夜遊的習慣了吧。」

「……唔！」

三個少女搖頭違抗瓦特拉，打算召喚各自的眷獸。

但在那之前，從虛空中出現的蛇群纏住了她們全身。

少女們愕然回首，看見的是布滿夜空的漆黑漩渦。

直徑達十幾公尺的那道漩渦，是數千條蛇交繞而成的聚合體。蛇群攀纏，打算將少女們吞入漩渦。

「很遺憾，現在的妳們贏不了我。」

瓦特拉同情似的告訴少女們。

魔力遭蛇吞噬，少女們無法召喚眷獸。靠她們綿薄的力氣，也掙脫不了蛇群。

危急之際，她們仍沒有失去鬥志。別妨礙我們——少女們好似如此透露著，各自殺氣騰騰地瞪向瓦特拉。

「哈哈哈哈……好氣勢。不枉之前讓妳們自由過活。」

瓦特拉承受著她們的目光，面露喜色。他打從心底歡迎用敵意直指自己的存在。

「假如老爺爺沒有吩咐，搶在第四真祖之前先吞掉妳們似乎也很有趣。不過早知會贏的戰鬥太無趣了。」

瓦特拉解除召喚的眷獸。少女們由蛇群的束縛獲得解放，從空中摔落。她們三個來不及保護自己的身體，掉在地上痛苦得呻吟。

「隨妳們高興吧。接下來等妳們取回原本的力量再繼續。」

瓦特拉不甩人，說完就轉身背對她們。

嘉妲興趣濃厚地看著他那樣的行動。

「呵……有意思的男人，迪米特列・瓦特拉……幸虧有你，這次的『宴席』似乎還能樂上一陣子。我會記得你。」

一頭綠髮的少女身影宛如被虛空吞沒似的淡化消失了。

瓦特拉愉悅地目送對方，並且優雅行禮。

「那是我的榮幸，嘉妲陛下——後會有期。」

他的身影也幻化成金色霧氣消失了。

旁觀者們融入黑暗，「宴席」開始朝終結發展。

4

古城拉開摺疊的弓身（Limb），搭上弓弦（String）。酷似步槍的槍身挖了引導槽，裝在箭管的安定翼恰好能放進去。

「果然是用在這玩意上面。」

古城舉起金屬製十字弓嘀咕。

那是葳兒蒂亞娜在ＭＡＲ醫療大樓交給他的十字弓。古城之前全忘了，但是送到曉家的銀椿似乎就是供這把十字弓用的箭。正確來說，或許十字弓才是為了將銀椿發射出去而準備的道具。

「令……令人嫌惡的『棺材』之鑰。」

站得遠遠的奧蘿菈反感似的瞪著銀椿。她眼中浮現了露骨的不安之色。

「妳知道這是什麼嗎？奧蘿菈？」

「其為弒殺真祖的聖槍。可令魔力失效、斬除萬般結界。」

「……這樣啊……葳兒小姐就是用這個替妳解除封印的嗎……好像用得上。」

奧蘿菈的用詞依舊誇張，古城不知道她的話可信到什麼程度。不過，假如擊碎那具「冰棺」、讓醫療大樓半毀的就是這支銀椿，想來肯定有相當的威力。先不論對「原初的奧蘿菈」有沒有效，也許這能派上用場。

古城又將十字弓折疊起來，然後和銀椿一起掛在腰帶上。腰部多了塊硬梆梆的東西，走路是不太方便，但總比帶著大包小包好一點。

「好啦……所以說，這艘船要怎樣才會動？」

古城說著便將視線轉向遊艇的駕駛席。這裡是被奧蘿菈她們當成住所的「莉亞娜號」。聯絡橋既然被封鎖，現在除了開這艘船以外，再無其他方法可以到舊東南地區。

話雖如此，古城當然沒有開船執照，更不具操船經驗。駕駛席四周全是陌生儀器和操縱桿，坦白說，古城根本手足無措。注意標語都是外文，看不懂寫了什麼來著。

「……這……這是我不克理解的鋼鐵文明產物。」

奧蘿菈同樣傷透腦筋。她只是住在船裡，並沒有看過這艘船實際開動的模樣。擱在船塢超過半年，基本上連引擎能不能正常發動都讓人懷疑。就在這時——

「真是的，看不下去了。憑你這樣，也想將船開到舊東南地區嗎？」

語帶苦笑的聲音忽然傳來，使古城等人嚇得回頭。

是葳兒蒂亞娜．卡爾雅納站在那裡。褐髮女吸血鬼一身血衣，無力地靠著甲板的樑柱。

「……葳兒小姐……！原來妳還活著？」

古城愕然望著她問道。

葳兒蒂亞娜受了那樣的傷，還能在那種狀態下從石英之門生還，即使本人就在眼前也讓古城難以置信。

「別小看吸血鬼的生命力。那點把戲才殺不了我。」

葳兒蒂亞娜答得強悍，口氣十分合乎自尊心強的她。不過她顯然極為虛弱，嘴唇不帶血色，沒東西倚靠就連站都站不了，看來要保住意識已費盡心力。

「……葳兒蒂亞娜……妳的血液泉源已經……」

「不要緊喔，奧蘿菈。我不要緊。」

奧蘿菈用顫抖的聲音關切，葳兒蒂亞娜溫柔地對她搖搖頭。

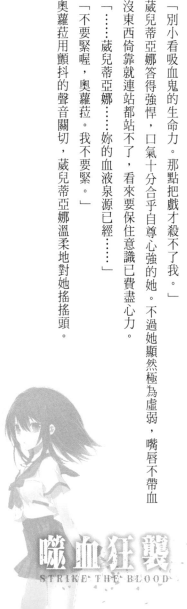

「札哈力亞斯已經不在了，妳現在找奧蘿菈還想幹嘛？」

古城總算從驚訝中振作，並低聲詢問葳兒蒂亞娜。葳兒蒂亞娜還活著，古城並非不開心，但他還記著自己差點死在她手下的仇恨。而且他也沒忘記她曾經想強行帶走奧蘿菈。

「……我不會懇求你原諒。我無論如何都無法原諒札哈力亞斯，只要能宰了他，我覺得失去什麼都無所謂。可是……」

葳兒蒂亞娜直直回望瞪著自己的古城，虛弱地露出微笑。

「可是，知道札哈力亞斯和尼勒普西都只是受到利用以後，我就不懂了。自己以往到底是為了什麼活過來的……所以，請你至少讓我見證這件事結束。」

「……妳願意帶我們去舊東南地區？」

古城聽了葳兒蒂亞娜意外的請求，心裡百感交集。

他並不是懷疑對方的話。即使葳兒蒂亞娜在擄走奧蘿菈時曾有想不開而失控的舉動，但她的性子就是無法欺騙別人。

她的提議也實在值得感激，令人感到不安的反倒是她的傷勢。

「最少我還是比你們懂駕駛。」

「可是，妳出血成這樣……」

「沒時間了吧？再磨菇下去，會救不了凪沙喔。」

葳兒蒂亞娜的話讓古城沉默了。看來她也明白古城等人打算做什麼。

「……我原諒妳。」

奧蘿菈代替猶豫的古城這麼嘀咕。她將握緊在手裡的遊艇鑰匙輕輕交給對方。

「包在我身上。」

收下鑰匙的葳兒蒂亞娜搖搖晃晃地坐到駕駛席，然後動作生疏地發動引擎，將照明等開關逐次打開。

「繫留索呢？」

「我姑且收起來了。」

「ＯＫ，那我們走嘍！」

葳兒蒂亞娜說得亂有幹勁，並且粗魯地拉下操縱桿。瞬時間，船開到了意料外的方向，直接撞上停在旁邊的另一艘船。

「喂……葳兒小姐！妳真的會開嗎！」

差點從甲板上甩出去的古城大罵。奧蘿菈臉色蒼白地拚命抓著扶手。

「撞一下而已，船沒有沉就好啦！」

葳兒蒂亞娜粗聲粗氣地回話，硬是將方向盤打到另一邊。船發出讓人發毛的吱嘎聲音，掉頭以後才總算開離船塢。

船上搖晃得比想像中嚴重。與其當成外海浪高的關係，倒不如說單純是葳兒蒂亞娜駕駛技術太爛。不過她似乎在中途抓到訣竅，搖搖擺擺的船體穩定了一點，朝舊東南地區加速開去。閒置的這艘船從來沒有好好維修過，狀況似乎倒不差。

由於禁止渡航，海上沒有其他船船也算幸運。不然古城等人搭的這艘船，八成一下子就會撞上其他船而變成海上的浮藻。

然而，隨著船開到能看見舊東南地區全景的海域時，這份幸運也宣告結束。漆成黑色的警備艇發覺古城他們擅自靠近，就聚集了過來。

「是特區警備隊，葳兒小姐！」

「我們衝過去！抓緊了！」

葳兒蒂亞娜不顧船體暴衝，將油門催到最底。她那種不怕撞船的胡鬧駕駛方式，讓特區警備隊一團亂。

不過這樣的狀況維持相當短暫，警備艇在重整陣腳以後，指揮有序地掉了頭，從兩旁陣陣逼近古城他們的船。

而且，他們的船上忽然迸出青白色火花。劃破黑夜飛來的槍彈在海面濺起無數水沫，槍響接連不斷，夾雜著擴音器呼籲停船的勸告聲傳了過來。

「——對方開槍了？真的假的！」

「那……那是開火威嚇吧！」

「不對……被瞄準的大概是引擎！他們想讓船變得動不了再來逮人！」

在古城等人動搖時，警備艇已經拉近距離，機關槍瞄準得更加精確，在「莉亞娜號」的船體上開出彈孔。這樣下去，失去航行能力是遲早的事。

「——拜託你，『Ganglot』！」

焦急的葳兒蒂亞娜從座位上起身，驀地召喚出眷獸。三頭魔犬現身海上，朝腳邊的海面砸下火焰，衝擊使得警備艇的航向大幅偏離。

「啥！」

古城嚇得瞠目大叫。

「妳腦袋正常嗎？居然對特區警備隊用眷獸！」

「不這樣的話又逃不掉！」

「這下子完全變成罪犯了嘛……我肯定會被退學。」

古城無意識地嘀咕以後，忽然笑了出來。接下來他要挑戰世界最強的吸血鬼，連能不能活著回去都是未知數，結果自己卻還牽掛著上學，感覺挺可笑的。

「你看來很愉快呢，古城。」

猛一瞧，葳兒蒂亞娜也笑了。她那張走出陰霾的曠然臉龐，儘管沾了血又顯得痛苦，卻好像比以往都來得幸福。

「在這裡，真的很愉快。雖然我以前一直不敢承認，不過認識你還有奧蘿菈以後，在紘神島度過的這段時光，讓我非常愉快。假如我能早點接受就好了。」

「葳兒小姐……妳該不會……」

古城看著微笑的葳兒蒂亞娜呻呼。

她召喚的眷獸留下微弱光芒後就消失了。由葳兒蒂亞娜供給的魔力中斷，使得魔犬無法保持實體。

握著方向盤的葳兒蒂亞娜的身體，在銀霧籠罩下逐漸瓦解消散。

無法保住實體的，還有她。她的肉體在被札哈力亞斯開槍打中時就已經受了致命傷，靠魔力強行挽留的餘命正要走向盡頭。

能看見舊東南地區的碼頭了。以直線距離來看，不到幾百公尺。

可是，船在抵達那裡之前就會停下來，因為船上機械被特區警備隊開槍掃中了。

「可惡……都到這一步了……！」

朝船體胡亂掄拳的古城忍不住咕噥。只差一點就能到舊東南地區，可是這回要是被特區警備隊逮住，他會徹底失去救出凪沙的機會。

怎麼辦才好——在古城再次握緊拳頭時，有隻冷冷的小手力氣微弱地握住他的手。

「古城，把手給我……」

「奧蘿菈？」

金髮吸血鬼少女緊緊握起古城的手，十指交扣。然後，她將手朝著海面伸出去。

古城的右側肋骨變熱。奧蘿菈的意念和魔力流了過來。

隨後，他們釋放出龐大的寒氣。

以古城他們的船為中心，大海逐漸染成純白色。海面結凍，連波浪都直接留下了起伏的形狀。任何高階魔法師都不可能以凍結魔法重現的壓倒性寒氣——

那是眷獸之力。奧蘿菈將她做為容器封印在體內的第四真祖第十二號眷獸解放出來了。

奧蘿菈回望瞠目的古城，帶著快要掉淚的表情對他微笑。

「快點走，古城……！你要解救奧蘿菈……」

癱坐在甲板上的葳兒蒂亞娜抬頭如此告訴古城。

古城默默頷首，然後牽著奧蘿菈的手下了甲板。

海面已經徹底結凍，冰層應該有數公尺厚。只要沿著冰上走，舊東南地區就在眼前。

「……謝……謝謝妳，葳兒蒂亞娜！」

最後，奧蘿菈回頭望向葳兒蒂亞娜大叫。

葳兒蒂亞娜溫柔地看著她離開，然後閉上眼睛。

「那是……我要說的台詞喔……奧蘿菈……謝……謝妳……」

看似滿足地露出微笑的葳兒蒂亞娜，全身被銀霧籠罩了。

銀霧在柔和月光下散發光芒，不久便融入黑暗中，隨著靜靜吹過的風消散了。

5

奧蘿菈釋放的寒氣遍及舊東南地區的碼頭，將周遭染白。儘管那也不是不能形容成美麗的景色，但古城並沒有餘裕欣賞。

「…………」

碼頭上有眾多人影，幾乎都是變成假性吸血鬼的感染者。光視野所及就超過一千人。

他們之中有八成徘徊在島內，尋找新的祭品。

不過，剩下的兩成則蜷縮在地上一動都不動。那些感染者毫無氣力地睜著眼，眼裡不帶任何感情。古城知道原因為何。那是第四真祖——「原初的奧蘿菈」搾取記憶所致。由於記憶被連根拔起，他們連活下去的氣力都失去了，只能茫然等待死亡來臨。那就是獻給第四真祖的祭品樣貌，「焰光之宴」的真相。

「……這些傢伙全是假性吸血鬼嗎？」

受感染症驅策的眾多假性吸血鬼察覺到古城和奧蘿菈接近，就同時將視線轉了過來。只算還能動的感染者也有幾百人，而且這些感染者的體能即使和身為血之隨從的古城相比，也毫不遜色。想再和「原初」見面，好像非得突破他們的重重包圍。

話雖如此，古城也不能使用奧蘿菈的眷獸突圍。因為威力太大了。在這種狀況下召喚眷獸，會讓近千人的感染者全數喪命。

「……不……不成大礙。無須憂懼。」

奧蘿菈牽起裹足不前的古城的手向前走。

感染者看到她的模樣，紛紛鼓譟起來。奧蘿菈每踏出一步，就使他們跟著後退，分開的人海逐漸空出一條路。

獻給第四真祖的祭品們面對屬於第四真祖分身的奧蘿菈，也不敢發動攻擊。奧蘿菈走在他們的隊伍中間，模樣好似被近衛騎士服侍的公主。根本來說，她那種發著抖又畏畏縮縮的身段，要稱為公主實在不夠威嚴就是了。

「凪沙會在哪裡？」

古城他們穿過假性吸血鬼的包圍，前往石英之門。

果不其然，半毀的玻璃之城四周沒有人影。為「焰光之宴」祭壇布下的結界仍有效用。

「在……在彼端！」

奧蘿菈指著酷似六角水晶的高聳鐘塔。在尖塔頂端，長成凪沙模樣的少女正一臉俯瞰世界似的傲慢表情站在那裡。

「……『原初』！」

古城站在堆滿瓦礫的廣場，仰望著少女喊出聲音。

那似乎成了信號，鐘塔的鐘聲響起，低沉而凝重，有如迎接古城他們的喪鐘。

「汝回來啦，第十二號。原以為汝會逃得更加狼狽呢。」

「原初」冷冷睥睨著奧蘿菈。古城緊緊握著害怕地發抖的奧蘿菈的手上前。

而且他抬起頭望著黑髮少女命令：

「把凪沙的身體還來……『原初的奧蘿菈』。」

「人偶的隨從也敢命令我？」

凪沙模樣的少女有些傻眼地嘀咕，隨後冷豔地笑了。

「不過這倒好。隨從啊，汝的付出，讓第十二號培育得相當出色。」

「……培育？」

古城瞧了瞧奧蘿菈的臉龐。

不老不死的吸血鬼肉體不可能在半年多之內就獲得成長。實際上，奧蘿菈的容貌仍和最

初見到古城時一樣。

「記憶如未伴隨強烈感情，就好比摻水的酒，光靠祭品們獻出的記憶可不夠。在可惡的封印迫我陷入長眠的這段期間，『天部』賦予眷獸們人型的軀殼，放她們到世間過活，汝覺得用意為何？」

「……為了得到所謂的固有堆積時間嗎？」

古城立刻回答「原初」的質疑。長成瓜沙模樣的少女大概是感到意外，愉快地點點頭。

「正是。然而，光是度過漫長歲月並無意義，累積的強烈感情和意念會令眷獸增長力量，更遑論膽敢違逆我這宿主的強烈意念。」

「…………」

奧蘿菈勇敢地望著「原初」，並沒有怕得移開視線。

眷獸是來自異界的召喚獸、擁有意志的魔力聚合體。而被製造為眷獸容器的十二具人偶，也個別被賦予了自我。

被封印的眷獸會與人偶們共享情緒，並將那轉化為自身力量。

正因如此，「原初」才對奧蘿菈的反抗感到欣喜。

她的眷獸得到了敢反抗宿主的強烈感情，力量將更勝以往。而眷獸的力量增強，就代表身為宿主的「原初」也會實力大增。

「但汝的職責已了，隨從。留下第十二號，快快離去吧。」

凪沙模樣的少女用了好似對待煩人螻蟻的眼神看向古城。她的眼裡含有言外之意——會放古城走，不過是她一時興起。

然而古城仰望著她嘆道：

「妳煩死了。」

「……什麼？」

古城不合道理的反應讓「原初」板起臉孔。

他拿起原本掛在腰際的十字弓，張開折疊的弓身，然後憑著血之隨從的力量單手拉弓，再裝上已經套好箭管的銀樁。

「我應該說過了，把凪沙還來。」

古城用十字弓的槍身指著「原初」，凶暴地咧嘴露出犬齒笑了。

「我會要回凪沙，更不會讓妳吞掉奧蘿菈，還要解放那些變成吸血鬼的人們。管妳是世界最強吸血鬼還是弒神兵器！這不是為了奧蘿菈，也不是為了凪沙——接下來，是屬於我的戰爭！」

「這就是汝的願望嗎？區區隨從……！」

古城的挑釁讓「原初」怒吼了。

雖然古城好歹是血之隨從，但是被一個身分低的人類叫囂，應該是「原初」自誕生以來從未想過的事。她會激憤也是理所當然。

凪沙模樣的少女背後長出了極光色之翼，其中一片翅膀幻化形體，具現為巨大眷獸的模樣。美麗女性的上半身搭配巨蛇下肢，流洩的髮絲亦為無數條蛇。那是青白色的水之精靈——水妖。

「眷獸嗎！」

光是接觸到水妖灑落的水流，石英之門的殘骸就像沙一般潰散溶解了。異樣的破壞景象讓古城說不出話。遭受水妖攻擊的玻璃化成矽砂、水和碳元素，混凝土變回土塊，鋼筋則分解成經人手加工前的模樣——還原成原子。「原初」召喚的眷獸彷彿能讓時光倒流，是一匹將所有文明歸於虛無的怪物。

哪怕是不老不死的吸血鬼，碰到那匹水妖也支撐不了吧。那不是古城一個人能應付的對手。對，古城一個人是應付不了——

「古城！」

奧蘿菈伸出來的右手被古城握住了。他們倆將手伸向前，一同嘶聲大喊：

「迅即到來——『妖姬之蒼冰(Alrescha Glacies)』！」

封印在奧蘿菈體內的眷獸這次現出完整姿態了。

全長不滿十公尺的美麗眷獸。上半身酷似人類女性，下半身卻是魚身，背後長著透明翅膀，指頭如猛禽般長有銳利鉤爪。

冰之人魚，或者妖鳥（Seirēn）——統掌龐大寒氣的妖鳥向激流環身的水妖展開突擊。

寒氣讓激流凍結，冰層又被還原成水，兩眷獸的能力平分秋色。只不過，龐大魔力的餘波令舊東南地區的人工大地激烈搖盪著。

「憑汝這隨從，也配動用我的眷獸？」

凪沙模樣的少女嘲弄地說。她眼中綻放出炯炯光芒，背後的翅膀更顯輝亮。

「但可悲的是，汝等註定敗北。」

她用了三片極光之翼，另外召喚出三匹新的眷獸。其中一匹是具備金剛石肉體的神羊，一匹是琥珀色的巨大牛頭神（Minotaurus），最後一匹則是如蜃景般搖曳著的緋色雙角獸（Bicorn）。

身邊環繞著無數寶石的神羊，將寶石像散彈一樣發射出去。

和水妖始終鬥成平手的冰之妖鳥並沒有空閒應付那些。被寶石彈丸擊中的妖鳥大幅搖晃，奧蘿菈也痛苦地吐氣。

「回到我身邊，第十二號。『宴席』已經告終——」

「原初」接著又命令下一匹眷獸攻擊。琥珀色的牛頭神搖撼大地，舉起巨大戰斧。戰斧帶著驚人的魔力光輝，斧身應該也具有某種特殊能力。

而且牛頭神攻擊的對象並非妖鳥，而是古城和奧蘿菈。被尋常戰斧砍中本來就難保無恙，而牛頭神高達十公尺以上，舉起的戰斧更比自身巨大。就算沒有遭到直擊，光受到衝擊，古城他們也會變成肉片。古城他們已經解放眷獸，沒有方法與之對抗——

「唔！」

不過發出驚呼的卻不是古城，而是「原初」。

一聲轟然巨響穿過古城他們的頭頂。

那是能量匹敵熱壓彈（Thermobaric）的驚人衝擊波炮彈，以超音速發射的震動塊命中牛頭神巨軀，直接將它震飛數十公尺。

「為……為何違抗我，第九號……！」

凪沙模樣的少女挑眉怒罵。

她瞪向自己召喚的深緋色眷獸——全身瀰漫著驚人震動波的雙角獸。那匹深緋色眷獸放出衝擊波攻擊牛頭神，救了古城他們。

奧蘿菈仰望著巨大雙角獸的威容，吞了一口氣。

「『雙角之深緋（Alnas Minium）』……」

「那是……第九號？」

著地的深緋色眷獸護著古城他們，直瞪著牛頭神。古城呆愣望向它的身影，搖著頭問：

「妳該不會……是要還請吃冰淇淋的人情？只因為那樣就來幫我們嗎！」

雙角獸回頭朝驚訝的古城一瞥，貌似快意地笑了——古城這麼覺得。

看了那景象的古城想到，被製造成眷獸容器的「焰光夜伯」有其意志，而且她們和眷獸共有意念。

在意念驅使下，第九號選擇了古城。她選擇保護古城，而不是原本的宿主「原初」。累積的強烈感情能提升眷獸力量，有時更會孕育出違抗宿主的強烈意念——那是「原初」自己提過的。

「那好，眷獸們。保護汝等的隨從讓我看看！」

「原初的奧蘿菈」站上鐘塔，朝天空高高舉起手。

古城察覺到遙遠天邊的異樣動靜，不禁跟著抬頭。

「什麼東西！」

出現在那裡的是流星，籠罩著灼熱火焰的巨大流星。儘管目前仍在雲層上，用肉眼還是可以清楚看見。

流星的真面目是一柄巨大武器，名為「三鈷劍」的古代兵械，據說眾神曾用過的降魔利劍。刃長輕輕鬆鬆超過一百公尺的巨劍，從高度數千公尺的上空受重力牽引而落下。

光想像落下的衝擊將帶來何等破壞，就十分令人驚心動魄。

「……『夜摩之黑劍(Kiffa Ater)』！」

奧蘿菈表情僵凝，叫出了它的名稱。此時三鈷劍仍持續加速拉近和地表的距離。

「不會吧……那也是眷獸嗎……！」

古城絕望得臉皺在一起。他也曉得有稱作「活武器(Intelligent Weapon)」的眷獸存在，可是那柄黑劍已經超出武器的範疇了，稱其為「神之制裁」反而比較恰當。

一旦墜落，肯定會對半徑數十公里範圍造成致命性打擊的制裁之劍——特化於破壞方面的單純能力，但是正因如此才難以防禦。即使有冰之妖鳥及雙角獸的助力，也不確定是否能夠迎擊。

而且它們光是要壓制「原初」的其他眷獸就分不出餘力了。古城等人已經無計可施。

或許制裁之劍也明白古城內心的焦慮，速度又變更快了。大氣詭異地震動著，光芒萬丈的巨劍籠罩頭頂，天空像白晝一樣亮。

光芒即將墜落，宛如天塌下來一般——

接近至此，距離抵達地表只在剎那之間。

然而，眾人畏懼的破滅瞬間並未降臨絃神島。

「什麼……！」

古城覺得自己清楚聽見了「原初」的驚呼聲。

最先發出的是黃金光輝。

雷光巨獅現身撒下金色閃電，黃金色眷獸朝著持續墜落的黑劍咆吼。拔地而起的驚人雷擊，在舊東南地區上空形成巨大電磁場。

穿入電磁場的劍，在自身移動速度下被強力磁場包覆。

雷光巨獅再次發出雷霆，急遽變化的電磁場震開了制裁之劍。

古城發覺，那是靠著電磁感應的原理來反制受重力牽引而墜落的劍。

賦予劍的新向量為垂直方向。改變墜落動向的制裁之劍劃穿大氣，消失在海平線彼端。

制裁之劍已不會落到地表。

然而，劍身催發的衝擊波並未徹底消滅。

晚一步到達地表的衝擊波直撲舊東南地區而來。

那並不及劍本身落下的威力，可是衝擊波具備的破壞力仍足以粉碎人工島基底。

被樹脂和金屬所覆的地表凹陷，一舉暴露出地下結構的最底層。

人工島的主框架被截斷，島嶼整體逐漸分割成左右兩塊。

建築物玻璃窗碎得一片不留，大樓陸續倒塌。所有事都發生在剎那間。

舊東南地區沒有一口氣沉沒，是因為人工島的基礎設計傑出。即使如此，島內各區塊仍接連開始滲水，島嶼沉入海中大概只是時間問題。

不過，在爆發中心點的古城和奧蘿菈毫髮無傷。

救了他們的是一片銀霧。在制裁之劍墜落處冒出的濃霧裹住了古城他們的身體，保護他們不受爆炸衝擊。

「汝等是……！」

「原初」站在傾斜的鐘塔上，盯著地上不悅地嘀咕。

閃電環身的雷光巨獅，以及被濃霧裹覆的銀色甲殼獸——

保護了古城他們不受制裁之劍攻擊的兩匹眷獸瞪著「原初」，敵對之意畢露。

「『獅子之黃金(Regulus Aurum)』……『甲殼之銀霧(Natra Cinereus)』……」

奧蘿菈帶著訝異的神情喚了眷獸們的名字。怎麼回事——古城感到困惑。為什麼連不認識的眷獸都願意站在他們這邊——

古城驚覺般猛一抬頭看向「原初」。他看向凪沙模樣的少女。

「因為凪沙嗎……？這些傢伙也想救凪沙？」

既不是奧蘿菈的同伴，和古城也不認識的眷獸會與「原初」敵對，就只有一種狀況。那就是它們站在凪沙這一邊。

雖然古城不明白理由——或許凪沙本人也沒有自覺，但它們的心恐怕都向著凪沙。而且為了救凪沙，它們都願意為古城等人出力——至少古城這麼相信。現在知道這些就夠了。

「唔……！」

狀況出乎意料，讓「原初」氣歪了嘴。剛覺醒的「原初」還沒有徹底掌控眷獸的支配權，導致第九號和其他眷獸倒戈，將她逼向窘境。古城他們這波快速反攻是有意義的。

而被逼急的「原初」立足處忽然間崩塌了。仿六角水晶設計的鐘塔底部像是被挖去整塊空間一樣，憑空消滅了。

摧毀鐘塔的是兩條交纏的龍。

為水銀鱗片所覆的雙頭龍吞下鐘塔，將「原初」逼到地上。

「『龍蛇之水銀（Al Meissa Mercury）』！」

「——是第三號嗎！」

奧蘿菈和「原初」各自叫出聲來。從塔上墜落的「原初」拔除最後留下的翅膀，喚出第六具眷獸。

那是一頭被灼熱火焰籠罩的怪物，長著鯊魚牙齒、雄獅胴體、蠍子尾巴還有蝙蝠翅膀——以食人異獅（Manticore）之名廣為所知的幻獸。

然而，聽命於「原初」的眷獸，數量還是不比站在古城他們這一邊的眷獸多。水銀色雙頭龍纏住食人異獅，將它扯離「原初」身邊。

「——結束了，『原初的奧蘿菈』！」

古城朝著來到地上的黑髮少女直奔而去。「原初」解放了所有眷獸，現在毫無防備。體型纖弱的她回過頭，古城強行將她制服。

「就憑汝！掂清自己身為隨從的斤兩吧！」

凪沙模樣的少女手臂探入古城的側腹。

她大概是想和消滅札哈力亞斯那時一樣奪走古城的肋骨，但那正是古城算準的舉動。

「沒用！」

古城牢牢擒住「原初」的手臂。先不論魔力，若是單純比力氣，即使是古城也能制服她的行動。而且只要徹底貼近，「原初」就用不了黑色翅膀，因為黑色翅膀的攻擊太過強勁，會傷到凪沙的身體。

「唔！」

「原初」察覺到行動受制，臉上浮現焦急之色。而金髮吸血鬼少女站在這樣的她身後。是奧蘿菈。

「第十二號？汝怎麼會——！」

「原初」回過頭大叫。奧蘿菈靠到她背後，嘴唇湊向凪沙細細的白皙頸根，銳利的獠牙穿透柔軟肌膚。

「這樣啊……這就是汝等的企圖嗎！同族相噬！」

「原初」愕然睜大眼睛。

鮮血沿著她的頸根滴落。

凪沙的身體失去力氣，貫穿古城的手臂緩緩抽離。

金髮少女將黑髮少女癱軟的身體抱進懷裡，隨後——

兩人合而為一。

6

鐘聲持續響著。

是倒毀的鐘塔鐘聲。

古城杵在原地，望著如雕像般停下動作的兩名少女。

同族相噬——

或可稱為覆寫。

一般是指吸血鬼吸取同族的血，將對方的「血統」及「能力」納為己用。不過，將對方納入自己體內，會有內在反遭篡奪的風險，本身的存在會被對方覆蓋過去。

遠山說過，覆寫是拯救凪沙的唯一方法。

只要凪沙能篡奪「原初的奧蘿菈」的存在，就能保住自己的人格並成為第四真祖——遠山是這麼說的。

然而，實現這種情況的可能性趨近於零。凪沙只是普通人類，要篡奪第四真祖的存在根本不可能。

那麼，假如進行覆寫的是吸血鬼，而非普通人類呢？

更何況，下手的是被製造來監視第四真祖的封印之器，狀況又會如何——？

那就是古城等人求出的解答。能拯救凪沙和奧蘿菈兩邊的唯一可能性。

奧蘿菈仍將獠牙扎在凪沙的頸根。她將附在凪沙身上的「原初的奧蘿菈」帶進自己的體內了。

彷彿凍結的奧蘿菈絲毫不動。

現在在她的精神內部，兩道靈魂應該正激烈爭奪著能力的支配權。

「…………」

古城將裝在十字弓上的銀樁緩緩對準奧蘿菈的心臟。

她說過，這支銀樁是弒殺真祖的聖槍。若所言屬實，這將是誅滅第四真祖的最後王牌。只要奧蘿菈能覆寫「原初」的靈魂就好。可是，萬一她反被「原初」吞噬，到時候古城就會將她射殺。

古城也不明白，自己究竟有沒有辦法對奧蘿菈開槍。

可是如果放著「原初」不管，被捲入「焰光之宴」的人們肯定會大量死亡，而且凪沙恐怕也無法得救。所以古城非開槍不可，就算動不了手也要動手。結果——

「奧蘿菈……！」

鐘塔的鐘又一次響起。

隨後，理應失去意識的凪沙笑了。

並非凪沙本人笑的方式。那明顯是嘲笑。

「妳贏不了嗎？奧蘿菈……！」

古城將手指伸向十字弓的扳機，然後懷著祈禱的心情等待奧蘿菈回答。凪沙一直笑著，不過那動人的笑聲隨即變得斷斷續續。

「是你……贏了……」

凪沙滿足似的嘀咕，然後像是入眠一樣閉上眼。

奧蘿菈撐著癱軟的凪沙身體，看向古城。

金髮少女的嘴唇上沾著凪沙的血。

「妳是『原初』嗎？」

古城瞪著奧蘿菈青白閃耀的眼睛質疑，似乎嚇了一跳的奧蘿菈眨著眼睛搖搖頭。那顯得怯懦的舉動，是屬於古城熟知的那個奧蘿菈。

「來……來完成約定吧……」

奧蘿菈略顯自豪地低喃，讓凪沙的身軀躺在地上。

古城想起她提到的「約定」。

拯救凪沙——奧蘿菈言下之意，是要幫古城實現願望。

而約定確實履行了。奧蘿菈恐怕也明白那會招致什麼結局。

「妳和『原初』融合了對吧……奧蘿菈……」

「…………」

奧蘿菈以沉默答覆古城的問題。

這樣嗎——古城放下十字弓，朝她踏出一步。

奧蘿菈默默後退。

在她身旁開始有雪花飛舞。常夏人工島上絕不會有的雪花，純白寒氣包圍她的四周，腳邊結霜片片。

古城走近想要離開的奧蘿菈，牽起她的手。

「古城……」

有話想說的奧蘿菈開了口。古城打斷她說：

「妳又打算陷入沉睡對不對？」

「……唔！」

奧蘿菈驚訝得咬唇。她的反應讓古城明白自己料中了。

她確實成功覆寫了「原初」的靈魂，然而那只是暫時的。她不過是眷獸的容器，贏不了「天部」創造的「受詛魂魄」。「原初」遲早會復活，下次奧蘿菈八成就會徹底被支配。

正因如此，她才打算封印自己。

奧蘿菈要用眷獸的力量將自己封進冰棺之中，就像她過去沉睡於遺跡裡一樣。她大概打算獨自沉睡幾百年，或者幾千年吧。

我不會讓妳那樣做——古城心想。他不會再讓奧蘿菈落單。

「讓我陪妳。不看著妳，我會很不安。」

「……古城？」

「要是我不在，妳下次醒來會很傷腦筋吧？扣衣服釦子時要怎麼辦？」

奧蘿菈一臉泫然欲泣的表情，抬頭看向打趣地笑出來的古城。

然後，奧蘿菈的視線落在古城的手邊，接著忽然溫柔地笑了。奧蘿菈直直回望古城，眼裡散發出已有覺悟的人特有的奇特沉著。

「……我……完成了古城的願望……接下來……接下來換你了……」

「咦？」

奧蘿菈這句令人費解的話，突然讓古城感到恐懼。

不解的古城右臂違反意志緩緩舉了起來。他手裡握著金屬十字弓，上膛的銀樁指向了奧蘿菈的心臟。

「奧蘿菈？」

古城看著她發亮的雙眼，頓時理解發生了什麼狀況。古城是她的——第四真祖的血之隨從，而身為主子的奧蘿菈正在操縱古城的身體。

她命令古城朝她開槍。

「住手……！住手，奧蘿菈！」

古城拚命抵抗，身體卻不聽使喚。他無法違抗血之咒縛。

對。要阻止「原初」復活，還有一個方法。那就是讓奧蘿菈懷著「原初」的靈魂直接消滅。據說吸血鬼真祖被眾神下了不死的詛咒，然而古城那把十字弓裝的，正是用來弒殺真祖的破魔聖槍。

「造為兵器的『受詛魂魄』，將與我一起消失在此……不過……」

奧蘿菈靠向動不了的古城，用獠牙扎進他的頸根。古城感覺到有東西從那裡流入自己體內。那是原原本本的「力量」。為了徹底消滅「受詛魂魄」，奧蘿菈打算將第四真祖的「力量」切割出來交給古城，她自己則會跟「原初」一同消滅。這全是為了拯救絃神島，拯救古城的世界──

「我會將第四真祖的所有力量託付給你。收下吧。」

「住手，奧蘿菈！」

奧蘿菈舔了舔古城的血，露出笑中帶淚的表情。

接著她輕輕閉上眼。古城順著她的意志引導，將手指伸向扳機。

「古城……」

從她唇間最後編織出的話語是什麼呢──

銀色聖槍飛射而出，如羽毛般發出輕輕聲響，扎入了少女的胸口。

古城的眼簾染上一片全白的光芒，純白雪花在肆虐的魔力洪流當中飛舞。

於是古城陷入沉眠。

陷入極為深沉的遺忘睡眠。

最後古城看到的，是自己映在玻璃碎片上的眼睛——

淚濕的深紅眼睛。

終章
Outro

沉陷。意識緩緩沉入光渦。

少女在逐漸變白轉弱的意識中，閉上藍色眼睛微笑著。

以往封印在她體內的「受詛魂魄」就此消滅，持有的「力量」則由一名少年——新的第四真祖繼承了。少女身為監視者的職責已經結束。

她長久的睡眠並非沒有貢獻。

知道這一點就足夠了。少女可以滿足地笑著邁向消失。

少年肯定會忘記她吧。

「宴席」既已舉行就得付出代價，成為新任第四真祖的少年亦不例外。他們將忘記少女的存在，忘記和少女共度的日子，忘記少女的姓名。然而，他們不會忘記曉凪沙的存在，因為現在的凪沙不再是第四真祖了。關於她的記憶會被保護，正如少年所希望的。

自己實現了他的願望——少女對此感到自豪。

剩下的就是消失在光芒中而已。

是的，理應只剩如此。然而——

——妳真的覺得這樣好嗎？

少女覺得有人這麼問。

她默默搖頭。

要說沒有不捨肯定是假的。

她想在那座島上生活，想更靠近少年。光是那樣就好。

——那就照妳希望的做吧……

有人清楚地喚了少女。那聲音說，「妳可以睡在我心裡喔」。

在染白的視野中，有隻手伸向少女。

那是黑髮少女的手。

兼具過去透視能力和靈媒素質，連第四真祖之力都容納得了的異能巫女——

那隻手握住了少女的手腕。

——走吧。古城哥在等妳。

這句誘惑的話語讓少女心動了。
她無意識地回握朝自己伸來的細細的手。
沉陷的意識往上浮。
到光芒中。再一次，回到盛夏蔚藍的天空底下。
於是兩人又合而為一。

†

絃神島的舊東南地區沉沒是在兩週前，曉古城和奧蘿菈消滅「原初」後隔天的事。
由於那裡原本就是預定拆除的廢棄區域，人工島管理公社要操作情報相當容易。他們說明只是原定的拆除工程提早了，加上防止新型感染症擴散的正當理由，市民意外輕易接受了舊東南地區消滅的事實。
儘管災情嚴重得令人工島沉沒，死傷人數奇蹟似的少，是因為留在島上的人幾乎都成了假性吸血鬼。吸血鬼肉體具備的頑強及生命力，連那種大慘劇都撐得過。諷刺的是，這代表人們因為「焰光之宴」所帶來的吸血鬼感染症而得救了。

和病發時相同，吸血鬼感染症的疫情一下子便趨緩，大部分患者都過回原本平穩的日常生活。在他們當中，有許多人喪失了重要的記憶，不過當事人少有自覺，而且內心的空白遲早會填補起來。

只要有人能為他們填補——

「唷，妳醒啦，葳兒小姐……」

這一天，矢瀨基樹來到人工島管理公社統轄的魔族專用醫療設施。

與其說是醫院，實際上倒更類似研究所或實驗室。接近人體實驗的高風險，可以換來這裡所提供的實驗性超高度醫療技術——「魔族特區」才有如此聳動的設施。

矢瀨聽說在這裡接受治療的患者過了兩週終於恢復意識，就帶著花束趕來了。

「受不了，要我回收霧化的吸血鬼，這種差事簡直不是人幹的。對於稍微能操縱氣流的寒酸能力者來說，負擔未免太重啦。」

身穿睡衣的吸血鬼撐起上半身，坐在床上。或許是褐髮大刀闊斧地剪短的關係，看得出教養良好的容貌顯得比之前年幼。

也或許是她從以往背負的東西獲得解脫所致。

矢瀨回收了在「宴席」當晚身受重傷、連實體都保不住的葳兒蒂亞娜。而且，她被收容

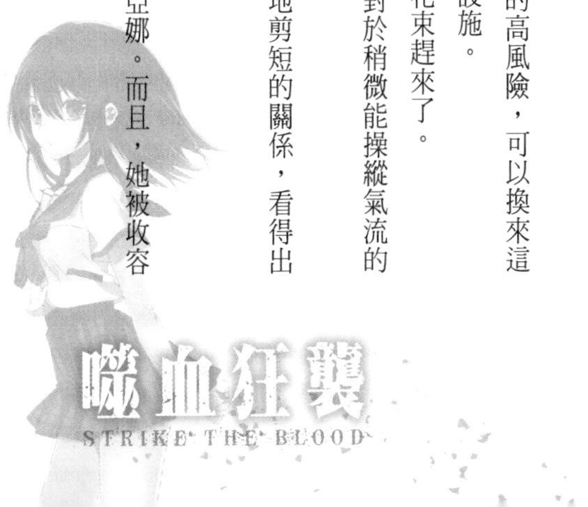

到這棟設施以後，曾在生死邊緣徘徊近十天左右。

到最後救了她的，基本上並不是矢瀨或「魔族特區」的醫療技術，而是令人挺意外的一群人提供了協助。

「哎，獅子王機關的鐵娘子對於利用妳還是有點愧疚吧。讓妳復活好像滿費工夫的喔，聽說還請某個真祖助了一臂之力。」

矢瀨摸著刺蝟頭笑了。

話雖如此，從獅子王機關的立場來看，這次發生的事件結果應該並不壞。儘管和原本希望的形式不同，他們的目的仍舊達成了。第四真祖誕生於日本，其力量從無人能駕馭的「受詛魂魄」身上易主，落到了普通高中生手裡。

這樣一想，救個吸血鬼ㄚ頭應該算便宜的賀禮了。

「你……是誰……？」

葳兒蒂亞娜抬起頭，看向挖苦地笑著的矢瀨。她眼裡浮現的是好比和陌生人見面時，那種交雜著不安及戒心的目光。

她不記得矢瀨了。

「啊，對喔。『原初』的記憶搾取能力有造成影響……哎，依妳的情況，就算記憶被連根剷除也沒辦法……畢竟連盡可能避免和小奧奧接觸的我，記憶都少了一大塊。」

「記憶？」

葳兒蒂亞娜低頭看著自己的雙手。現在的她應該幾乎沒有任何記憶。以往活著只為了替家人報仇的她，泰半的記憶都和第四真祖連在一起。以此為據，記憶就被「原初」奪走了。

不過，那應該並非全然不幸。

失去記憶的她從第四真祖的詛咒中解脫了。失去的不會回來，卻可以另外獲得新的。而且她已經有了歸宿。葳兒蒂亞娜自己並沒有發現，但其實還是有一群人等著她回去。

那比她原本擁有的東西渺小，但她沒有借助伯爵家的威名或者第四真祖之力，自己爭取到了那些東西。

「我……是誰……？」

葳兒蒂亞娜聲音微弱地問矢瀨。矢瀨賊笑著回答。

插在病房花瓶裡的大量花束並不是只有矢瀨帶來的花。

「妳叫做葳兒蒂亞娜・卡爾雅納——魔族咖啡廳『獄魔館』人氣第一的秀逗女侍者。」

矢瀨的回答讓她一瞬間失措般蹙眉，然後有些彆扭地露出好氣又好笑的臉。

絃神島映在病房窗口的天空一片蔚藍。

曾經停止的時光又緩緩開始流動。

時間來到現在——

曉古城在病房床上醒了。

✝

病房內說不出的眼熟，大概是在ＭＡＲ附屬醫院裡面。由於他來探望過住院的凪沙好幾次，對建築物的氣氛格外熟悉。

只不過，古城並非躺在凪沙住的那種單人房，而是一般患者用的大房間。

或許這間病房平時沒人使用，空氣中有些塵埃的感覺。

照這情況來看，古城並沒有住院，單純是隨便找了個空房間讓他躺到醒來而已。這麼說來，古城記得有人說過，在擊退來襲的第三真祖之後，他和淺蔥就昏倒了。

擺在病房裡的床有四張，躺著的只有古城。

不過病房裡還有另一個穿著皺巴巴白衣的女性身影。

「哼哼……你醒啦，古城？」

哼著歌回頭的，是個嘴裡叼了冰棒棍、一臉愛睏的女性。古城的母親曉深森。

「這裡是？」

妳好歹也是醫生，不要在病人的病房裡吃冰棒啦——古城煩躁地反問。深森卻沒有將兒子的不滿當作一回事，明目張膽地坐到空床上。

「你們來ＭＡＲ（我這裡）時剛好打了雷，你記得嗎？」

「……打雷？」

「所以你好像嚇得昏倒了。反正沒受什麼重傷，等冷靜下來就可以回家了喔。」

「…………」

古城瞪著笑咪咪的深森，然後將視線轉向窗外。

第三真祖「混沌皇女」使用的眷獸是巨大雷雲的模樣。要堅稱ＭＡＲ的醫療大樓是遭到雷擊摧毀，大概也還說得過去。只要竄改自己公司製造的警備器記錄，就不會留下任何證據，事件將徹底被掩蓋，等於什麼也沒發生。

「地下的那具『棺材』是什麼？為什麼那個會在ＭＡＲ這裡？」

「哦……你看到那個了啊。」

深森貌似困擾地挑眉，莫名可愛的表情感覺不像過了三十歲而且有小孩的人。

「其實呢，古城，那是外星人的遺體。我們受了北美聯盟（ＮＡＵ）的委託，正在幫忙祕密調查從失事ＵＦＯ回收過來的東西——」

「騙誰啊！」

原本想認真聽母親說明的古城，翻桌似的把毛毯甩到一邊大喊。哎呀，好精采的反應……深森佩服地說。

「正常來說，有人會在這種情況下打哈哈嗎！我並不是什麼離譜的謊話都會信啦！」

「那位公主啊，是在地中海遺跡發掘出的『天部』遺產喔。由人工島管理公社委託ＭＡＲ管理，而且也有簽下正式契約書喔。」

「唔……」

古城從深森的說明中找不出頭緒反駁，就沉默下來了。仔細一想，他完全沒有那具冰棺曾遭到破壞，讓睡美人（奧蘿菈）跑到外頭的證據。畢竟和奧蘿菈見過面的人都已失去記憶，「棺材」也和運來時一樣擺在原本的地方。

「妳……知道多少事情？」

古城瞪著母親質疑。深森是完全明白古城的真面目還裝成不知情，或是也失憶了呢——古城不懂她的想法。

「嗯，你在問什麼呢？」

深森從冰盒裡拿出新的冰棒，然後含到嘴裡。看她一臉幸福的樣子，古城開始覺得什麼都無所謂了。

不管深森和牙城抱著什麼想法，只有一點是可以明確肯定的。

那就是他們都在設法救凪沙。這一點從以前到現在都沒有改變，既然如此，目前就維持這樣吧。再說古城自己同樣有事瞞著父母，只有他抱怨，說起來大概不太公平。

「哎……今天的事很不好收拾呢。我也許又會有一陣子回不了家，凪沙就拜託你嘍。」

「嗯。雖然我不太清楚狀況，妳也別太操勞，畢竟都有年紀了。」

古城仰望著起身的母親，有些壞心眼地回答。哼——深森受傷似的嘁起嘴，接著就將某個東西遞到古城面前。

是凍得硬梆梆的半透明冰塊。

「……要不要吃冰？」

她惡作劇般瞇著眼睛問。古城無奈地苦笑，然後收下。

「——古城哥！」

後來沒過多久，母親前腳走，凪沙後腳就來到病房。

她穿的不是制服，而是體育服。這麼說來，凪沙在學校昏倒是在體育課上到一半的時候。醫院和體育服並不搭調，感覺有點逗趣。

「凪沙……妳的身體不要緊嗎？」

「咦！你怎麼露出那麼擔心的表情？我很久沒有昏倒，所以自己也嚇了一跳，不過和平常一樣只是貧血喔。我已經稍微打了點滴，之後還會再檢查一次，醫生說要是沒問題就可以回家了……等等，古城哥，你的制服沾到血了！怎麼了？這是怎麼回事？是因為剛才打雷的關係嗎！」

凪沙和平常一樣連珠炮似的嚷嚷著。

古城無言地起身，緊緊抱住了妹妹。嬌小身軀纖瘦且帶著稚氣。然而，他感受到確實存在的體溫而放心。

凪沙平安無事。古城他們——古城和「她」賭命保護的人，確實在這裡。

「欸……欸，古城哥，你到底怎麼了！打雷的關係嗎？剛才打雷有那麼恐怖嗎！」

古城唐突的舉動讓凪沙有些慌張，但她看起來並不排斥，單純只是害羞而已吧。

不過，她問到一半似乎就放棄追究了，只是苦笑著把手伸到古城背後拍拍安撫他。

「哎唷，真拿你沒辦法。大家都在看耶。」

「……大家？」

古城對凪沙的話感到困惑，就將視線轉向病房入口。

兩個穿制服的少女站在那裡。一個是揹著黑色吉他盒的國中部轉學生，另一個則是髮型格外亮眼的同學。

「這裡有戀妹控耶……」

淺蔥半瞇著眼看了摟著凪沙的古城，並且唸了一句。

旁邊的雪菜依舊面無表情，語氣頗為平板地表示同意。

「學長真是個無可救藥的戀妹控。」

「什……不……不對吧！我沒有那種意思，這是感人的重逢場面！來這裡以前出了一堆狀況，所以我才有這種反應啦！」

古城連忙放開妹妹。解脫的凪沙儘管害羞得臉紅，還是喜形於色地仰望著古城微笑。

「那人家要回診察室了喔。深森媽媽說回程會開車載我。」

「是喔……那麼，我們幾個要先回家嘍。」

「嗯。雪菜，謝謝妳陪我。淺蔥，也謝謝妳過來探望。古城哥就拜託妳們兩個嘍！」

凪沙依序握了雪菜她們的手，接著就匆忙地離開病房，看上去就像一隻動個不停的可愛小動物。

雪菜目送她的背影，臉色溫柔地笑著說：

「凪沙很可愛呢。」

「就是啊。看她那樣，我也能理解古城變成戀妹控的原因了。」

「都說我不是了嘛。」

淺蔥感慨的嘀咕使得古城不耐煩地對她齜牙咧嘴。這倒難說吧——雪菜用一副完全不信任的態度看著古城。

「可是，凪沙平安真的太好了。」

「對啊……要說的話，這次差點沒命的反而是我們……」

古城望著破壞痕跡明顯的醫療大樓，無力地嘆息。

接著他開始準備回家。

確認過凪沙平安，有關「冰棺」的謎也解開了。古城今天只想盡早離開這裡，這是他的真心話。

「所以你的記憶恢復了嗎？學長——？」

在離開醫院前往車站的路上，雪菜忽然問了一句。

古城有些訝異地看了走在右邊的雪菜。

「……那果然不是夢啊，在監獄結界發生的事。」

「是的。」

雪菜對古城說的話點點頭。

時間是晚上八點多。從古城等人在ＭＡＲ昏倒，只經過了三個多小時。

但古城等人在監獄結界度過的時間，比那來得更長。所以他之前才會懷疑，那些內容會不會全部都是夢。

不過要提到這一點，監獄結界本身其實就是存在於南宮那月夢中的空間。

即使時間的流逝方式和現實世界不同，也沒什麼不可思議的。

可是那也代表，古城在夢中體驗的事件全都是現實。

在夢中見到的人，以及他們的死，都是過去實際發生在這座島上的事情——

「我能想起來的部分比以前多，不過坦白講在心情上不太希望想起來。而且我覺得好像還漏了重要的部分。」

古城緊緊握拳，自言自語似的嘀咕。

留在腦海裡的只有片段的零碎記憶。他現在不確定那些是否全是事實，也沒有真實感。

然而，那些零碎記憶強烈動搖了古城的情緒，這一點依舊是事實。

或許遲早有一天，他會將那些情緒當成自己的好好消化。不過現在還不行。那就像尖銳的玻璃，光是碰觸就會讓內心淌血。

「被迫審視過去的自己，對精神會有一點打擊耶。感覺像聽阿姨之類的親戚聊小時候的回憶聊個沒完。」

淺蔥語氣煩躁地對古城的意見表示贊同。

她跟著體驗的記憶未必和古城一樣。可是，她肯定也有自己的傷痛及苦惱。經歷過那樣的時光，才有現在的古城和淺蔥站在這個地方。

「……姬柊，妳沒有受影響嗎？」

古城忽然對雪菜好像不曾參與的態度感到疑惑，就問了一聲。

於是雪菜有些困擾地別開視線說：

「因為我並沒有被算在魔導書生效的對象裡面。預定要讓我參與的記憶共享，也因為其他因素失敗了。」

「咦？是喔？」

「搞什麼嘛……好詐。」

淺蔥和古城怨恨地盯著雪菜，就好像只有自己過去的糗事被爆出來。他們一想到這裡，心裡就不太舒坦。

「不過，完全不知道學長以前發生過的事，我也覺得挺落寞的。」

雪菜隨口咕噥。

唔——耳尖的淺蔥聽到這句話，一臉嚴肅地起了戒心。

於是雪菜像是察覺自己失言，有些慌張地改口：

「我……我的意思是，這樣也許會對監視任務造成不便啦。」

我想也是——古城疲倦地發出嘆息。

「又沒關係。反正妳來到這座島上以後的事情，我都記得很清楚。」

自從雪菜來到絃神島以後約三個月期間，古城好幾次遇到要命的狀況，仍設法熬了過來。雪菜在這段期間一直都在他身邊，即使想忘也忘不了。儘管古城是這個意思——

「對呢，學長說得對。」

雪菜卻莫名芳心大悅，微微對他點頭。

而另一方面，淺蔥有些不是滋味地鼓著一邊的腮幫子問：

「對了古城，有件事我要問你。」

「什麼事？」

「結果，你是怎麼想奧蘿菈的？」

淺蔥的問題就像抵在喉嚨上的一把刀，讓古城嗆得猛咳。

即使淺蔥不清楚事情的細節，過去還是和奧蘿菈見過幾次面。既然她也跟著體驗了過去的經歷，肯定會回想起那些。或許淺蔥就是覺得現在可以問問看當時說不出口的問題。

「想……想什麼啊……？」

「你喜歡她嗎？」

古城被淺蔥直盯著，覺得自己彷彿沒了退路。他若無其事地試圖轉開視線，這下子卻又和凝視著他的雪菜對上眼。

古城汗流浹背。現在無論怎麼回答，感覺都無法讓她們接受。

就在古城被逼得無路可逃時，有一張傳單忽然被遞到他的面前。

在交叉路口發傳單的，是個穿晚禮服配黑披風，模樣奇特的男登錄魔族。傳單上寫著咖啡廳的開幕兩週年紀念活動，還附了挺划算的套餐優惠券。古城對店名有印象，不過這在這個節骨眼並不構成問題。

「啊，對喔，我餓了。我們去吃點什麼吧。看嘛，還有附優惠券耶！」

他把傳單當救星似的舉到面前，硬裝出開朗的口氣。

淺蔥和雪菜傻眼地看著這樣的古城，一起嘆了氣。

「唉，反正我也猜到會這樣就是了。」

「對呀——」

兩個少女看著彼此的臉，同時像共犯似的笑了出來。

繼承第四真祖名諱的少年抱著無法化作言語的情感，再次回歸日常。

閃耀的青白色月光靜靜地照著他與同伴們的身影。

後記

我寫這篇後記的現在是五月底。由於從上集（第七集）就馬不停蹄地寫稿，不知不覺間，日本已經從寒冬跳過春天及初夏，來到梅雨季前夕。（先不管「其實你只是裝做沒發覺而已吧」這樣的論點）賞花季節及黃金週假期都渾然不覺地結束了。怎麼會這樣？為何在這種熱得要命的時候，我的房裡卻還擺著冬天的大衣、毛毯和電暖桌——

如此這般，就我的觀點來看，自己的意識大約在三個月前就停止了。不過總歸一句，我想說的是「人類的記憶還真模稜兩可」這種老生常談的話題。我有時會完全想不起幾個月前發生的事，另一方面卻又始終記著幾年前短瞬的挫折而懊悔。我想古城等人體會到的，大概就是這樣的心路歷程吧。雖然當事人大概會發脾氣要我別拿自己和他們相提並論就是了。

就這樣，《噬血狂襲》第八集已向各位奉上。

過去篇在這集告一段落了。故事從最初就已經定好走向，所以我只專注於不將內容寫成純粹的悲劇。若您能在讀完以後感覺到救贖，便是我的榮幸。

這次最大的苦頭在於分量。我隨意將想描寫的情節列出來，篇幅就變成大約四冊文庫本的分量了，含淚砍掉的橋段非常多。特別是奧蘿菈和她的伙伴們，我真希望能讓她們更幸福一些。

要說遺憾確實是遺憾，不過我本身也滿久沒寫到讓自己這樣同情的角色了，下筆時實在很愉快。寫得不過癮的部分要是能另找機會補足就好了。

時間軸將從下一集恢復正常，預定要營造重新起步的氣息。

若能繼續讓各位讀得開心，我也會很高興。

還有，這次執筆進度真是一拖再拖，對多方人士造成了困擾。請讓我借這個地方向各位致歉。

負責插畫的マニャ子老師，這次也非常感謝你。

另外漫畫版《噬血狂襲》第二集也已順利上市，ＴＡＴＥ老師，辛苦你了。

然後對讀完本書的各位讀者，我當然也要致上最高的謝意。

那麼，希望我們能在下一集再見。

三雲岳斗